PATRICK SALMEN

EKSTASE

IST DOCH AUCH MAL GANZ SCHÖN

Besuchen Sie uns im Internet:
www.knaur.de

Originalausgabe Dezember 2019
Knaur Taschenbuch
© 2019 Knaur Verlag
Ein Imprint der Verlagsgruppe
Droemer Knaur GmbH & Co. KG, München
Alle Rechte vorbehalten. Das Werk darf – auch teilweise –
nur mit Genehmigung des Verlags wiedergegeben werden.
Redaktion: Anita Hirtreiter
Covergestaltung: Julia Otterbach / K-O.design
Coverabbildung: Fabian Stürtz
Satz: Sandra Hacke
Druck und Bindung: GGP Media GmbH, Pößneck
ISBN 978-3-426-52465-7

2   4   5   3   1

INHALT

VORWORT

Kuckuck, Sie Räuber!

Es freut mich, dass Sie sich für den Erwerb dieses Büchleins entschieden haben. Vielleicht haben Sie das Werk im Buchhandel gesehen und dachten: Oha! Der bärtige Typ auf dem Cover sieht zwar aus wie ein desillusionierter Porridge-Verkäufer aus meinem gentrifizierten Szenebezirk, aber dieser pfiffige Titel sagt meinem lebensbejahenden Gemüt durchaus zu.
Vielleicht haben Sie dieses Werk auch gekauft, weil es unaufdringlich bunt ist. Zu dem pinken Rahmen und diesem kess kolorierten Schriftzug riet mir die Grafikabteilung des Verlags. Argument: Es fällt dann im Handel unter den anderen Büchern mehr auf. Ich fragte mich zwar, ob man dieses etwaige Problem nicht durch inhaltliche Qualität lösen könnte, doch die Argumente schienen mir schlüssig.

In diesem Buch finden Sie Kurzgeschichten, Briefe, Dialoge, Ratgeber für alle Lebenslagen und – ich zitiere meine Lektorin – »Gedöns«. Faktisch gesehen finden Sie hier alles, was ich im weitesten Sinne dem Oberbegriff »Humor« zuordnen würde. Nun deckt sich mein Humor selten mit dem anderer Leute, aber im besten Falle gibt es eine Deckungsgleichheit, und dann wird das hier für alle Beteiligten ein runder Plunder. Vielleicht werden Sie dann und wann aufschauen und laut verkünden: »Haha, ein schelmischer Jokus, den ich durchaus als galant und cremig beschreiben würde. Chapeau!« Vielleicht aber auch nicht. Dann können Sie dieses Werk gerne als Untersetzer, Hut oder sehr verkopftes Ausmalbuch benutzen. Falsche Eitelkeit liegt mir fern, und im Grunde sind Bücher auch nur sehr elastische Bretter. Ich bin da offen.

Abschließend bleibt zu sagen: Dieses Buch ist wie ein blauer Pullover, denn es hat keinen roten Faden. Manche Geschichten sind autobiografisch, andere habe ich mir einfach ausgedacht. Nahezu verrückt! Vielleicht gefällt Ihnen dieses Werk. Jemand schrieb mir mal, dass meine Bücher sein Leben wertvoller gemacht hätten, da er durch die Geschichten gemerkt hätte, dass er auf keinen Fall so werden will wie ich. Und das war mit Abstand das Schönste, was ein Mann jemals zu mir gesagt hat.

EINFACH NUR WOW!

Wir sind auf einer Party von Freunden. Mit Freunden meine ich »man kennt sich«, und mit Party meine ich »wir kochen«. Im Grunde ist ja ab dreißig alles eine Party, wo mehr als zwei Leute anwesend sind.

Musste ich mich auch erst mal drauf einstellen. Wie oft hieß es: »Komm, wir gehen auf eine Party«, und plötzlich erscheinst du mit Ledermaske und LSD auf einem Brettspielabend.

Mit Volker und Kerstin verbindet uns vieles. Wir haben Kinder im selben Alter. Ob das jetzt als Hobby durchgeht, weiß ich nicht. Kerstin hat im Wesentlichen keine nennenswerten Eigenschaften, und Volker interessiert sich privat für Skispringen und Wärmedämmung, und das ist eigentlich auch schon alles, was man über ihn wissen muss. Ich sag nur: gähn.

Warum wir hier sind, weiß ich nicht. Die Gründe sind mannigfaltig, vermutlich eine Mischung aus Gesellschaftszwang und Selbstaufgabe. Unsere Gespräche sind superspannend. Thematisch geht es um Dinge wie den aktuellen Mietpreisspiegel, Pulled-Pork-Rezepte oder die neuesten Reiseimpressionen von kinderfreundlichen Familienhotels. Regelmäßig fallen Sätze wie »Borkum kommt ja auch wieder«, »Mallorca hat auch ruhige Ecken« oder »Sylt, einfach nur wow!«.

Volker und Kerstin sind richtige Reiseexperten. Reiseexperten erkennt man daran, dass sie nicht von Fuerteventura, sondern ganz vertraut von Fuerte sprechen. Ist auch wichtig, dass man das ganz temperamentvoll und nahezu lasziv-erotisch ausspricht. FFFUERTE! »Und wo wart ihr dieses Jahr?«, fragt Kerstin. »Dom Rep? Oder wieder auf Mauri?« »Ne, wir waren auf Jami.« »Jami?« »Na, Jamaika, du Pappnase.« »Echt? Wie schön.« »Ja, bezaubernd.« Verdammt, denke ich, wieder eine Lebenslüge mehr. Eigentlich war ich nämlich bloß für ein verlängertes Wochenende in Hückeswagen. Aber gut, ist ja klimamäßig ähnlich. »Wo wart ihr denn?« »Ach«, sagt Volker, »einmal Fuerte, immer Fuerte.«

Kerstin steht auf und ergreift das Wort. »Anderes Thema. Der Volker und ich, wir haben doch jetzt die Hello-Fresh-Box für uns entdeckt. So toll. Die schicken dann 'ne Kiste mit Zutaten und einem Rezept, und dann kannst du das zu Hause einfach nachkochen. So tolle Inspirationen, und wir schmeißen seitdem kaum mehr was weg. Man weiß ja oft nicht, was man kochen soll, und wenn, dann hat man die Sachen eh nicht da. Müsst ihr mal probieren. Wie gesagt: Haben wir auch erst vor Kurzem für uns entdeckt.«
»Toll«, sage ich, »wisst ihr, was ich für mich entdeckt habe? Einkaufen! Wenn ich nun den Kühlschrank aufmache und da liegt neben den Gewürzgürkchen und dem obligatorischen Senfglas nur 'ne abgelaufene Leberwurst, denke ich nach und wäge ab: Elsässer Flammkuchen? Schwierig! Aber auch da hab ich was für mich entdeckt: Gibt's jetzt ganz neu: Supermarkt! Ne, was hab ich nicht alles für mich entdeckt. Spitzname Kolumbus.«
»Ja, aber oft weiß man ja nicht, was man kochen soll.«
»Und auch da habe ich was entdeckt: denken.«
»Ach, komm. Nun wirst du wieder zynisch.«
»Ne«, sag ich. »Zynismus wollte ich neulich beim Lieferdienst bestellen, gab's aber nicht.«
»Hach, Patrick. Du musst immer alles so kritisch sehen.«
»Sorry.«

Gespräche enden meist im Streit. An mir liegt es nicht. Doch wie gesagt: Meistens geht es um Kinder. Wir haben aufgehört, uns mit Menschen zu treffen, die keine Kinder haben. Manchmal verabreden wir uns noch mit Heike und Jens, die kennen wir von früher, aber die haben jetzt einen total süßen Hund und behaupten von sich, sie seien im Prinzip »kinderlose Eltern«, und wenn sie »kinderlose Eltern« sagen, machen sie mit der Hand Gänsefüßchen und lachen dabei, als würden sie das wirklich witzig finden. Im Grunde Psychos. Kinderlose Eltern sind mir suspekt.

Nun sind Volker und Kerstin allerdings zu Besuch. Aktuell reden wir erneut über Trittschall- und Wärmedämmung.
»Toller Boden«, sagt Volker. »Sieht aus wie Holz. Ist das Vinyl?«
»Ne, Holz«, sage ich. Gott, ich hasse diese Gespräche.
Persönlicher Tipp von mir: Falls Sie mal auf einer Party sind und es irgendwann um die Themen Pulled Pork, Borkum oder Wärmedämmung geht – hauen Sie einfach ab. Danach wird es oft nicht mehr besser.

Kerstin springt auf. »Also ich würde sagen, wir kochen jetzt mal was Schönes. Patrick, willst du die Hello-Fresh-Box auspacken?«
»Ich kann mein Glück kaum in Worte fassen.«
Ich öffne den Karton und packe aus. Zum Vorschein kommen in Plastik eingeschweißter Salat, eine in Plastik eingeschweißte Biogurke, in Plastik eingeschweißte Tomaten und in Plastik eingeschweißtes Plastik. Außerdem jede Menge undefinierbare Knollengewächse, die natürlich einzeln in Plastik eingeschweißt sind.
»Praktisch, eure Box«, sage ich: »Falls man mal zu wenig Plastik im Haus hat.«
»Haha!«, sagt Kerstin. »Und was kochen wir nun? Ich bin mal auf das Rezept gespannt.«
»Wahrscheinlich Salat mit Knollen.«
Kerstin grinst. »Das ist eine Süßkartoffel, du Pappnase. Guck mal, hier sind noch Fleischpatties und Burgerbrötchen. Heute gibt es selbst gemachte Burger mit Süßkartoffelpommes!«

»Wie originell.«

Persönlicher Tipp von mir: Falls Sie in einer gentrifizierten Groß-
stadt wie Hamburg, München oder Köln wohnen und die tolle Idee
haben, einen Burgerladen aufzumachen – lassen Sie das. Sie sind
nicht der Erste. Selten geht man derzeit durch irgendwelche Innenstädte und denkt: Voll Bock auf Burger. Schade, kein Laden!

»Wie geht's eigentlich Heike und Jens? Haben die ihren Hund
noch?«

»Ne, den hat Jens kaltblütig erschossen. Ich sag nur: Pulled Dog.«

»Das ist ja schrecklich.«

»War ein Scherz. Natürlich haben die ihren Hund noch.«

»Hach«, sagt Volker, »ich bin ja eher so der Katzenmensch.«

Ja, so siehst du auch aus, denke ich mir. Halb Mensch, halb Katze.
Was du nicht alles für ein Mensch bist. Familienmensch, Stadt-
mensch, Gewohnheitsmensch, Katzenmensch. So viel Mensch passt
in andere Leute gar nicht rein.

»Hast du was gesagt?«

»Ja, Katzen find ich toll.«

»Hach, Katzen«, sagt Volker, »einfach nur wow!«

CONSTANZE, DIE SOJAMILCH FLOCKT!

Dortmund, Kreuzviertel. Sitze im Café und lausche den Gesprächen am Nebentisch, wo ein junges Pärchen wortkarg auf seine Tassen blickt. Irgendwann hebt der Mann den Kopf. »Constanze, die Sojamilch flockt!« Seine Frau nickt. »Du musst mehr rühren.« Ich nippe an meinem heißen Kaffee, öffne den Rucksack und hole mein Notizbuch heraus, um das Gespräch zu stenografieren.

»Constanze, die Sojamilch flockt noch immer!«
Dann nimm normale Milch, du Eumel, denke ich im Stillen, als der Mann sich plötzlich zu mir wendet. »Was haben Sie gesagt?«
»Nix. Sie sind super.«
Scheinbar habe ich lauter gedacht als angenommen.

Ich sehe auf den leeren Zettel und beginne zu schreiben. *Constanze, die Sojamilch flockt!* Klingt wie ein skandinavischer Arthouse-Film, aber im realen Leben entbehrt dieser Satz doch jedweder Daseinsberechtigung. Auch an einem anderen Tisch scheint der Satz für Verwirrung zu sorgen. Zwei Rentner diskutieren angeregt. »Was hat der Mann gesagt?« »Bei dem flockt es.« »Wo flockt es?« »In Konstanz.« »Ach was? Am Bodensee schneit es? Im Sommer?« Allgemeine Verunsicherung. Ein einfacher Satz, der im Stille-Post-Mechanismus schnell zum Zenit des Klimawandels heraufbeschworen wird. »Ne, die Sojamilch flockt«, sage ich. Erneut wendet sich der Mann zu mir. »Ach, Ihre auch?« »Ja«, erwidere ich, »wir haben so viel gemeinsam. Beste Freunde für immer. Tom Soja und Hackleberry Finn.« »Was haben Sie gesagt?« »Nix.«

Ich blicke mich um. Am Tresen steht ein junger Barista, der das heiße Wasser vor den Augen des Kunden in einem nahezu spirituellreligiös anmutenden Brüh-Zeremoniell provozierend langsam über das Pulver gießt. Die Augen hält er geschlossen.

Dieser großstädtische Kaffeekult ist schon seltsam. Ein paar Designerstühle, minimalistische Pendelleuchten, Kakteen – und zack wird aus Tante Emmas Kuchenstube eine urbane Edelrösterei-Manufaktur. Jeder Mensch mit zwei Armen, der eine Siebträgermaschine bedienen kann, schimpft sich Barista und verliert sich bei jeder Bestellung in einen auswendig gelernten Monolog über Herkunft, Röstaromen und die haptische Beschaffenheit einzelner Kaffeebohnen.

Natürlich steckt immer eine Geschichte dahinter: Da wäre der bärtige Greis aus Venezuela, der die Bohne in seiner dicht bewachsenen Gesichtsbehaarung vier Jahre lang vor Tageslicht schützte und sie danach gemeinsam mit einem Straßenjungen namens Enrique einem elternlosen Lama-Baby verfüttert hat, um sie dann mit selbst gebastelten Flechtschüsseln aus dem Kot zu fischen, sie in importiertem Craftbeer reinzuwaschen und sie anschließend mit dem Honig einer rumpflosen Biene namens Manfred zu polieren.

Nicht zu vergessen auch der verwitwete Bauer aus Guatemala, der mit seinen zwei gehörlosen Söhnen und einer dreibeinigen Katze in langjähriger Familientradition jede Bohne einzeln in Leinensäckchen nach Deutschland getragen hat, um sie in feinster Fair-Trade-Manier dem Barista zu übergeben, alles im Tausch gegen etwas Weißbrot, einen feuchten Händedruck und den berüchtigten Sülzwurst-Geschenkekorb von Metzgermeister Steinbeck.

Ich zahle, verlasse das Café und streife ein wenig durch mein Viertel. Die Gegend hier ist sehr friedlich. Es gibt drei verschiedene Bioläden, zwei Bäckereien, diverse Cafés, Galerien und einen kleinen Buchladen. Alles heile Welt. Gefahr ist hier ein Fremdwort. Mittags dealen ein paar glückliche Familienväter mit Chia-Samen, und manchmal bröckelt ein bisschen Stuck auf die Altbaudielen. Das war es auch schon. Alles entspannt. Ein paar Mütter mit Kinderwagen trinken grüne Smoothies – die Health Angels.

Im benachbarten Designermöbelgeschäft verkaufen sie einen abgesägten Baumstumpf für 199 Euro mit dem Hinweis, dass man dieses formvollendete Unikat von einem Stück Holz sowohl als Sitzhocker, Abstelltisch oder schlichtes Dekorationsobjekt nutzen könne. Erst bin ich skeptisch ob der künstlichen Forstsublimierung, wobei die Zuversicht überwiegt, dass ich meine abgefahrenen Winterreifen im Keller doch noch bei eBay loswerde. Ich denke, 999 Euro ist ein angemessener Preis, immerhin kann man sie sowohl als praktische Halskrause, Vintage-Plumpsklo, Sitzsack, fancy Kunstinstallation oder sehr sperrigen Raumteiler benutzen.

Schon verrückt mit dieser Quartiersentwicklung. Ich beobachte ein Pärchen mit Kinderwagen, das grad einer Bekannten ihren Nachwuchs präsentiert. Es fällt der Satz: »Hach, unser Fiete.« Verwirrt sehe ich mich um. Ist Dortmund heimlich zur Küstenstadt geworden? Muss ich morgen mit dem Schiff ins Büro? Warten dort Solveig, Swantje, Knud und Hamsun auf mich? Ich schnappe mir das Notizbuch. »Hach, unser Fiete.« Auch ein schöner Satz. Klingt wie eine schlechte deutsche Verwechslungskomödie auf Sat1. Irgendwas mit Elyas M'Barek und hölzernen Dialogen. Nachfolger von *Immer Ärger mit Fiete* und *Fiete 2: Jetzt wird's richtig wild.*

Beschließe, mein nächstes Kind Ragnarr zu nennen. Ragnarr wäre ein ziemlich verwegener und abgefuckter Typ. Da würde bestimmt keine Sojamilch flocken. So ein Ragnarr trinkt seinen Kaffee mit Blut. Oder mit richtiger Milch. Milch ist ohnehin das neue MDMA. Letzte Woche habe ich im Bioladen mal eine normale Milch aufs Kassenband gelegt. Die Leute tuschelten sofort und schauten mich mitleidig an. Es fielen Wörter wie »Abgrund«, »Teufelsbrut« und

»soziale Verwahrlosung«. Für die meisten war ich bereits tot. Abends saßen sie dann mit ihren Familien am Esstisch. »Hast du schon das vom Salmen gehört?« »Ja, Milch. Konnte man nicht ahnen. Erst Counter Strike, dann zwei Ballereien und am Ende voll auf Laktose in der Gosse gefunden.«

Gemütlich schlendere ich weiter, betrete den Supermarkt und hole einen Zettel aus der Hosentasche. Auf meiner Einkaufsliste stehen Dinge wie Topinambur, Ras el-Hanout und etwas Kryptisches, das man S-k-y-r buchstabiert. Ich glaube, meine Frau denkt sich solche Sachen nur aus, um mich vor den Supermarktangestellten bloßzustellen. Ich sehe es schon kommen:
»Entschuldigung, wo finde ich Skeier?«
»Was für Zeug?«
»Keine Ahnung. Steht hier. Skirrrrrrrr?«
»Guter Mann, haben Sie getrunken?«

Vielleicht hol ich einfach Brot. Ragnarr würde jedenfalls keinen Skyr essen, da bin ich mir sicher. Ich stehe an der Fleischtheke. Der junge Herr vor mir gibt seine Bestellung auf: »Guten Tag. Ich hätte gern 'nen Schmierzwerg, zwei Knackriesen und vier Pfefferbeißer.« Heutzutage weiß man auch nicht mehr, ob man noch in der Metzgerei oder schon in Grimms lustigem Märchenwald ist.
Ich drehe mich um. Auf dem Weg zum Kühlregal sehe ich ein junges Pärchen und werde Zeuge eines wunderschönen Dialogs:

Frau: »Hömma, bringst du noch Bananen mit?«
Mann: »Welche?«
Frau: »Bio!«
Mann: »Ach, hau mir ab!«
Frau: »Ne, Bio ist super!«
Mann: »Ne, dat is immer schrumpelig und platt gedötscht.«

Frau: »Du bist schrumpelig und platt gedötscht.«
Mann: »Geh sterben!«

Die Harmonie einer Ehe! So muss es doch laufen. Ich schnappe mir drei Packungen Joghurt und gehe nach Hause. Drei Stunden später bin ich um eine Erkenntnis reicher: Skyr schmeckt exakt so beschissen, wie man sich das vorstellt. Als hätte man sehr viel gekifft und danach ein bisschen Gipsmasse gelöffelt.

Ich schmeiße den Rest weg und beschließe, noch einmal aus dem Haus zu gehen. Verzweifelt und hungrig gehe ich zurück ins Café, bestelle ein Stück Kuchen und sehe mich um. Constanze und Tom Soja haben ihren Platz nicht verlassen, auch Fiete und seine Eltern haben sich inzwischen hier eingefunden, und das streitende Pärchen aus dem Supermarkt ist ebenfalls hier. Ich schließe die Augen, um mich ganz auf den Klangteppich konzentrieren zu können. Ein paar Stühle knarzen, der Ventilator surrt, irgendwo wird Milch aufgeschäumt, vereinzelt Gesprächsfetzen.
Tisch 1: »Fiete, du bist erst zwei. Du darfst keine Pommes.«
Tisch 2: »Island! Absoluter Geheimtipp!«
Tisch 3: »Constanze, die Mandelmilch flockt jetzt auch!«
Tisch 4 zu Tisch 3: »Dann nimm Hafermilch, du Tünnes.«

Hach, denke ich, und blicke auf das Supermarktpärchen, jetzt, wo es drauf ankommt, halten sie wieder zusammen. Romantik im Ruhrgebiet – alles ist möglich. Skyr is the limit!

NEUES AUS DER WORTSPIELHÖLLE

Ich entschuldige mich für meine Affinität zu schlechten Wortspielen. Ich schäme mich selbst und gelobe Besserung. Allerdings ist es als Autor wichtig, immer einen Plan B in der Tasche zu haben. Falls dieses Buch sich also nicht verkaufen sollte, werde ich wohl doch eine Porridge-Bar in meinem Szeneviertel eröffnen. Mögliche Namen für die Tageskarte hätte ich bereits. Hier ein paar Vorschläge:

- Agave you my heart
- Kein Zimt von Traurigkeit
- Good Quill Hunting
- Oat Couture
- Low Carpe Diem
- Schleim nicht rum, du Sau!
- Der Kleie-Prinz
- Paleo Lausemaus und die freundlichen Beeren
- Goji Simpson
- Traubenschiss: Fifty Shades of Grape
- Ich Grütze meine Liebsten
- Smoothie & Strolch
- Kern geschehen!
- Löffelchenstellung
- 2 ½ Man (mit Schale Hafer und Bruder Almond)
- Wo der Posh die Flocken hat
- Bowlschewismus
- Johnny Cashew und Brei Adams
- Porridge is the New Black
- Schüsselanhänger
- Der Flockenwickler

Infos zu Kooperations- und Bewerbungsanfragen:
www.chiasalmen.de

BILDNIS

Die junge Dame, die mir im Café gegenübersitzt, starrt seit gefühlt zwei Stunden abwechselnd auf mich und ihren Zeichenblock. Schwungvoll geht sie mit diversen Stiften zu Werke, dann wieder ein musternder Blick in meine Richtung. Hin und wieder nickt sie zufrieden.

Anfangs war ich irritiert, fühlte mich beobachtet und in meiner Privatsphäre verletzt, aber im Bewusstsein meiner inspirierenden Aura stellt sich mittlerweile eine gewisse Eitelkeit ein. Vielleicht ist sie eine ambitionierte, jedoch unentdeckte Künstlerin und wird eines Tages den Durchbruch mit ihrem Meisterstück *Porträt eines bärtigen Mannes beim Verzehr eines Bienenstiches* schaffen. Lande ich am Ende auf der Biennale in Venedig oder in einer Off-Galerie in Berlin-Kreuzberg? Werde ich in wenigen Jahren für Millionensummen von gelangweilten Witwen, Ölscheichs und Kunstspekulanten gehandelt? Wird man sektschlürfend auf mein Antlitz starren und Dinge sagen wie: »Bezaubernd, Darling. Man blickt in ein Gesicht und sieht doch eine ganze Welt.« Bin ich am Ende die neue *Mona Lisa?*

Der Begriff »Ehrgeiz« wäre übertrieben, aber ich konzentriere mich durchaus, meiner neuen Rolle als Muse gerecht zu werden, versuche besonders elegant und weltmännisch zu schauen, so wie ich mir die Models aus der Luxusuhrenwerbung vorstelle. Ich spanne die Wangen an und spitze den Mund, um im Gesicht schmaler zu wirken, runzle die Stirn und ziehe die Brauen hoch, weil ich mir so eine Aura von Macht und Seriosität erhoffe. Mein Blick ist streng, aber vertrauenswürdig. Ich bilde mir ein, dass das Gesicht der jungen Frau mehr und mehr Zufriedenheit ausstrahlt. Beseelt von meinem virtuosen Mienenspiel versuche ich mittlerweile sogar ein bisschen sexy zu schauen: leichter Schlafzimmerblick, ein subtil verwegenes Lächeln. Wenn ich mich nicht irre, habe ich mir grad sogar lasziv auf die Unterlippe gebissen.

Und wie sie so aufsteht, kann ich einen Blick auf ihr Gemälde erhaschen und schaue nun auf ein abstrakt-expressionistisches Werk voller wirrer Kreise, Linien und deformierter Strukturen, das dann doch eher weniger an Leonardo da Vinci als vielmehr an Jackson Pollock erinnert.

»Kein Porträt?«, frage ich.
»Zu verkrampft«, sagt sie.
»Schade.«
»Ich wollte etwas in Ihnen lesen. Aber da war einfach nichts.«

Und während ich so grolle und an der Sinnhaftigkeit meines Daseins zweifle, mischen sich auch bereits die anderen Gäste ein.
»Ich finde, er hat sich schon Mühe gegeben. Ist doch ein vorzeigbares Kerlchen«, nimmt eine alte Frau mich in Schutz.
»Zu gewollt«, sagt da ein anderer Herr. »Am zwanghaften Bestreben nach Authentizität gescheitert.«
»Klassischer Fall von Selbstüberschätzung, die jegliche Natürlichkeit im Keim erstickt«, höre ich aus der Ferne.
»Ja, das mit der Unterlippe war sein Tiefpunkt.«

Und irgendwie haben sie ja alle recht.

CREMIGE DIALOGE IM CAFÉ

1

Am Nebentisch hat ein Pärchen scheinbar sein erstes Date. Der übliche Small Talk: Beruf, Hobbys, gemeinsame Freunde, Musikgeschmack. Dann kurzes Schweigen.

Sie: »Viele sagen, ich sei voll die Verrückte!«

Er: »Aha.«

Sie: »Ich habe letzte Woche mal 'ne Diät gemacht und keinen Zucker gegessen. Am dritten Tag bin ich nachts aufgewacht, zum Kühlschrank gegangen und habe zwei Schokoriegel genascht. Richtige Orgie! Meine Freunde sagen immer: Saskia, du bist echt unberechenbar.«

Er: »Einfach nur crazy.«

Sie: »Na ja, ich würde sagen, ein normales ausgeflipptes Mädel mit vielen liebenswerten Macken.«

Er: »Hm.«

Sie: »Manchmal sortiere ich meine Kleidung nach Farben oder zähle beim Treppengehen die Stufen. Fast schon eine Zwangsstörung. Ich glaube, ich bin genau wie Monk.«

Er: »Ich fürchte, du bist leider genau wie du.«

Sie: »Hä?«

Typ steht auf und geht. Hätte ich jetzt auch gemacht.

Dortmund, Eiscafé. Gespräch eines Pärchens am Nachbartisch.

Sie: »Schau mal, das Schild! Da steht: *Wir haben einen an der Waffel.*«

Er: »Ja, sehe ich.«

Sie: »Einfach herrlich. Muss einem auch erst mal einfallen.«

Er: »Hm.«

Sie: »Verstehst du eh wieder nicht.«

Er: »Find's nicht lustig.«

Sie: »Das ist doch ein Eiscafé. Und wie wird Eis serviert? Na? Im Hörnchen! Und das besteht aus? Richtig! Einer Waffel.«

Er: »Ja.«

Sie: »Ist halt auch voll selbstironisch. Muss man sich als Geschäft ja auch erst mal trauen. Die sagen damit ja, dass sie nicht ganz richtig im Kopf sind.«

Er: »Weil sie Eis und Waffeln verkaufen?«

Sie: »Geht doch um das Wortspiel. Also, ich find das superwitzig.«

Er: »Ich glaube, ich habe dich nie geliebt.«

Eine kleine Backstube in Dortmund. Zwei Damen (beide ca. 60) stehen hinter dem Tresen und belegen Brötchen …

Ich: »Guten Tag. Ich hätte gerne einen Kaffee zum Mitnehmen.«

Verkäuferin: »Das geht leider nicht. Wir haben neue Pfandbecher, und die werden erst morgen geliefert.«

Ich: »Aber die stehen doch hinter Ihnen im Regal.«

Verkäuferin: »Das sind die pinken. Die für Herren sind aus.«

Ich: »Ich nehme auch pink.«

Verkäuferin (musternd): »Hm …«

Ich: »Wirklich!«

Verkäuferin (musternd): »Die sind schon wirklich arg feminin. Ich mein, Sie tragen ja auch Bart und so.«

Ich: »Ich bin ein Mensch der Kontraste.«

Verkäuferin: »Na, wenn Sie meinen.«

Die Dame füllt den Becher mit frisch gebrühtem Kaffee und reicht ihn mir missmutig über den Tresen. Ihr Blick ist noch immer skeptisch.

Ich: »Sehen Sie! Sieht doch hübsch aus.«

Verkäuferin: »Wo Sie recht haben! Schau mal, Silke! Der Mann hat den pinken Becher.«

Verkäuferin 2: »Steht ihm ganz ausgezeichnet.«

Kundin hinter mir: »Kann er wirklich tragen. Hätte ich jetzt auch nicht gedacht.«

Ich (geschmeichelt): »Vielen Dank, die Damen!«

Verkäuferin 1: »Ist ja eh albern mit diesen Geschlechterklischees. Leben ja nicht mehr in den Sechzigern. Na, dann mal guten Durst!«

Ich: »Tschüss!«

Verkäuferin 2 (leise im Hintergrund): »Hach, einfach nett, diese Schwulen.«

4

Zwei Freundinnen sitzen am Nebentisch und unterhalten sich angeregt über eine Liebschaft. Nach nunmehr drei Dates mit »Joachim« scheint sich bereits eine Tendenz abzuzeichnen …

»Ach, ich mag ihn. Er ist so angenehm introvertiert.«

»Aha.«

»Du müsstest ihn mal sehen. Er wirkt so verloren in seiner Gedan-
kenwelt, beobachtet erst einmal die Situation und hört genau zu,
bevor er etwas sagt. Das macht ihn auch so unfassbar empathisch.«
»Schön.«
»Ihn umgibt so ein geheimnisvoller Zauber. Neulich waren wir
mit einigen Freunden essen. Schweigsam und zurückhaltend saß er
dann da, nahezu apathisch und schien vollkommen in sich gekehrt.«
»Auch mal schön.«
»Ich glaube, tief in ihm schlummert eine riesige Welt.«
»Vielleicht schlummert da aber auch eine riesige Leere.«
»Hm.«
»Oft sind es die innerlich Toten, die die größte Besonnenheit aus-
strahlen.«
»Oh, das hast du aber nett ausgedrückt!«

5

Am Nebentisch

Mann: »Man darf in diesem Land wirklich nichts mehr sagen.«
Frau: »Was darf man in diesem Land nicht mehr sagen?«
Mann: »Zigeunerschnitzel, Mohrenapotheke …«
Frau: »Aber du hast es doch grad gesagt.«
Mann: »Stimmt.«

[Pause]

Frau: »Und wie fühlte sich das an?«
Mann: »Okay, aber man rechnet jederzeit mit Gegenwind.«
Frau: »Das tut mir leid. Hat dich denn die Nutzung solcher Wörter
    jemals glücklich gemacht? Hast du im Prozess der aktiven Aus-

sprache auch nur ein einziges Mal gedacht: Ach, herrlich! Wie schön ist es auf der Welt zu sein! Ist das Leben nicht eine einzige Party?«

Mann: »So krass war es eigentlich nie. Aber ich will mich nicht einschränken.«

Frau: »Pust! Pust!«

Mann: »Hä? Was war das?«

Frau: »Gegenwind.«

6

Im Café, in der Warteschlange vor der Kuchentheke. Vor mir ein junges Pärchen. Beide ca. 20, Händchen haltend und grinsend. Hin und wieder gibt er ihr einen Kuss auf die Wange oder streichelt durch ihr Haar. Sie kichert ununterbrochen. Irgendwann sind sie an der Reihe …

Mitarbeiterin: »Was darf ich euch denn Gutes tun?«

Typ (zu seiner Freundin): »Ich nehme den Käsekuchen. Und du, Schatz?«

Sie: »Ich weiß ja nicht, Schatz. Eigentlich wollte ich den Carrot-Cake. Aber wenn du den Käsekuchen nimmst, nehme ich den auch.«

Typ: »Du kannst ruhig was anderes nehmen, Schatz.«

Sie: »Guck mal, Schatz. Süßkartoffel-Limette sieht auch voll lecker aus.«

Typ: »Dann nimm den doch, Schatz.«

Sie: »Ich weiß ja nicht. Mir ist es egal, Schatz.«

Typ (zur Mitarbeiterin): »Können Sie was empfehlen?«

Mitarbeiterin: »Im Zweifel immer Apfel-Streusel.«

Typ (zu seiner Freundin): »Was meinst du, Schatz? Klingt auch gut.«

Sie: »Ich bin doch gegen Äpfel allergisch, Schatz.«

Typ: »Aber doch nur im Sommer, Schatz. Ist doch 'ne Kreuzallergie.«

Sie: »Wenn du das sagst, Schatz. Dann nehmen wir Apfel-Streusel.«

Typ (zur Mitarbeiterin): »Was ist denn der dunkle da?«

Mitarbeiterin: »Schokolade-Rote Bete.«

Sie: »Klingt fancy. Was meinst du, Schatz?«

Typ: »Oh, Schatz. Schokolade wäre super, aber Rote Bete mag ich eigentlich nicht. Ach, ich bin einfach so unsicher.«

Typ hinter ihnen: »Vorschlag von mir: Ihr nehmt jetzt einfach alles, ich zahl den Scheiß und dafür haltet ihr beide euer Maul.«

[Die gesamte Schlange applaudiert.]

Typ: »Meinen Sie uns?«

Alle: »Ja, Schatz.«

7

Aufgeschnappter Gesprächsfetzen am Nebentisch …

Frau 1: »Ich wohn jetzt in Wuppertal!«

Frau 2: »Was willst du denn da?«

Frau 1: »Ist doch ganz nett.«

[Pause]

Frau 2: »Na ja, das Leben ist kein Ponykonzert.«

Eine Frau (ca. 40) sitzt alleine im Café und scheint zu warten. Eine weitere Person nähert sich ihrem Tisch.

Typ: »Entschuldigung! Bist du Svenja? Ich glaube, wir haben ein Date.«

Sie: »Das ist richtig. Aber du siehst leider nicht ansatzweise so aus wie auf deinen Tinder-Fotos.«

Typ: »Spielt das denn eine Rolle?«

Sie: »Du bist vierzehn.«

Typ: »Seh ich ein. Tschüss.«

9

Dialog eines Pärchens

Mann: »Der moderne Feminismus ist mir zu forsch.«

Sie: »Aha.«

Mann: »Gesellschaftliche Strukturen kann man auch im freundlichen Ton anprangern.«

Sie: »Durch Yoga und Sitzstreiks?«

Mann: »Ne, durch Dialog auf Augenhöhe. Jedenfalls nicht so radikal.«

Sie: »Müssen Revolutionen nicht immer radikal sein?«

Mann: »Ja, aber nur wenn es um was Wichtiges geht!«

Typ aus dem Hintergrund: »Puh!«

Im Café, zwei Frauen sitzen an einem Tisch. Ein Mann kommt hinzu …

Mann: »Entschuldigen Sie, es gibt leider keine freien Tische mehr. Dürfte ich mich bei Ihnen dazusetzen?«

Frau 1: »Klar, kein Problem.«

Mann: »Tun Sie bitte einfach so, als wäre ich nicht da. Ich werde hier schweigend dasitzen, meinen Eistee schlürfen und ganz bewusst an Ihrem Gespräch vorbeihören.«

Frau 2: »Okay.«

Mann: »Vollkommen passiv!«

[Pause]

Mann: »Wenn sich allerdings Gesprächslücken auftun sollten, können Sie mich jederzeit ansprechen und in die Konversation miteinbeziehen.«

Frau 2: »Gut zu wissen.«

Mann: »Also, ich bin der Jürgen, zweiundvierzig Jahre alt, und falls Sie Fragen zu Bluesrock oder antiquarischen Möbeln haben: einfach anquatschen.«

Frau 1: »Hm.«

Mann: »Gibt ja nichts Schlimmeres als fremde Leute, die sich aufdrängen.«

Frau 2: »Hm.«

Mann: »Also, wie gesagt: vollkommen passiv!«

Frau 1: »Klasse.«

Mann: »Ach, das ist aber auch ein herrliches Wetterchen heute!«

DIE RASUR DES FRANZBRÖTCHENS

1

Eine Bäckerei am Hauptbahnhof, die Verkäuferin (ca. 45) lächelt mich an.

Ich: »Guten Morgen. Zwei Franzbrötchen, bitte.«
Verkäuferin: »Probieren Sie doch mal unsere neuen Dinkelhörn-
chen. Die rasieren im Moment alles.«
Ich: »Wie meinen?«
Verkäuferin: »Schmecken super.«

Habe nun einige Fragen:

a) Habe ich mit zarten vierunddreißig Jahren bereits den sprachli-
chen Anschluss an die Jugend verloren? Und mit Jugend meine
ich fünfundvierzigjährige Bäckerei-Fachangestellte.
b) Eine Backware sollte meiner Meinung nach stupide vor sich hin
existieren, um dann bei Bedarf grundsolide abzuliefern. Die muss
jetzt weder ballern, rocken noch abfetzen. Kann man das Wort
»rasieren« also unpassender anwenden, oder ist meine Erwartungshaltung an ein Dinkelhörnchen schlichtweg zu anspruchslos?
c) Wenn nun bereits ein durchschnittliches Bäckereiprodukt solche
Begeisterungsstürme entfachen kann, was muss für diese Frau
dann noch alles rasieren? Riesterrente? Jagdwurst? Der Habitus
von Günther Jauch?
d) Kann man so eine Rasur überhaupt noch steigern? »Du Erika,
hast du schon das neue Album von Helene Fischer gehört? Epi-
liert alles!« »Ne, habe ich nicht. Aber schau mal, mein neuer Stab-
mixer! Absolute Zerfickung!«

Ich bin angemessen verwirrt, erfreue mich aber meines grundsoliden Franzbrötchens und hoffe, dass diese kleine Geschichte hier ordentlich was wegrasiert.

2

Beim Bahnhofsbäcker hat eine Frau soeben ein überbackenes Käsebrötchen gekauft, daraufhin behutsam den überstehenden goldgelb schimmernden Randkrustenkäse abgebrochen und ihrem Mann mit den Worten »Hier, Erich! Den magst du doch so gerne« überlassen.

Mein erster Gedanke: Erich, du verdammter Glückspilz, hast da die beste Frau auf Erden gefunden. Ich war noch nie in meinem Leben so eifersüchtig.

Mein zweiter Gedanke: Ne, was ist das schön. Drollig nahezu. Diese aufopfernde Selbstlosigkeit. Vermutlich muss ich meinen Zweifel an der Existenz von Engeln überdenken. Wahre Liebe, es gibt sie wirklich! Gott, ist das alles kitschig!

Mein dritter Gedanke: Menschen, die ihren Käsebrötchenrandkrustenkäse verschenken, haben das Leben nie geliebt. Was 'ne bemitleidenswerte Hohlnudel! Diese Frau hat sich längst aufgegeben.

LIFE-COACHING: DIE NEUE ACHTSAMKEIT

Oft werde ich gefragt: »Paddel, du quietschfidele Gazelle, woher nimmt so ein wuseliger High-Performer die ganze Energy? Wie findest du bei all dem Druck und Struggle eigentlich immer deine innere Mitte? Woher die Ausgeglichenheit?« Nun, ich wüsste das ehrlich gesagt auch gerne, denn die Wahrheit ist – ich bin tierisch gestresst.

Eine alte Weisheit besagt: Die größten Tragödien im Leben beginnen damit, dass man morgens aufsteht und sich eine Hose anzieht. Das kann doch kein Zufall sein. Beobachten Sie das mal! Schulabbruch, Scheidungen, Kündigungen, Burn-out – immer hat man dabei eine Hose an. Selten hört man von schlafenden Menschen ohne Hose, die irgendwelche Sorgen und Probleme haben. Gut, manche sterben im Schlaf, aber das ist ja dann auch wieder schön. Menschen mit Hose handeln meist aus purem Aktionismus und entwickeln völlig unangebrachte Formen von Ehrgeiz. Ich sag ja immer: Erwartungen sind die Grundlage jeder Enttäuschung.

Die Zivilisationskrankheit unserer Tage: Stress. Die Gesellschaft leidet, und kluge Menschen haben erkannt: Es bedarf Entschleunigung. All die Selbstoptimierung mit ihren einhergehenden Zeitmanagement-, Schrittzähler- und Kalorien-Apps setzt uns nur unnötig unter Druck. Doch eine Welle der *Neuen Achtsamkeit* schwappt über das Land, und Tausende von Ratgebern überschwemmen den Buchmarkt. Mittlerweile braucht es Ratgeber, die erklären, wie man sich für den richtigen Ratgeber entscheidet. Da werden manche Menschen schon ganz hyggelig. Das Hauptproblem all dieser Ratgeber mit ihren Meditations- und Zimmerbrunnencovern ist, dass sie uns regelrecht anzuschreien scheinen: »Entspann dich, entspann dich, entspann dich! Und komm mal auf dein Leben klar, du Pisser!« Mit so einem Druck kann doch keiner umgehen.

Aber trotz meiner berechtigten Zweifel habe ich einen Selbstversuch gewagt und die Achtsamkeit in mein Leben gelassen. In meiner Rolle als Paddel, der superauthentische Influencer, ist es mir nämlich wichtig, Ihnen, meine treuen Leser, einige Ratschläge an die Hand zu geben. Quasi von Menschen für Menschen. Hier eine Art Leitfaden:

1. Lesen Sie mein Buch *Die heilende Kraft des Agoy*. Agoy funktioniert im Wesentlichen wie Yoga. Nur genau andersrum. Man atmet einfach nicht mehr und rennt in irgendwelchen Kursen megagestresst durch die Gegend. Glauben Sie mir, danach kommt Ihnen alles andere tierisch entspannt vor.

2. Ernährung. Wie ein Freund von mir einst so schön formulierte: »Wenn man jeden Tag zwei Schachteln Kippen raucht und sich drei Liter Kaffee hinter die Binde zwirbelt, hat man zumindest mit Laktose und Gluten keinen Stress.« Wo er recht hat, hat er recht. Gegen die bleiche, fahle Haut und das Herzrasen helfen grüne Smoothies. Spinat, Wirsing, Grünkohl, Matcha, Algen, Waldmeister-Wackelpudding – das volle Programm. Danach reiben Sie Körper und Gesicht mit drei Litern Kokosöl ein. Kokosöl ist die Antwort auf alles. Schon nach einigen Minuten hatte ich einen so dermaßen schillernden Teint, dass willkürliche Frauen auf der Straße mein Gesicht als Schminkspiegel benutzt haben. Manche haben an mir herumgeknabbert, weil sie mich für ein Bounty hielten. Aber gut, ein bisschen Schwund ist immer. Günstige Alternative: Eigenurin.

3. Meditative Malbücher für Erwachsene. Ständig verrutscht man und muss den Ratzefummel bemühen. Sitze seit drei Stunden an

einem verkackten Mandala und bin so hochgradig aggressiv, dagegen wirkt Gauland wie Gandhi.

4. Vergessen Sie Hygge, diesen gehypten Lifestyle-Trend aus Dänemark, bei dem glückliche Familien in selbst gehäkelten Schals die Natur für sich entdecken. Das wird jetzt kurz den Buchmarkt überschwemmen und danach wieder verschwinden. Kenner sprechen auch vom sogenannten Bubble-Tea-Effekt. So was brauchen Sie nicht. Sie sind ein Individuum. Für maximale Entschleunigung und Naturerleben beachten Sie lieber meinen Supergeheimtipp: Mount Everest oder Jakobsweg. Macht niemand. Gerne auch mit dem Segway oder dem praktischen City-Roller.

5. Machen Sie Ihr Zuhause zu einer Oase und basteln Sie mal wieder was. Grade im Herbst laden Zweige, Laub und Kastanien nur dazu ein. Wie wäre es mit einem Tipi oder einem knisternden Klodeckelbezug für die Gästetoilette?

6. Urban Gardening. Einfach mal eine Topfpflanze auf die Autobahn stellen. Ich empfehle winterfeste Sukkulenten. Sehr trendy. Da freut sich der botanisch ambitionierte Trucker.

7. Porzellanbuddhas. Gibt es für 'ne schmale Mark bei NANU-NANA. Verwandelt Ihre ranzige Zweizimmerwohnung in Castrop-Rauxel sofort in ein kleines Tibet. Buddha-Bowls gehen auch. Mein Pro-Tipp: Chia, Kürbis, Linsen, Babyspinat und drei Scheiben Gesichtswurst.

8. Pilze sammeln. Der neue Shit! Grad für die Kleinen eine tolle Abwechslung. Pilze eignen sich zudem für leckere Wintergerichte und als universelles Bastelmaterial. Wie wäre es zum Beispiel mit

ein paar neuen Pilzpantoffeln? Alternative für Stadtmenschen: Pfandflaschen und altes Fixbesteck.

9. Digitalfasten. Lebe nun bereits seit acht Tagen ohne Internet. Kalter Entzug. Aber es tut so gut. Sogar Facebook hat mich gestresst. *Hier ist ein Foto von einem Toaster. Jeder hat diesen einen Freund, der auch schon mal einen Toaster benutzt hat. Markiere einen Freund, der auch einen Freund hat, der schon mal einen Toaster benutzt hat.* Das ist doch Hektik pur. Vor allem Social-Media-Plattformen wie Instagram mit all ihren Challenges und Work-out-Tipps führen zu innerer Anspannung und Unzufriedenheit. Dabei ist es wichtig, seinen Körper zu lieben wie einen guten Freund. Seien Sie zufrieden. Heidi Klum mag zwar einen tollen BMI haben, aber ihr Blick wirkt, als wäre sie innerlich tot, und das will ja auch keiner. Lassen Sie das Internet aus und lesen Sie mal wieder ein gutes Buch. Wie wäre es mit meinem Nachfolger: *Die heilende Kraft des Agoy, Baby?*

So, das war es vorerst. Alle anderen Tipps beim nächsten Lesertreffen. Wie immer Frühstück bei Nordsee, danach gemeinsame Busreise in den Harz. Küsschen!

LAOS IM HERZEN

Der freundliche junge Tramper, den ich vor knapp einer Woche im Auto mitgenommen habe und der mir während der Fahrt von seinen Rucksackreisen nach Bolivien, Südafrika und Laos erzählte, worauf ich nur mit einer kleinen Rollkoffer-Reiseimpression aus dem Harz kontern konnte, was ihn nicht sonderlich beeindruckte, ebenjener nette Mann hat jedenfalls, wie ich später daheim feststellte, sein Longboard bei mir im Kofferraum vergessen.

Ich halte dies für eine Art göttliche Fügung. Da ich mich nämlich nicht an seinen Namen erinnern kann und auch nicht glaube, ihn jemals wiederzutreffen, bin ich nun wohl offiziell Neubesitzer dieses kessen Gefährts. Gestern habe ich dann erstmals ein paar zaghafte Fahrversuche unternommen, ließ für den Bruchteil einer Sekunde den Wind der Freiheit meine Wangen streicheln, musste jedoch schnell feststellen: »Das bin nicht ich.«

Und trotzdem hat sich mein Leben verändert. Alleine durch die theoretische Möglichkeit, jederzeit, wo immer ich es will, Longboard fahren zu können, fühle ich mich zehn Jahre jünger. Meine Schritte wirken leicht, der Teint rosig, und sogar mein lichter werdendes Haar erscheint zunehmend griffiger und prahlt mit neuem Volumen. Ich halte bei Spaziergängen bewusst Ausschau nach anderen Longboard-Fahrern und nicke ihnen vertraut zu, wie sonst bloß Busfahrer es tun.

Außerdem spüre ich in mir eine Fernsucht, wie ich sie nie kannte. Ich denke, ich werde mir alsbald einen Fjällräven-Rucksack kaufen, alle Termine absagen, ein Backpacker-Hostel buchen und für einige Tage nach Kambodscha, mindestens aber ins Erzgebirge fahren, um einfach mal durchzuatmen, barfuß durch den Sand zu schlendern und ein verträumtes Singer-Songwriter-Album aufzunehmen. Arbeitstitel: *We travel not to escape life, but for life not to escape us.* Bis dahin werde ich es mir einfach ganz easy unter den Arm klemmen und die Girls mit meinem lässigen Style bezirzen.

DER SOMMER UNSERES LEBENS, BABY!

Ich stehe vorm Fenster und blicke nach draußen. Die WG-Bewohner vom Haus gegenüber sitzen mit ihren Klappstühlen auf dem Flachdach, trinken Grapefruit-Bier oder tanzen oberkörperfrei zu elektronischer Musik im Licht der Mittagssonne. Fehlt grad noch, dass sie Seifenblasen machen, sich gegenseitig Blumen in die Zöpfe stecken und neckisch in einen Infinity-Pool schubsen. Scheiß Klischees! Könnt ihr nicht wie alle vernünftigen Studenten übermüdet vorm Laptop sitzen, eure blassen Gesichter in einer willkürlichen Netflix-Serie spiegeln und salzige Tränen der Einsamkeit auf die Deckblätter eurer ungeschriebenen Bachelorarbeiten weinen, während ihr an euren Idealen, dem Sinn des Lebens, vor allem aber an euch selbst zweifelt? Wir sind hier nicht in der Beck's-Werbung, ihr Stricher …

… denke ich und ziehe die Vorhänge zu. Ich bin ein verbitterter Mann und möchte meine Ruhe. Mal im Ernst: Kein Mensch der Welt sitzt nachmittags auf Flachdächern. Wenn nicht in Bier- oder Handywerbespots, gibt es so was allerhöchstens in lebensbejahenden Musikvideos von Cro oder AnnenMayKantereit. Irgendwo sitzt dann einer mit 'ner Rhabarberschorle, zwei Mädels mit hochgekrempelten Mützen tanzen im Gegenlicht, während einer auf 'ner Landkarte den nächsten Roadtrip nach Australien einzeichnet, und alle denken: supernice!

Vielleicht bin ich einfach neidisch. Ich würde auch gern auf einem Flachdach sitzen. Dann würde ich in die Sonne schauen, neckisch blinzeln, mir eine Strähne aus der Stirn wischen, die Arme ausbreiten und irgendwas Pathetisches brüllen wie: »Wir können alles schaffen, Freunde! Nur wir und die Welt. Das ist der Sommer unseres Lebens, Baby!« Die reinste Ekstase. Von außen würde das dann wahrscheinlich ziemlich bescheuert aussehen, zumal da nun keine Freunde, geschweige denn ein Baby stehen würden, aber es wäre mir egal, denn ich bin frei jedweder Eitelkeit und denke den ganzen Tag Dinge wie: »Oh, mein Gott, ich bin so glücklich. Ich beiße jetzt in diese Grapefruit, und alles wird zu Gold.«

Ja, das alles könnte ich tun. Die Wahrheit ist: Ich hasse den Sommer. Alles schwitzt, stinkt, und ständig muss man niesen. Und überall Menschen. Plötzlich kommen sie aus ihren Häusern. Der Sommer ist wie eine gigantische Welle, die den gesamten gesellschaftlichen Morast von Grund auf an Land spült. All die kaputten Existenzen, denen plötzlich einfällt, unbedingt in den Park gehen zu müssen, um in den öffentlichen Grünanlagen alle Stereotypen zu bedienen, die ihnen einfallen. Dann sieht man sie auf Slacklines balancieren, Frisbees werfen oder auf ihren Akustikgitarren irgendwelche Songs von Oasis covern. Zwanzigjährige Bachelorstudenten, die sich Festivalbändchen überstülpen und dann Dinge sagen wie: »Oh, Gott, ich liebe Hip-Hop! Fettes Brot hat deutschen Gangsterrap erst zu dem gemacht, was er ist. Smudo ist einfach der Derbste! Hoffentlich spielen sie *Füchse*.« Man möchte sie alle töten.

Der Sommer ist schrecklich. Überall glückliche Pärchen, die auf der Wiese tollen, sich Grashalme in den Mund stecken und verliebte Selfies machen, um das temporäre Glück in die verdammte Ewigkeit zu transferieren. All die unterdrückten Männer, die in ihren Doppelhaushälften unterm Carport stehen und ihr überschüssiges Testosteron zweimal im Jahr am Weber-Grill ausschütten und den schwarzen Dunst ihrer verkohlten Schweinerippchen in den Abendhimmel steigen lassen. Da ist der Mann mal wieder Mann und kann mit Stolz Dinge wie »Grillen ist Herrensache, Weibsstück!« sagen, während seine Frau in der Küche steht und »ihre gute Guacamole«

zaubert. Und sie denkt: Hach, der Jochen wieder. Süß, wie er zweimal im Jahr glaubt, er sei Tarzan.

Der Sommer ist die Jahreszeit der Grausamkeiten: Kalkwaden in kurzen Hosen, Bananenweizen, Wespen, sterbende Hunde in überhitzten Kofferräumen und die angebliche Daseinsberechtigung von Culcha Candela, den Musik gewordenen Ampel-Jongleuren. Was ich mich bei diesen Ampel-Jongleuren übrigens jedes Mal frage, ist, ob es jemals einen Moment auf dieser Erde gab, an dem ein Autofahrer am Steuer seines Fahrzeugs wartend an der roten Ampel saß und sich dachte: »Wie wird mir gar? Oh, weh. Diese Langeweile. Ich glaube, mir dürstet es nach einer kessen Jonglage-Nummer. Schade, dass das niemand macht. Den Euro wäre es mir wert.«

Ganz ehrlich, ich glaube es nicht. Und wenn, warum nicht gleich ein Fakir oder Feuerschlucker? Ganze Wanderzirkusse könnte man an den Hauptstraßen positionieren. Zehn Sekunden warten? Kein Problem. Hier ein brennender Elefant! Kleiner Tipp von mir: Seit ich weiß, dass man die Drüsen vom Frontscheibenspritzwasser auch nach vorne justieren kann, ist a) mein Leben sehr viel lustiger und b) das der Ampel-Jongleure sehr viel nasser geworden. Doch das haben Sie nicht von mir.

Ich öffne den Vorhang und linse erneut nach draußen. Die Studenten stehen noch immer auf dem Flachdach. Inzwischen machen sie tatsächlich Seifenblasen und fotografieren sich gegenseitig mit Polaroidkameras. Wenn das so weitergeht, rufe ich das Ordnungsamt. Man kann mir alles nehmen, aber nicht meine aufrichtige Verbitterung. Vorsichtig mache ich das Fenster auf Kipp. »Hey, Nachbar!«, erschallt es da plötzlich durch den Innenhof. Das Seifenblasenmädchen sieht direkt in meine Richtung. »Willst du nicht rüberkommen?« Ha!, denke ich. Ich liebe den Sommer.

»Klar«, rufe ich. »Ich bring Longboards und gute Laune mit.«
Ich stecke mir eine Blume ins Haar und gehe los.

Zehn Minuten später. Ich stehe auf dem Hochhausdach, nippe am Strohhalm meiner Rhabarberschorle, schaue ins Licht der Sonne, blinzle, wische mir eine Strähne durchs Haar und brülle: »Die Welt gehört uns, Freunde. Wir auf den Dächern dieser Stadt und vor uns die Zukunft. Ich liebe das Leben!«
Einer der Studenten sieht mich entnervt an. »Wer hat denn den Freak eingeladen?«
»Ist bloß der Nachbar«, sagt das Seifenblasenmädchen. »Eigentlich ganz nett. Hippie halt.«
»Kommt schon«, brülle ich, »das Leben ist zu kurz für ein Irgend-wann. Nur wir und die Weiten Australiens. Lasst uns einfach ab-hauen.«
»Alter, du nervst!«
»So, ein Song noch und dann ist Schluss«, brüllt das Seifenblasen-mädchen. »Huw!«, kreischt sie. »Ich liebe Culcha Candela!«

Nun denn, vielleicht habe ich Glück, und das hier ist bloß das Drehbuch eines Musikvideos, vielleicht aber auch einfach ein Traum. Und ich werde wach in meinem Auto. Und sehe auf die Kreuzung, den Jongleur und die gelb werdende Ampel und fahre los und vielleicht, nur ganz vielleicht ein kleines, ein ganz kleines biss-chen zu früh, Baby!

VIELFALT UND ZWIESPALT

Ich weiß immer noch nicht, wer mir im Sommer mehr auf den Keks geht:

a) Hey, ich bin Swantje. Ich habe ein flippiges Eiscafé aufgemacht. Es heißt Fräulein Wunderwaffel. Wir benutzen zwanzig verschiedene Schriftarten für unsere Kreidetafeln, sitzen kann man ausschließlich auf Kinderschaukeln und upgecyceltem Sperrholz-Gelumpe, und wir verkaufen random Sorten wie Tonkabohne-Zwiebelwurst, Kohlenstoff-Bergamotte und Limette-Zander, weil wir einen Fick auf Konventionen geben. Jedes Eis ist ein Spiegel meiner Seele, und ich liebe mein Leben.

b) Hey, ich bin Wolfgang! Ich hasse diesen neumodischen Hipster-Firlefanz. Grummel, Grumpf! Damals gab es nur drei Sorten für fünfzig Pfennig, die Eiscafé-Servietten waren aus Schmirgelpapier, alle Menschen schwarz-weiß, und überhaupt war früher alles besser. Nur Schoko, Erdbeere, Vanille und das Wertesystem von Philipp Amthor geben meinem Leben einen tieferen Sinn.

Dieser innere Zwiespalt macht mich fertig. Wahrscheinlich sollte man am Ende alle Menschen gleichberechtigt verachten.

Ich starte den Motor und betätige den Sendersuchlauf des Radios. Überall Sommerhits. Es ist wirklich kaum auszuhalten, denn draußen regnet es in Strömen, und mir geht beim Hören dieser Songs ununterbrochen eine wichtige Sache durch den Kopf. Während deutsche House-Tracks und R-'n'-B-Refrains kaum noch ohne obligatorisches Touristenspanisch auskommen und Textzeilen wie *hola, mamacita, vamos a la playa* oder *livin' la vida loca* die deutsche Popkultur prägen, frage ich mich, ob zeitgleich ein andalusischer Produzent namens DJ Jesús Fernandez mit Textzeilen wie »Kuckuck, holdes Mütterchen«, »Diesig wird's bei Graupelschauer« oder »Erika, Storno an Kasse 4« die Charts dominiert? Und irgendwie werde ich dieses Bild nicht mehr los. Spitzenreiter der Ibiza-Dancefloor-Charts sind aber weiterhin die Klassiker *¿Cuánto cuesta?*, *Übergangsjäckchen* und *Günter, mach die Fenster auf Kipp*. Alles sehr verwirrend.

Ich schalte weiter und vernehme ein Moderatorenduo auf 1Live. O-Ton: »Bevor ihr gleich die letzten beiden Tickets für das Konzert heute Abend gewinnen könnt, hören wir noch eine Nummer, die so richtig steil geht. *Mad Love* von Sean Paul und David Guetta. Ohrwurmgarantie!«
Ihr Kollege: »Im Refrain heißt es immer *watch the tempo*. Weißt du, was ich mich da gefragt habe?«
Sie: »Nein.«
Er: »Ganz schön cooler Track für eine Nummer über Taschentücher.«

Sie haben dann etwa fünf Minuten gemeinsam über den Tempo-Witz gelacht, und vermutlich hätte ich mich unmittelbar aus dem Fenster gestürzt, wenn ich nicht in letzter Sekunde gemerkt hätte, dass ich mit dem Auto auf einem Rasthof-Parkplatz stehe, und das wohl durchaus recht lächerlich ausgesehen hätte.

Ach, manchmal wünsche ich mir, dass diese ewig jung gebliebenen und super-duper gelaunten Radiomoderatoren mal durch ein paar zynische und aufrichtig desillusionierte Hobbyrentner ersetzt werden.

Das wären doch bestimmt schöne Dialoge:

Moderatorin: »So, ihr Pappnasen. Und jetzt der neue Song von David Dingsbums. Alles der gleiche Rotz. Diesmal mit Sean Paul, der ollen Grützwurst. Versteht eh keine Sau.«

Kollege: »Im Refrain heißt es immer *watch the tempo*. Weißt du, was ich mich da gefragt habe?«

Moderatorin: »Nein.«

Kollege: »Was machen ich eigentlich hier? Ich hasse mein Leben.«

Moderatorin: »Peng!«

Ich mache das Radio aus, kurble die Scheibe herunter und zünde mir eine Zigarette an. Plötzlich klingelt mein Telefon. Ein Anruf von Volker. »Du, Patrick! Es gibt ein Problem. Meine Nichte ist zu Besuch und hat grad Konzertkarten im Radio gewonnen. Die braucht aber eine Begleitperson, weil sie noch minderjährig ist. Und hier sind grad alle krank. Kannst du heute Abend mit Jasmina da hingehen?«

»Na, klar doch«, sage ich. »Welche Band denn?«

»Du musst jetzt stark sein.«

»Okay.«

»Mark Forster.«

»Ich hasse euch alle.«

Neun Stunden später. Jasmina und ich haben halbwegs gute Plätze bekommen. Sie ist vollkommen aufgeregt, bereits kurz vor der

Hyperventilation, und kann es kaum abwarten. Nach wenigen Minuten geht es los, Scheinwerfer an. Mark betritt die Bühne und sieht in die Menge. Verlegen sieht er aus, ein bisschen schüchtern. »Wow! Ihr seid so viele. Ich bin so unfassbar dankbar für alles.« Ich sehe auf die Eintrittskarte meines Nebenmanns. 49,50 Euro. Na, da wäre ich auch dankbar für alles. Jasmina strahlt. »Oh, mein Gott. Er ist so süß!« Ja, denke ich, wirklich sehr süß. Eine Mischung aus Hundewelpen und Grafikdesigner. Aber ich gelobe mir, jedweden Sarkasmus im Keim zu ersticken und die Sache positiv anzugehen. Für Jasmina.

Vor uns stehen zwei Typen in meinem Alter. Sie erzählen, dass sie nur ironisch hier sind. Aha, denke ich, natürlich, heutzutage macht man ja alles bloß noch ironisch. Musik, Literatur, Lifestyle: Man hört Cloud Rap, schaut Trash-TV, trägt Neunziger-Mode als Zitat einer verachteten Popkultur – die Ironie wird uns alle vernichten. Irgendwann suchen wir unsere Partner ironisch aus. Dann geht man ironisch in die Großraumdisco, trinkt Alkopops, sucht sich den unsympathischsten Menschen, den man auf der Tanzfläche finden kann, heiratet ihn, baut ein Haus, zeugt Kinder, und irgendwann stirbt man ironisch in einer Doppelhaushälfte. Und alle denken: Hä? Was für ein trauriges Leben. Und man selbst sitzt unterm Sargdeckel und denkt: Ha! Den Pennern hab ich es aber gezeigt. Ich bin so meta!

Eine weitere SMS von Volker: »Danke nochmals. Ich schulde dir was.« Ich antworte: »Ja, deinen Skalp.« Mein Blick richtet sich erneut zur Bühne. Mark strahlt. »Mir fehlen die Worte«, winselt er, »aber ...« Ja, nichts *aber,* denke ich, wenn dir die Worte fehlen, dann halt's Maul und fang an. Das Konzert beginnt. Zunächst einige Songs aus dem neuesten Album, dazwischen die üblichen Floskeln wie »Ohne euch wäre ich nichts«, »Ihr seid alle so wunderschön« und »Beste Fans der Welt«. Na, du bist mir auch so ein bester

Fan der Welt, denke ich. Wobei es eine schöne Vorstellung ist, dass zeitgleich irgendwo Max Giesinger auftreten würde und sein Publikum mit folgenden Worten begrüßt: »Hi, Leute! Was soll ich sagen? Die besten Fans der Welt sind grad alle bei Mark Forster, es ist, wie es ist. Schaut euch an. Ihr seid Abschaum. Dreck. Vollkommen wertlose Durchschnittsfans!«

Das wäre ja auch irgendwie ulkig. Doch ich schweife ab, zurück zum Konzert. Jasmina wirkt glücklich, und das ist ja die Hauptsache.

Die Show geht in Ordnung, Mark erweist sich als guter Entertainer. Inhaltlich zwar eine Vollkatastrophe, aber alles eine Sache der Erwartungshaltung. Meine Vorstellungen waren jedenfalls schlimmer, und das, was ich zwischen den zehntausend in die Luft gestreckten Handykameras erkennen kann, erweist sich zumindest als sehr solide. Zwischendurch die üblichen Floskeln: »Ohne euch wäre ich nichts.« Das stimmt nicht, denke ich, ohne uns wärst du heute Abend ziemlich allein oder würdest bei der Stadtsparkasse arbeiten, doch das ist ja nicht *nichts*. Wenn überhaupt: »Ihr macht es möglich, dass ich meine Leidenschaft zum Beruf machen konnte.« Andersrum wäre es ein bisschen seltsam. Einfach mal den Beruf zur Leidenschaft machen: »Früher war ich Sachbearbeiter in einer Versicherung. Heute ist es nur noch ein verrücktes Hobby.«

Wobei das Wort »Leidenschaft« ohnehin zu einer leeren Worthülse verkommt. Neulich stand ich an der Ampel hinter einem Auto mit Heckscheibenaufkleber. Ein Firmenlogo und darunter das Motto: »Fußpflege ist unsere Leidenschaft.« Ganz ehrlich: Ich glaube nicht, dass da auch bloß ein Mitarbeiter morgens aufwacht und denkt: Oh ja! Hornhautraspel und Schrundensalbe! Wie geil ist mein Leben bitte! Leidenschaftliche Fußpfleger machen mir Angst. Wenn ich irgendwann in meinem Leben mal zur Fußpflege gehen sollte, erwarte ich doch, dass da jemand ganz stupide und routiniert seinen

Job erledigt und meine Füße nicht zum Objekt der Begierde eines durchgeknallten Fetischfreaks werden.

Aber ich schweife ab. Das letzte Lied beginnt. Davor noch der obligatorische Satz, auf den hier alle gewartet haben: »Dies ist mein persönlichster Song. Ich hoffe, er gefällt euch.« Wenige Minuten später ist das Konzert vorbei. Verbeugung, tosender Applaus, Vorhang zu.

Jasmina und ich fahren los. Nachdem ich das glückliche Mädchen irgendwann sicher bei Volker abgesetzt habe, eine letzte SMS: »Dein Skalp ist nicht genug. Auch deine Seele soll es sein!« Ich starte den Motor, zünde mir eine Zigarette an, betätige erneut den Sendersuchlauf und lande erneut bei 1Live.

Und in diesem Moment passiert es. In diesem Moment wusste ich, dass ich mit dem Konzert noch gut bedient war, und mir erschien der Forster-Mark wie Mozart und all die Giesingers und Revolverhelden wie Michael Jackson, Adele und Jay-Z zusammen. Mir wurde klar, dass sich die Belanglosigkeit deutscher Popmusik immer noch steigern ließe, dass sie sich längst nur noch selbst parodieren kann. In diesem Moment wurde mir klar, dass selbst die Hölle noch ein schöner Ort sein kann, wenn Satan dort nachmittags kein Radio spielen würde, und dass selbst *Lieblingsmensch* nicht der schlimmste Song aller Zeiten war, denn es erklang ein Liedlein der just Erwähnten, und dort hieß es gar: *Je ne parle pas français, aber bitte red weiter. Alles, was du sagst, hört sich irgendwie nice an.* Und in diesem Moment zog sich der Himmel zu, ein Sturm wehte auf, und ich dachte: Diesig wird's bei Graupelschauer. Wo ist DJ Jesús Fernandez, wenn man ihn braucht? Und das Fenster öffnet sich von allein, denn das Glas zersprang in tausend Teile. Ich schaue auf den Boden. Etwa siebzig Zentimeter. Ich springe. Es wird ein langsamer Tod.

GUILTY PLEASURE

Eine der größten Indikatoren des ironischen Zeitalters ist die Tatsache, dass Menschen von sogenannten *Guilty Pleasures* reden, sobald sie von musikalischen Vorlieben oder Fernsehgewohnheiten berichten, die nicht dem popkulturellen Gesinnungskanon ihrer Filterblase entsprechen. Das ist schade.

Persönlich lasse ich mir vieles ankreiden, doch ich habe alles, was ich im Leben gemocht habe, immer in voller Aufrichtigkeit getan. Ob Musik, Filme, Serien oder Mode – entweder habe ich Dinge ignoriert, mit Überzeugung verabscheut oder sie aus ganzem Herzen und in voller Wahrhaftigkeit geliebt. Und dafür schäme ich mich nicht. Denn schämen sollte man sich für dummes Verhalten, aber nicht für seinen schlechten Geschmack.

Seit vielen Jahren liebe ich Justin Timberlake, und auch wenn ich mich selbst als heterosexuellen Mann bezeichnen würde, würde ich für Justin jederzeit eine Ausnahme machen. Ich sag nur: »Oh, mein Gott, diese süßen Kulleraugen!« Zwischen meiner Frau und mir gibt es das ungeschriebene Abkommen, dass ich sie für Justin jederzeit verlassen dürfte. Sie wäre nicht böse. Die Wahrscheinlichkeit, dass Justin und ich uns jemals begegnen sollten, ist relativ gering. Meine Frau hat auch einen Beziehungsausstiegsjoker, den will sie mir allerdings nicht verraten, denn sie sagte, dass die Wahrscheinlichkeit einer Begegnung da weniger gering sei. Aber gut, ich möchte nicht unflexibel sein.

Im selben Atemzug der *Guilty Pleasures* sprechen Menschen oft auch von Jugendsünden. Sie erzählen dann, dass sie einfach unreif und naiv gewesen seien und aus diesem und jenem Grund peinliche Sachen gemacht oder einen bestimmten Popstar vergöttert hätten.

Ich habe da nun wirklich lange drüber nachgedacht, und ich weiß nicht, ob es solch klassische Jugendsünden in meinem Leben wirklich gab. Als pubertierender Lausbub habe ich Britney Spears vergöttert. In meinem Zimmer hingen einige Poster und Starschnitte aus der *Bravo,* und mit *einige* meine ich *alle.* Meine Liebe zu Britney war unermesslich, ich war nahezu fanatisch verliebt, und manchmal stellte ich mir vor, dass sie meine Freundin sei. Dann malte ich mir aus, wie sie mich von der Schule abholt, an die Tür des Klassenzimmers klopft und vor den versammelten Mitschülern irgendwas sagt wie: *Hello! I'm just looking for my sweet boyfriend. Darling, where are you?* Britney kam allerdings nie. Manchmal holte meine Mutter mich von der Schule ab. Letztlich alles ziemlich enttäuschend. Als Jugendsünde würde ich das aber nicht bezeichnen, denn auch in der Retrospektive bleibt Britney verdammt hot, und meine Liebe zu ihr ist nie erloschen. An schlechten Tagen, wo es um das eigene Selbstvertrauen mal weniger gut bestellt ist, werfe ich ihre CD ein, und wenn es dann *It's Britney, bitch!* heißt, werde ich zu einem anderen Menschen, möchte nicht sagen zu einem nasty boy. Ach, Britney. Es hätte so schön mit uns werden können.

Frau Spears war allerdings nur meine zweite große Flamme, bereits zuvor war ich lange Zeit *unglücklich* in Vada aus dem Film *My Girl* verknallt. Die Schauspielerin an der Seite von Macaulay Culkin hieß Anna Chlumsky, aber die war mir egal, denn es ging hier eindeutig um Vada. Vada war die Liebe meines Lebens. Ich schaue diesen Film etwa zweimal im Jahr, und noch immer bekomme ich dabei ein seltsames Augenflimmern. Bis heute habe ich eine gewisse Wut auf gewisse fliegende Insekten, und wenn ich in der Auslage beim Konditor einen Bienenstich sehe, muss ich weinen.

Doch wie gesagt: Ich bereue nichts. Weder meine naive Hingabe, meinen kitschigen Filmgeschmack, das damalige Abonnement des *GZSZ*-Magazins noch meine verschwendete Jugend mitsamt all ihren temporären Identitäten. Ich war Skaterboy, düsterer Emo, braun gebrannter Sonnyboy mit Vorliebe für blonde Strähnen und schnulzigen R'n'B und zuletzt kleinkrimineller Wannabe-Gangster mit schlechten Dreadlocks. Für die meisten war ich eine Witzfigur, aber in meinen Augen der härteste Rapper der Stadt – der deutsche Wu-Tang Clan in einer Person. Wahrscheinlich hat mich niemand ernst genommen, denn ich war ein privilegierter blasser Deutscher aus gutem Elternhaus. In meiner Welt dagegen war unser Einfamilienhaus ein Trailerpark, mein Vorzeige-Gymnasium das Ghetto und Wuppertal mein persönliches Harlem. Niemand konnte es sehen, doch in meinem Herzen war ich ein schwarzer Junge ohne Zukunft, dessen einziger Ausweg der Hip-Hop war. Ich war mir sicher: Nur als rougher Motherfucker bekäme ich Britneys Aufmerksamkeit.

Es waren harte Zeiten. Aber noch einmal: Ich bereue nichts. Keine Scham, keine Schuld. Stolz wäre jetzt auch übertrieben, aber es sollte alles genau so sein, wie es war. Und wenn ihr Stress wollt, kommt doch her! *It's Britney, bitch!*

PORTRÄT EINER WILLKÜRLICHEN FAMILIE
IM EINRICHTUNGSMAGAZIN

Neulich habe ich im Zeitschriftenladen in einem Wohnmagazin ge-
blättert. *Schöner Wohnen,* hieß es da. *Durchschnittlich wohnen* würde
wohl keiner kaufen, dachte ich und war natürlich neugierig. Früher
wollte ich ja einfach völlig normal wohnen, bisschen sitzen, rum-
lungern, schlafen, aber jetzt mit Mitte dreißig sollte man sich mal
Gedanken machen, wie man so haust.
Auf dem Cover war eine glückliche Familie. Ich vermute, depressive
Familien haben es schwer auf dem Wohnmagazinemarkt. Menschen
lieben glückliche Familien. Die Familien sind glücklich, weil sie in
großen lichtdurchfluteten Wohnzimmern sitzen, denn Wohnungen
in Wohnmagazinen, so weiß der Kenner, sind nicht nur verwinkelt,
heimelig und charmant-individuell, sondern vor allem auch sonnendurchflutet. Nicht leicht tangiert, gar touchiert oder von zartem
Sonnenstrahl gekitzelt, nein, stets geflutet.

Die glückliche Cover-Familie wird per Homestory vorgestellt:
Swantje und Jörn. Ich habe keine Lust, den Text neben den Bildern
zu lesen, kann mir die Geschichte aber bloß allzu gut vorstellen.
Und irgendwie sind sie ja eh alle gleich, diese Wohnmagazinefa-
milien. Ich weiß ehrlicherweise auch nicht, ob sie Swantje und Jörn
heißen, doch alles andere macht schließlich keinen Sinn. Jörn ist
Gründer einer kleinen Social-Media-Agentur. Selbstständig natürlich. Hin und wieder hält er Vorträge auf Kongressen und Tagungen.
Jörn liebt die digitale Vernetzung. Bisschen Twitter, Tumblr, Pinterest – alles supereasy. Einmal die Woche erzählt er in seinem Life-
Coaching-Podcast, wie super das alles funktioniert mit dem Job,
seiner Familie, den neun Kindern und dem Leben und der Jörnig-
keit an sich. »Zweifel darf man ruhig zulassen, sie sind völlig natür-

lich. Aber man muss auch Macher sein.« Wichtig sei es, abzuschalten und den Kopf freizubekommen. »Einfach mal rausgehen«, sagt Jörn. »Das Glück lauert oft vor der eigenen Haustür.« Natur genießen, abschalten, atmen! Immer wieder atmen. Depression, das sei was für Verlierer. Wie gesagt: alles supereasy.

Swantje hat für Jörn und die Kinder das Studium abgebrochen. Neuerdings betreibt sie einen Familienblog. Ausflüge mit den Kindern, das gemeinsame Essen, Kuschelzeit. Wird alles festgehalten. Dann noch Rezepte, Basteltipps und andere Dinge. »Im Prinzip wie ein Tagebuch«, sagt Swantje. »Nur, dass ich andere Menschen teilhaben lassen kann und im ständigen Austausch stehe. Einfach klasse.« Auf die Idee hätte Jörn sie gebracht. »Einfach toll, wie wir beide uns ergänzen. Auch nach zwanzig Jahren Ehe sind wir verliebt wie am ersten Tag.« »Ja«, schnurrt Jörn. »Wir entdecken uns in jeder Sekunde neu. Ein unfassbares Glück.« Swantje lacht. »Bloß in der Küche gibt's manchmal ein bisschen Streit. Ich habe bei uns zu Hause die Ernährung umgestellt. Keine Milchprodukte, kein Getreide, Weizen sowieso nicht, keine Hülsenfrüchte, kein künstlicher Zucker, keine Zusatzstoffe. Nur noch Paleo. Fleisch und Gemüse. Wie in der Steinzeit. Ist für alle natürlich eine Umstellung. Aber grad Weizen und Zucker waren Gift für uns, und ich denke, mein neues Hautbild spricht für sich.«

Jörn hält nichts von Paleo, weil er als Veganer natürlich keine tierischen Produkte verwenden möchte, und er sagt, es wäre zynisch, dass man im Jahr 2019 einen Lifestyle an den Tag legt, der zu gefühlt fünfzig Prozent auf dem Konsum von Tieren basieren würde. Gemüse mag Jörn allerdings auch nicht. Außerdem hat er eine Aversion gegen Fleischersatzprodukte und Allergien gegen Obst, Nüsse und Hülsenfrüchte. Also hat Jörn beschlossen, einfach gar nichts mehr zu essen und sich von Licht zu ernähren, deswegen sei er auch froh, dass das neue Wohnzimmer jetzt endlich sonnendurchflutet sei.

Swantje lacht. Neun Kinder haben sie. »Meine kleine Rasselbande«, sagt sie zufrieden. Im Prinzip alles supereasy. »Früher wäre das nicht möglich gewesen. Nur Mutter zu sein konnte ich mir nicht vorstellen.« Jörn sei beruflich ja so in der Agentur eingespannt gewesen. Kindererziehung und Haushalt, das blieb erst mal alles an ihr hängen. Aber der neue Feminismus hätte ihr Kraft gegeben, und deswegen hat sie damals den Etsy-Shop gegründet. »Im Prinzip mache ich das für mich. Vielleicht eine Art Selbstverwirklichung«, sagt Swantje. »Ich will einfach meinen Traum leben.«

Gemeinsam streifen die beiden durch das große Landhaus. Ein Traum in Naturstein, unter ihnen knarrt der alte Dielenboden. »Im Prinzip ist hier alles Do-it-yourself«, sagt Swantje. Auch die Kleidung für sie und die Kinder macht die gebürtige Münchnerin inzwischen komplett selber. »Nach dem vierten Kind habe ich für zwei Wochen einen Nähkurs besucht. Ohne Jörn wäre das niemals möglich gewesen, aber er hat zwischen acht und neun Uhr für eine Stunde auf die Kleinen aufgepasst. Beruflich ein ganz schöner Einschnitt, ein Kompromiss, der sich später als unfassbarer Glücksfall erweisen sollte, da er so endlich Material für seine Vater-Kolumne sammeln konnte und nun bis heute von seinem Leben als quasi-alleinerziehender Daddy in Elternzeit berichtet. Im Prinzip supereasy.«

Zufrieden lümmelt Swantje sich auf ihre skandinavische Sofagarnitur und zeigt auf die beiden Kissen. »Schriftzüge auf Textil mögen wir eigentlich nicht, aber hier musste ich einfach eine Ausnahme machen. *Lebe den Moment!*, das ist in Zeiten von Digitalisierung und medialer Reizüberflutung nicht immer einfach. Umso wichtiger ist es, sich das stets aufs Neue bewusst zu machen«, mahnt sie und zwickt ihren Ehemann, der grad auf sein Smartphone starrt und scheinbar vergessen hat, den Moment zu leben.

Inzwischen sitzen die beiden Neu-Eigentümer in der Wohnküche. Zwei Millionen Euro mussten sie für das Haus bezahlen. War nicht leicht, aber mit dem Erbe hatte man ein gutes Startkapital. Und Swantje hatte doch noch zwei Kleider bei Etsy verkauft und irgendwie ging es dann. In der Stadt hätte sie nichts mehr gehalten, damals als sie noch zusammengepfercht im beklemmenden City-Loft auf 300 Quadratmetern hausten. »Da hat man sich schon wie ein Flüchtling in der Notunterkunft gefühlt«, sagt Jörn. »Aber das ist vielleicht ein wenig übertrieben.« Und dann lacht er ein bisschen.

Gemütlich haben sie es hier. »Einige Möbel haben wir aus München mitgenommen und neu aufgearbeitet, allerdings sind auch einige Designstücke dabei. Zeitlose Klassiker wie der Eames Chair oder der elegant geschwungene Nierentisch von Hamsbrö. Ich LIEBE die Kombination von Neu und Alt«, erzählt Swantje. Vintage trifft hier auf modernes Design. Warme Farben auf die kühlen Hintergründe. Kontraste und so. Und in der Tat: Die Kombination von warmem Holz und kühlem Industriecharme lädt zum Verweilen ein. »Man muss sich auch mal was trauen und ein bisschen experimentieren.« Die meisten Möbel sind allerdings Flohmarktfunde. »Was man da nicht für Schätzchen findet. Außerdem liebe ich das Bummeln und Schlendern, die Begegnungen mit Menschen, ihre Geschichten. Und überhaupt – Shabby Chic, charmant, einfach klasse.«

Swantje sieht aus dem Fenster und sinniert. In diesen großen Möbelhäusern – das sei meist eh nur billige Massenware. Hat mit Individualität nicht mehr viel zu tun. Sie lacht erneut. Aber im Gedenken an die erste gemeinsame Wohnung hätte man nun die Kinder nach IKEA-Möbeln benannt. Billy, Ivar, Hemnes und so weiter. Nur für die letzten beiden wäre ihnen nichts mehr eingefallen, deswegen heißen sie Kind 8 und Kind 9. Doch das hätten sie wiederum mal bei Twitter aufgeschnappt und fanden es irgendwie witzig. »Und schließlich sprechen wir hier alle fließend sarkastisch«, sagt Swantje und zeigt ihr schönstes Sichtbetonlächeln.

Und dann irgendwann vor zwei Jahren habe man noch die beiden Siam-Katzenbabys adoptiert. Zwillinge. Siamesische Siam-Katzen. Muss man sich mal vorstellen. »Da haben wir schon zweimal überlegt, ob wir das physisch und psychisch hinbekommen, aber als wir die beiden Herzchen dann gesehen haben, wichen jedwede Zweifel.«
Jörn strahlt. »Für meinen Blog ist so was natürlich Gold«, sagt er und streichelt über die beiden verwachsenen Köpfe. »Einfach authentisch!« Beim Namen musste man natürlich nicht lange überlegen. »Na, schauen Sie sich die beiden Racker doch nur an. Chic und Shabby!«

Was die Zukunft bringe, wüssten sie nicht. Ihren Familienblog wollten sie natürlich pflegen und ausbauen. Mittlerweile wirft er sogar mehr ab als Jörns Agentur, die er mittlerweile bloß noch halbtags betreut. Auch bei Instagram kommen die beiden gut an. Sie lieben ihre Kinder. Das sieht man. Nur einmal, als Hemnes sich wegen seiner Persönlichkeitsrechte beschwert hat, sei Jörn die Hand ausgerutscht. Hätte er ja auch nicht gedacht, dass ihm das mal passieren würde. Aber der Blog ist jetzt immerhin auch sein Leben, und neuerdings bekommen sie ja kostenlose Möbel, hochwertige Kinderkleidung und jede Menge Geld für gesponserte Beiträge, da soll er sich mal nicht so anstellen. Und überhaupt – was kann so ein Siebenjähriger schon für eine schützenswerte Persönlichkeit haben?

Swantje und Jörn wirken zufrieden. »Wissen Sie, alles ist in seiner Unvollkommenheit so wundersam schön.« Deswegen haben sie auch ihren gemeinsamen Familienblog PERFEKT / UNPERFEKT genannt. »Wir brauchen einfach das Chaos«, sagt Swantje und zeigt auf ihre sterile Küche und den 8000-Euro-Gasherd und greift in die Schublade. »Alles irgendwie improvisiert.« Ja, hier in Schweden, da fühle sie sich wohl. »Wir sind schon ein wuseliger Haufen.«

Und schließlich lacht sie. Dann lachen die Kinder. Völlig synchron. Auch Shabby und Chic lachen. Und zu guter Letzt lacht Jörn. So wie er immer lacht. Sein typisches sonnendurchflutetes Jörn-Lachen halt. Irgendwie eine Nuance zu schrill, zu aufgesetzt, ein bisschen zu coachig.

»Hach, mein Jörn«, sagt Swantje, greift in die Schublade und atmet durch. Immer wieder atmen. Dann schießt sie. Einfach so. »Hätte ich früher auch nicht gedacht«, sagt Swantje. Sie wirkt erleichtert. »Aber im Grunde – alles supereasy.«

LIFE-COACHING: IRONISCH WOHNEN!

Wir leben im Zeitalter der Ironie. Der moderne Mensch trägt ironisch Schnauzbart, Mom-Jeans oder Ballonseide. Das können Sie auch! Und zwar ohne das Haus zu verlassen. Hier ein kleiner Ratgeber für mein neues Einrichtungsmagazin *Ironisch wohnen.*

1. Nicht jeder will leben wie ein Vorzeige-Yuppie auf Pinterest. Altbauwohnungen mit Eames-Stühlen und Echtholzdielen sind was für Großstadtsnobs. Kenner wissen jedoch: Es geht nichts über klobige Wohnwände, Raufasertapeten und das gute Klicklaminat von Poco. Ein paar CD-Tower, Lavalampen und die Coladosen-Sammlung »Bundesligasaison 94/95« runden die Sache perfekt ab.

2. Arbeiten Sie im Badezimmer bevorzugt mit Plüsch! Schon Max Goldt wusste um den fabelhaften Zauber der sogenannten »Klofußumpuschelung«. Führen Sie das Konzept auch in anderen Wohnbereichen fort und umpuscheln Sie Dinge wie Tischbeine, Stühle und Ihren Lebenspartner. Je mehr Flausch, desto mehr Fun!

3. Grünes Gestrüpp wie Kakteen, Farne und Monstera-Pflanzen sind was für Pinterest-Hipster. Kaufen Sie stattdessen im Baumarkt mal wieder eine Orchidee – die Beatrix von Storch unter den Blumen.

4. Dekorieren Sie Ihre Wohnung mit witzigen Blechschildern! Lustige Sprüche wie *Ich bin, wie ich bin. Die einen kennen mich, die anderen können mich* zeigen Ihren Gästen: Der Spaß ist hier zu Hause! Oberflächlich mögen sie hirnverbrannt und austauschbar

sein, aber wenn man ihre Schale erst mal durchdrungen hat, weiß man, dass sie hirnverbrannt und austauschbar sind.

5. Greifen Sie leuchtmitteltechnisch bevorzugt auf LED-Leisten zurück. Ob unter dem Bettrahmen, an den Decken oder als Spiegelrahmen – diese zeitlosen Klassiker schaffen durch ihr natürliches Licht ein wundervolles Ambiente. Einfach charmant!

6. Wo vor zehn Jahren mediterrane Pasta-, Espresso- und Cappuccino-Motive Ihre Küche zierten, können Sie nun zeitgeistigen Geschmack beweisen. Greifen Sie auf regionale Motive zurück und dekorieren Sie Ihre Küche mit Sauerkraut und grober Leberwurst.

7. Arbeiten Sie im Schlafzimmer viel mit Deckenspiegeln, schwarzem Glattleder und Satinbettwäsche! Man hält Sie dann entweder für einen geschmacklosen Loverboy oder einen Psychokiller. Oder beides.

8. Insider wissen: Wandtattoos und Fußmattenbeschriftungen wie *Home* oder *Welcome* sind ja so was von 2014. Ebenfalls vorbei sind die Zeiten inspirierender Lebensweisheiten wie *Carpe diem* oder *An trüben Tagen liegt es in unserer Hand, Sonne zu spielen.* Halten Sie es einfacher: *Komm auf dein Leben klar, du Otto!*

9. Wie wäre es mit tollen Fotos von Ihnen und Ihrem Partner auf den Sofakissen? Dieses romantische Gimmick sorgt nicht nur für eine tägliche Erinnerung an Ihren Liebsten, sondern wird auch Ihren Single-Gästen noch einmal verdeutlichen, dass bei Ihnen die Sweet-Love regiert, während diese einsam und depressiv dahinsiechen werden.

Viel Erfolg!

DIE NEUEN NACHBARN

Es klingelt. Im Flur stapeln sich derweil mal wieder meterhohe Pakettürme der anderen Hausbewohner. Da ist alles dabei. Die üblichen Großversandhäuser, und irgendjemand hat wieder Strümpfe bei Happy Socks bestellt. Glückliche Socken – was es nicht alles gibt! Ich mag meine Socken ja lieber depressiv und höchstens mal so mittelmäßig drauf. Aber gut, müssen die Leute selber wissen. Es klingelt erneut. Ich öffne die Tür.

»Hallo! Sie haben ein Paket für mich angenommen?«
»Das ist korrekt. Name?«
»Ich wohne direkt unter Ihnen. Wir sind Nachbarn und kennen uns.«
»Ausweis?«
»Was?«
»Den Ausweis, bitte!«
»Hab ich nicht dabei. Ist aber für meine Frau.«
»Existiert da eine Vollmacht?«
»Herr Salmen, Sie nehmen das hier mit der Paketannahme ein bisschen zu ernst.«
»Ob Sie eine Vollmacht haben???«
»Wollen Sie mich verarschen?«
»Ich erwarte von Ihnen nur das Mindestmaß an Professionalität, das Sie auch von mir erwarten.«
»Wissen Sie was? Behalten Sie den Scheiß einfach.«

Schade, ich hätte ihm gerne noch meinen kleinen Postshop im Gästeklo gezeigt, wo ich neuerdings Paketband und Luftpolsterfolie verkaufe. Aus meinem Provisorium ist inzwischen eine richtige DHL-Zweigstelle geworden. Sogar einen Hubwagen habe ich mir gekauft.

Traurig sehe ich nach draußen. Der seltsame Mann im Haus gegenüber steht nackt vorm Fenster und zeigt seiner um den Arm gestülpten Tennissocke die schöne Aussicht. Der traurigste Puppenspieler der Welt. Und ich dachte, ich wäre hier der einzige Kaputte.

Harmonie und Frieden in der Hausgemeinschaft waren mir immer wichtig. Es ist ja nicht so, als hätte man mit seinen Nachbarn ein sehr inniges Verhältnis, aber wenn sie dann weg sind, fehlen sie einem ja doch. Die Nachbarn von nebenan sind letzte Woche ausgezogen. Einfach weg. Mit mir war das jedenfalls nicht abgesprochen. Im anonymen Großstadtdschungel ist jede wegbrechende Konstante eine zu viel. Ich hasse Veränderung.

Ich tippe meine eigene Adresse bei Immobilienscout ein, um nach der Nachbarwohnung zu suchen. Da ist sie auch schon! Scheinbar steht sie zum Verkauf. 148 Quadratmeter, 5 Zimmer, 450 000 Euro. Ich könnte die Wohnung einfach selber beziehen und die Wand durchbrechen. Sechs verdammte Zimmer mehr. Ich wäre Großgrundbesitzer und könnte eine Empfangsdame einstellen, die meine Gäste begrüßt. Einen Raum würde ich leer lassen. Einfach weil ich es kann, und damit ich dort den ganzen Tag lustige Echo-Geräusche machen könnte. So eine halbe Million wird man ja irgendwie zusammenkratzen können. Vorfreudig schnappe ich mir mein Portemonnaie und blicke hinein. Na ja, vielleicht doch eher 'nen Döner.

Ach, es ist alles so schade. Mit den Menschen geht ja auch der Geruch, und jedes Haus lebt von seinen Gerüchen. Ich würde mein Haus immer erkennen. Unten wohnen die Koslowskis, die bringen eine schöne Alte-Leute-Komponente rein, denn Senioren riechen konsequent nach Grünkohl, Bratensauce und der Farbe Beige. Ein Stockwerk drüber riecht es nach Babypups und etwas Katzenstreu. Und hier oben eben nach mir. Ich weiß nicht, was die Nachbarn denken, wie ich rieche. Wahrscheinlich nichts Provozierendes oder besonders Markantes. Bin jetzt keiner dieser Leute, wo man sich umdreht und dann sagt: »Boah, Moschus!« Vielleicht aber doch. Kaffee, Salbei, Lavendel. Man weiß es nicht. Da fehlt einem die nötige Distanz zu sich selbst.

Die alten Nachbarn waren super, allerdings steht nun die Wohnung leer, und ich überlege bereits, wie ich die heutige Großbesichtigung angemessen sabotieren kann, um meinen Wanddurchbruchsplan alsbald in die Tat umsetzen zu können. Der Grundgedanke: Wenn die Wohnung lang genug leer steht, verliert die Maklerin das Interesse und gibt irgendwann einfach auf. So wie bei schwer erziehbaren Kindern oder alten Autoreifen. Irgendwann ist der Verkäufer so frustriert, dass er sie für 'nen Fuffi bei eBay-Kleinanzeigen reinstellt. Also die Reifen, nicht die Kinder.
Draußen vor dem Haus hat sich bereits eine Schlange mit Interessenten gebildet, die auf die Maklerin warten. Im Kopf gehe ich mögliche Sabotage-Varianten durch, die ich auf die Schnelle arrangieren könnte …

Modell 1: Der ruppige Rentner. Ich könnte mir aus dem Inhalt der angenommenen Pakete ein schönes beigefarbenes Outfit zusammenbasteln, die Haare mit Trockenshampoo grau färben und einen verbitterten Alt-Nazi spielen, der bei jeder Kleinigkeit die Polizei anruft. Dann würde ich im Hausflur Dinge sagen wie »Ab 18 Uhr ist Zimmerlautstärke, und dienstags wird der Flur gewischt« oder »Neue Nachbarn? Däumchen hoch! Wenn's nur keine Syrer sind!«.

Modell 2: Entgentrifizierung. Ich könnte warten, bis alle im Hausflur stehen, und dann wie im Filmklassiker *Kevin – Allein zu Haus* auf voller Lautstärke ein paar Gewaltszenen aus alten italienischen Mafiafilmen laufen lassen. Zusätzlich könnte ich mit Luftpolsterfolie und meiner Popcornmaschine einige solide Schusswaffen-geräusche simulieren. Davor würde ich die Wände im Flur mit ein paar Graffitis beschmieren. Mögliche Schriftzüge wären *Crystal Meth ist superklasse* oder *We love Prostitution, sinnlose Gewalt und illegales Glückspiel.* Dann noch im Treppenhaus ein bisschen Spritz-besteck verteilen. Und ab dafür!

Modell 3: Einen Interessenten spielen, mich unter die Besichti-gungstruppe mischen und bei Gelegenheit eine besonders düstere Geschichte über den Vormieter erzählen. Irgendwann würde ich mit dem Finger über die frisch gestrichene Wand streichen und erstaunt verkünden: »Das Blut haben sie aber gut wegbekommen!«

Modell 4: Einfach sechsundzwanzig Kinderschuhe im Hausflur auf-stellen und zwischendurch Dinge brüllen wie »Elisa, sag deinen zwölf dösigen Geschwistern mal, dass sie die Klappe halten sollen! Und Sauron soll sein Crack wegpacken!«.

Na ja, viel Zeit habe ich nicht mehr. Die Maklerin ist inzwischen vor dem Haus angekommen, wedelt mit dem Haustürschlüssel und begrüßt die versammelte Interessentengruppe. Jetzt heißt es im-provisieren. Ich greife mir einen Karton, ein paar Stifte und etwas Tesafilm. Zwei Minuten später ziert ein riesiges Pappschild meine Wohnungstür. *Die fröhlichen Rotznasen: Kindertagesstätte für schwer erziehbare Kinder. Vormittagsbetreuung, offener Ganztag und Nacht-wache. Öffnungszeiten rund um die Uhr. Sonntags Trommelkurs!*

Abwarten, sonst kann ich nichts tun. Ich presse mein Ohr an die Tür und lausche. Vereinzelt Schritte und Gesprächsfetzen. Mein Plan scheint aufzugehen. Reihenweise verabschieden sich einige Leute, noch bevor sie die Wohnung betreten haben. Ein Mann brüllt wütend: »Das hätte doch in der Anzeige stehen müssen! Unverschämtheit! Ich hasse Kinder!« Aber als ich mich bereits auf der sicheren Seite wiege, vernehme ich eine weibliche Stimme: »Ach, guck mal, Jochen. Wie praktisch! Eine Kita! Da können wir Fiete ja direkt anmelden. Näher geht's ja mal nicht.«

Verdammter Mist! Klassisches Eigentor, würde ich sagen. Ich muss mir schnell was einfallen lassen. Erneut sehe ich nach draußen. In der Wohnung gegenüber brennt Licht. Verdammt, denke ich, das ist es!

Ich reiße mir die Kleider vom Leib, öffne einen der Kartons, schnappe mir eine Socke, stülpe sie bis zur Elle über beide Arme und reiße die Tür auf. Ich schweige und lasse die Strümpfe sprechen.

Socke 1: »Mein Name ist Winnetou. Ntscho-Tschi ist über die Berge. Als die Morgensonne den Wiesentau küsste, war sie fort. Winnetou, Sohn des Apachen-Häuptlings, ist traurig nun. Winnetou grüßt Bleichgesichter. Weißer Mann sei willkommen im Land meines Volkes. Lasst uns Feuerwasser trinken und Blutsbrüder werden.«

Socke 2: »Schweig, Winnetou. Ich bin Sören-Fried, der Garstige. Weißer Mann bringt Unheil in friedliches Land. Bleichgesicht möchte Indianerland gentrifizieren und mit Kommunikationsdesignern Concept-Stores eröffnen. Sören-Fried, der Sockenhäuptling, duldet dies nicht. Sören-Fried hasst Menschen.«

Zwar bin ich der schlechteste Bauchredner der Welt, aber der Maklerin zufolge hat man von den beiden nie wieder etwas gehört, wie sie mir zwei Wochen später im Hausflur berichtet.

Heute steht die vorerst letzte Besichtigung an. Die Maklerin, eine elegante, adrett gekleidete Dame, zückt den Schlüssel aus der Handtasche, um die Wohnungstür zu öffnen. »Ich muss jetzt rein. Gleich kommen die Leute.«

»Warten Sie«, sage ich »Eine Frage noch! Was kostet die Bude eigentlich?«

»400 000 Euro. War mal teurer. Wahrscheinlich wegen Ihrer Kita. Aber wahrscheinlich habe ich schon einen Käufer. Ich mein, allein die Lage. Die süßen Cafés, der schöne Jugendstil …«

»Na ja«, sage ich, »hier gegenüber wird ja bald viel weggesprengt. Kommt bald ein Parkhaus hin. All der Lärm, der ganze Bauschutt. Wenn sich das mal rumspricht.« Ich zeige durch das Flurfenster auf meine Kumpel Stefan und Dennis, die sich als wütende Demonstranten verkleidet haben und Dinge wie *Autos sind doof, Parkhaus Buh!* oder *Wir ficken den Kapitalismus!* brüllen. Ich finde, sie steigern sich da etwas hinein. Ein weiterer Kumpel hält ein Pappschild hoch: *Kein Mensch braucht Parkhäuser. Süße Cafés, stationärer Einzelhandel, Kita-Plätze und bezahlbarer Wohnraum – das fetzt!*
Sein Schild ist sehr lang.

Draußen auf der Straße haben sich inzwischen sogar einige Gegendemonstranten eingefunden. Die IG Metall hat einen Stand aufgestellt und singt im Chor *Keine Maschine* von Tim Bendzko, und ein einsamer Nazi brüllt: »Cafés raus aus Deutschland. Wir sind das Parkhaus!« Wo der jetzt wieder herkommt, weiß ich auch nicht.

»Tja, verändert sich viel hier«, seufze ich in Richtung der Maklerin. »Rieche ich eigentlich nach Moschus?«

»Ne, eher so nach Ingwer.«

»Subtil?«

»Ne, schon recht penetrant.«

Na ja, auch mal gut zu wissen. Zufrieden blicke ich abends aus dem Fenster. Drüben brennt erneut das Licht. Der seltsame Mann und seine Tennissocke packen Umzugskartons. Und das find ich nun auch irgendwie schade.

BAD OHNE FENSTER – UND ANDERE AUSSICHTSLOSIGKEITEN

Sehr geehrter Eigentümer,

ich melde mich bezüglich der inserierten Wohnung in unserem vertrauten Wochenblättchen. Nun, erst einmal herzlichen Glückwunsch zu Ihrer wunderschönen Immobilie und vielen Dank für das vollkommen gerechte Mietangebot. 2500 Euro für eine unrenovierte Zweizimmerwohnung? Fair! Ich denke, 17 Quadratmeter können eine Familie nur zusammenschweißen. Eine türkis gekachelte Toilette, die man sich auf halber Treppe mit den Nachbarn teilen darf? Da kann man doch nur jubilieren. Kernsanierungen, schöne Aussicht und Privatsphäre beim morgendlichen Stuhlgang sind ohnehin vollkommen überbewertet. Wo findet man so was denn noch heutzutage? Vielen Dank! Menschen wie Sie braucht dieses Land.

Ich würde mich jedenfalls sehr über die Einladung zu einem unverbindlichen Besichtigungstermin freuen. Ach, es ist alles sehr sonderbar mit dem Immobilienmarkt. Erst gestern ergab sich folgendes Telefonat.
Ich: »Guten Tag, ich interessiere mich für die inserierte Wohnung.«
Makler: »Klasse! Darf ich fragen, was Sie beruflich machen?«
Ich: »Ich bin freischaffender Schriftsteller. Und …«
Makler: »Tschüss.«
Sie sehen, als selbstständiger Autor hat man es wahrlich nicht leicht bei der Wohnungssuche. Klar, mit so einem steinreichen Rechtsanwalt kann ich monetär natürlich nicht mithalten, doch erst gestern hatte ich ein paar neue Ideen für ein Drehbuch, um endlich mal die Verfilmung der *Gelben Seiten* in Angriff zu nehmen. Der Plot ist etwas eintönig, so viele Charaktere finden Sie allerdings selbst bei

Tolkien nicht. Da guckt der feine Herr Rechtsanwalt aber in die Röhre.

Jedenfalls ist die Lage momentan relativ aussichtslos. Erst letzte Woche wollten wir uns ein offeriertes Objekt anschauen und standen mit etwa 80 anderen Menschen in der Besichtigungsschlange. Ich überlegte bereits, wie ich meine zahlreichen Mitbewerber ablenken könnte, und war drauf und dran, einen kleinen Drive-by zu organisieren und die Stricher einfach abzuknallen. Aber da hat man am Ende ja auch wieder nur Stress mit den Behörden. Es ist schier zum Verzweifeln! Klar, man könnte einfach aufs Land ziehen. Dann würde ich mir ein kleines Bauernhaus kaufen, Kühe züchten und Dinge wie »Für die Kinder ist es schon toll«, »War ja erst skeptisch, aber DIESE LUFT« oder »Man hat ja ganz vergessen, was Ruhe bedeutet« sagen. Aber am Ende würde mir der Smog doch fehlen.

Mit mir und meiner kleinen Familie würden Sie sich jedenfalls ein paar astreine Mieter ins Haus holen! Meine Frau und ich harmonieren einfach perfekt miteinander, Zank und Zwist sind uns fern, und auch unser gemeinsamer Sohn strahlt mit seinen drei Jahren bereits eine angenehme Seriosität aus. Ach, Sie müssten ihn mal sehen, wie er einem seiner geräuschlosen Hobbys nachgeht. Wenn er nicht grad staunend in Sachbücher vertieft ist, arbeitet er an unserer jährlichen Steuererklärung, und insbesondere bei der Auflistung der Verpflegungsmehraufwandspauschale blüht er einfach auf. Insgesamt sind wir exakt die superglückliche Familie, die Sie sonst nur in Einrichtungsmagazinen oder bei Pinterest finden. Und selbst wenn man sich zerstreiten sollte, bin ich der Meinung, dass man so eine Ehe auch 50 Jahre aussitzen kann.

Sofern Sie an einem langfristigen Mietverhältnis interessiert sind, kann ich Ihnen vergewissern, dass wir keinerlei Erwartungen an das

Leben stellen und hier einfach die nächsten Jahre vor uns hin schimmeln werden. Und falls Sie mal Eigenbedarf anmelden sollten, können Sie einfach bei uns einziehen. Dann machen wir lustige Spieleabende, kochen gemeinsam oder gucken alte Filme mit Dustin Hoffman. Ich bin jetzt schon aufgeregt!

Auch bin ich gerne bereit, die von Ihnen angepriesene *hochwertige und ans Raumkonzept angepasste skandinavische Designerküche* zu übernehmen. 10 000 Euro sind da doch ein Schnäppchen, und mit IKEA macht man ja nie was falsch. Die Kaution in Höhe von 30 Kaltmieten, ein paar kubanischen Zigarren und dem Leib Christi könnte ich Ihnen schon morgen persönlich vorbeibringen.

Wir freuen uns, von Ihnen zu hören, Küsschen!

LIFE-COACHING: WIE SIE BEZAHLBAREN WOHNRAUM IN DER GROSSSTADT FINDEN

1. Bilden Sie Wohngemeinschaften. Schon in zehn Jahren könnte es realistisch sein, dass sich Investmentbanker und Herzchirurgen um gemeinsame Zweizimmerapartments im Randbezirk von Wanne-Eickel reißen werden. Da sitzen sie dann beruflich anerkannt und doch mit WG-Putzplan, gekühltem Hansa-Pils aus der Badewanne und dem obligatorischen *Pulp Fiction*-Poster auf der Toilette.

2. Sofern Sie eine bezahlbare Wohnung in Innenstadtlage gefunden haben, sollten Sie sich überlegen, wie Sie Ihre Chancen erhöhen. Seien Sie weder Single, Student, Freiberufler noch Durchschnittsverdiener. Besitzen Sie zudem weder Haustiere noch sperrige Dinge wie Klaviere, Kinder oder Stolz.

3. Bauen Sie sich ein kesses Tiny House im Industriegebiet und beweisen sich und der Welt, dass man auch auf neun Quadratmetern durchaus komfortabel wohnen kann. Möbel wie z. B. Betten sind ohnehin überbewertet und Schlaf nur ein Zeichen körperlicher Schwäche. Mit Koks geht's!

4. Wenn Sie in Hamburg, Berlin oder München wohnen, beweisen Sie etwas Humor und ziehen nach Bochum-Wattenscheid.

5. Mieten Sie sich in eine Airbnb-Wohnung ein und vermieten diese dann während Ihres Aufenthalts per Airbnb an besser bezahlende Airbnb-Kunden. Oder pöbeln Sie einfach rum. Schafft zwar keinen Wohnraum, gibt Ihnen aber die Möglichkeit, das System von innen zu zerficken.

6. Sorgen Sie für eine Entgentrifizierung Ihres Lieblingsquartiers. Jagen Sie die Craftbeer-Bauern und Burgerbratmanufakturen mit der Schrotflinte davon und schreien Sie dabei Dinge wie: »Diese Stadt ist zu klein für uns beide, du Foodtruck-Ficker!«

7. Seien Sie reich. Kaufen Sie sich eine Penthouse-Wohnung mit Dachterrasse und das Wandtattoo *I don't give a fuck*. Gönnen Sie sich einen Longdrink und genießen Sie den Ausblick auf das Münchner Nachtleben und den Planeten Yolo.

ES LEBE DIE DESILLUSIONIERUNG!

Neulich habe ich geträumt, dass ich hundert Millionen Euro im Lotto gewonnen hätte. Das klingt jetzt erst mal ziemlich unspektakulär. Wenn man allerdings bedenkt, was ich sonst so träume, ist das recht aufregend. Manchmal träume ich zum Beispiel, dass ich schlafe.

Der Traum war sehr realistisch, noch den ganzen Tag hat mich das Gefühl von unermesslichem Reichtum begleitet, und innerlich war ich schon längst abgehoben. Wenn Menschen »Och, so richtig reich möchte ich gar nicht sein« sagen, dann lügen sie. Jeder möchte reich sein, und zwar nicht nur ein bisschen reich, sondern – und Sie verzeihen meinen juvenilen Zungenschlag – gottverdammt un-fucking-fassbar reich. »Aber«, werden Sie jetzt einwenden, »reich sind wir im Herzen. Durch Vertrauen, Liebe und Freundschaft.« Ja, da scheiß ich doch drauf.

Jeder Mensch will reich sein. Und selbst wenn man in diesem Leben keine realistischen Chancen auf Wohlstand hat, will man sich doch zumindest die Illusion bewahren. Nicht anders ist zu erklären, dass es junge Discobesucher oder Junggesellenabschiedsgruppen als spektakuläres Erlebnis empfinden, in dubiosen weiß glänzenden Stretchlimousinen durch die Gegend gekarrt zu werden. Bloß selten kam mir zu Ohren, dass ein Passant beim Anblick eines solchen Gefährts dachte: Oha, bestimmt ein kleines Grüppchen weltreisender Öl-scheiche, wenn nicht gar ein glamouröses Prinzenpaar, das sich hier durch die Innenstadt von Castrop-Rauxel chauffieren lässt. Ne, so eine Limousine sieht man an und denkt: Aha, die Assis wieder.
Eine schöne Vorstellung wäre es allerdings, dass zeitgleich in den Arabischen Emiraten tiefergelegte VW-Polos mit Sportauspuff ver-

liehen werden, damit die vom Luxus gelangweilte Scheichgesellschaft mal wieder »Deutscher Teenager fährt zur Großraumdisco« simulieren darf. Aber das ist eine andere Geschichte.

Reichtum gilt für viele Menschen als erstrebenswertes Ziel, und so ackert man sich müde, um möglichst viel Geld anzuhäufen, und wenn man es dann irgendwann geschafft hat, fällt man vor Erschöpfung tot um. Die meisten Menschen haben in diesem Leben jedoch keine realistische Möglichkeit, reich zu werden. Chancengleichheit ist eine Utopie, und viele haben die Hoffnung schlichtweg aufgegeben. Einmal traf ich einen Mann, der betrat eine Bar, ging zielstrebig zum Spielautomaten, warf ein paar Münzen in den Schlitz und ging wieder raus. Sein Freund fragte ihn, ob er nicht nachschauen wolle, was aus seiner Investition geworden ist, und der Mann sagte nur: »Och, ich gewinn da eh nix.« Dann rauchte er eine und ging nach Hause. Tja, dachte ich, lieber von Anfang an desillusioniert als am Ende enttäuscht.

Noch schlimmer als das krankhafte Streben nach Wohlstand ist allerdings die Romantisierung von Armut. Die viel zitierte Schere zwischen Arm und Reich ist für niemanden übersehbar, aber kaum etwas macht mich wütender als deutsche Rucksacktouristen, die nach ihrem Afrika-Selbstfindungstrip behaupten, dass *die da ja alle so glücklich sind,* weil der hungernde Mensch sich fernab von Luxusgütern wie beispielsweise Nahrung auf die wesentlichen Dinge des Lebens konzentrieren könnte. Das ist doch Humbug!

Ich denke an meinen Traum. Was tun mit den ganzen Millionen? Eigentlich bin ich bereits prächtig aufgestellt. Ich habe ein kleines Haus, ein Auto, kann ab und zu ins Restaurant gehen und hin und wieder in den Urlaub fahren. Mit hundert Millionen hätte ich womöglich ein größeres Haus, ein schnelleres Auto, könnte in bessere

Restaurants gehen und öfter in den Urlaub fahren. Letztlich würde ich aber über den gleichen Bestand an verfügbaren Dingen verfügen. Haus, Auto, Essen, Urlaub. Man ist ja jetzt nicht reich und wohnt plötzlich im Disney-Land oder hat einen lustigen Dinosaurier im Garten. Auch mit Geld hat man immer noch verdammt viele Probleme. Man macht schließlich nicht morgens das Radio an, und dann läuft da auf einmal nicht Mark Forster. Oder der Drucker würde immer funktionieren. Oder es würde nicht mehr regnen, weil so 'ne Wolke denkt: »Oh, der Typ ist Krösus. Ich weiche fort und ziehe weiter. Man schenke dem Mann Sonne.«

Die meisten reichen Menschen sind nicht gut im Reichsein. Sie umgeben sich sofort mit anderen reichen Menschen, da sie unter ihresgleichen bleiben möchten. Sie ziehen in teure Wohngegenden, treten dem Golfklub bei und verkehren in feinen Gesellschaften. Psychologisch gesehen ist das natürlich recht unklug, weil man umgehend auf Menschen trifft, die wiederum ein kleines bisschen reicher sind als man selbst. Und dann ist man wieder neidisch und unzufrieden. Das liegt ja leider in der menschlichen Natur. Strategisch wäre es also am klügsten, selbst als Multimillionär weiterhin in einer Zwei-Zimmer-Dachgeschosswohnung zu hausen und sich beim Anblick seiner mittelständischen Nachbarn im Hausflur zu denken: Haha! Wenn ihr wüsstet, ihr Trottel!

Reiche Menschen fühlen sich selten reich. Oftmals sind sie von abgrundtiefen Existenzängsten durchdrungen. Kennen Sie das Gefühl, wenn man mal eine Runde Millionen Euro auf dem Konto hat, und dann wird zum Monatsersten die Handyrechnung abgebucht, es bleiben einem exakt 999 975,83 Euro übrig, und man möchte einfach nur sterben? Ich auch nicht, aber ich stelle es mir grausam vor.

Nein, ich möchte nicht reich sein. Dann hätte ich zwar eine riesige Villa, bräuchte aber umgehend Putzpersonal und würde mich vor diesen Leuten schämen, wenn die Wohnung mal wieder dreckig ist. Letztlich würde ich dann alles selber putzen, es soll ja niemand schlecht über mich denken, und da hat man ja auch wieder bloß Stress. Als reicher Mensch könnte ich auch nicht mehr in die Kneipe gehen. Ständig würde es heißen: »Seht an, der feine Herr möchte sich wieder bei uns einfachen Leuten anbiedern.« Ich wäre wie einer dieser Sterneköche, die sich bei Kochsendungen ständig an einem Marktplatz filmen lassen, wie sie eine Orange in der Hand kreisen lassen, mit dem Verkäufer schnacken, weil sie so gerne den »Dialog mit echten Arbeitern« pflegen. Ständig müsste ich in superedlen Molekularküchenrestaurants abhängen, in denen mir irgendwelche Food-Art-Stylisten flambierte Jakobsmuscheln mit Trüffel-Schaum-Skulpturen kredenzen. Und am Ende wäre ich dann eh wieder nicht satt. Satt ist nur der Pöbel im Gyrosgrill, in der gehobenen Sterneküche herrscht Portionsminimalismus. Reiche Menschen sind nicht satt. Die große Ironie des Ganzen.

Wenn ich reich wäre, wäre ich wahrscheinlich ein zynisches Arschloch. Mein einziges Ziel wäre es, andere reiche Leute zu demütigen. Ich würde sie über ihre Agenturen und Managements buchen, um Dinge zu tun, die weit unter ihrer Qualifikation liegen. Jay-Z würde morgens meine Hemden aufbügeln, und Mark Zuckerberg würde die Computerprobleme meiner Mutter beheben, indem er irgendwelche Dinge neu startet. Wenn ich morgens mal gute Rapmusik hören möchte, würde Kanye West dabei mein Radio halten. Natürlich könnte ich das Radio einfach auf einen Schrank stellen, aber einen Schrank kann man nicht demütigen, und das langweilt mich. Vielleicht würde ich den aktuellen Transfermarkt durchforsten und mir für fünf Millionen Euro einen durchschnittlichen Fußballspieler kaufen, einfach damit er mein Leibeigener wird und zu Hause mal feucht durchwischt. Hin und wieder würde ich durch meine Flure stolzieren und gönnerisch ein paar Münzen fallen lassen, einfach, weil ich es liebe, wenn Menschen sich bücken. Wahrscheinlich wäre ich immer noch so eine Art Schriftsteller, allerdings würde ich das Rückgrat von Paulo Coelho als Schreibtisch benutzen oder J. K. Rowling engagieren, damit ich einfach im Satin-Bademantel durch mein Loft schlendern und Sachen wie »Joanne, Darling. Ein kluger Gedanke meinerseits. Schreiben Sie das auf!« brüllen könnte.

Okay, ich wäre doch gerne reich. Klingt alles sehr solide. Gedankenverloren sehe ich auf meinen Lottoschein. Gewonnener Betrag: zwei Euro. Hm, denke ich, was tun als gemachter Mann? Kanye West könnte schwierig werden, aber Mark Forster wäre drin. Zumindest 'ne Pommes.

Bochum, Schauspielhaus. Gleich spielen sie *Unterwerfung* von Michel Houellebecq, und ich habe seit nunmehr einiger Zeit meine Liebe fürs Theater wiederentdeckt. Ein Ort für all die verlorenen kulturaffinen Seelen, die sich nicht zwischen elitärer Hochkultur und Popcorn-Prekariat entscheiden können, ein Taumel zwischen den Welten, denn wer das Theater besucht, der gesteht sich unbewusst ein: Ich bin zu fein für das Multiplex-Kino und zu lebendig für die Oper. Hier ist die Welt noch in Ordnung. Statt stupiden Klatschern setzt man auf bewährte Zwischenruf-Klassiker wie »Hört, hört!«, »Brillant, Herr Regisseur!« oder »Ich bin ganz und gar verzückt«. Es sei denn, man wohnt im Ruhrgebiet. Dort heißt es meist eher: »Hömma, hömma!«, »Das ist doch nix, du Spaten!« oder »Leck mich fett. Wat ein Spektakel!«.

Mein Lieblingszwischenruf aller Zeiten erschallte bei meinem vorletzten Besuch, ebenfalls ein Stück von Houellebecq, und als sich nach etwa zwanzig Minuten die ersten Nackten über die Bühne wälzten und eine kleine Orgie zelebrierten, erschallte es von der letzten Reihe durch den gesamten Saal: »Das hätte es bei Hitler nicht gegeben.« Entweder habe ich mich schlichtweg verhört, oder diese N24-Zeitzeugen sind einfach überall. Man weiß es nicht.

Ich kann nur jedem empfehlen, wieder öfter das Theater zu besuchen. Fernab des aufgeführten Stückes sind es ja vor allem die viel zitierten Begegnungen mit Menschen, die das Leben so wertvoll machen. Unvergessen der Gesichtsausdruck einer älteren Dame um die achtzig, die nach einem Stück von Molière piekfein gekleidet am Waschbecken der Herrentoilette eine Line Koks schnüffelte, mich beim Eintritt in besagte Gemächer unschuldig anlächelte und dann mit sanfter Stimme sprach: »Hihi, da haben Sie mich wohl erwischt. Ich kleiner Schlingel!«

Ich warte. In wenigen Minuten öffnet der Saal. Mein Blick schweift erneut durch das Foyer. Nirgendwo bereitet es mehr Freude, Menschen zu beobachten, als im Foyer eines Schauspielhauses, denn der klassische Theaterbesucher parodiert sich selber. Hier trifft der klischeebehornbrillte Literaturstudent auf die naserümpfende Teilzeitkritikerin mit angewachsenem Weißweinglas. Kultur als Vorwand betreuten Trinkens. Und im Theater gibt es einen ungeschriebenen Kleidungskodex, denn irgendwann muss es einen Zeitpunkt gegeben haben, an dem eine einflussreiche Person beschloss, ins Theater zu gehen, innehielt und sprach: »Brecht! Welch zeitlose Couleur soll mich gar zieren? Zeitloses Beige oder doch ein freches Braun? Ich lasse den Cord entscheiden!«

Ein wundersamer optischer Kontrast, denn wo die gesamte Gesellschaft sich im Jugendwahn befindet, der demografische Wandel sein Übriges tut und gefühlt jeder zweite Rentner mit Longboard und eigenem Trap-Album aufwarten kann, scheint das Theater eine chronologische Parallelwelt zu sein. Nur hier verkleiden sich junge Menschen bewusst als Senioren, denn wer im Theater nicht mindestens wie fünfundsechzig aussieht, wird nicht ernst genommen. Hier trifft man junge Studenten, die sich als pensionierte Oberstudienräte verkleiden, stets geziert vom guten alten Künstlerschal, der auch an milden Sommertagen sanft im Halbschatten der Baskenmütze die Schultern touchiert. Menschen sind schon seltsame Geschöpfe. Für die Akteure auf der Bühne muss das Szenario im Zuschauerraum stets wie ein parallel aufgeführtes Stück wirken. Die Aufführungen variieren zwischen den Dramen *Dunkelweißfastbeige, Drei Farben: Beige* und *Beige ist eine warme Farbe.*

Hochkultur ist eine seltsame Parallelwelt. Ob Weinproben oder kontemporäre Klavierkonzerte – nirgends fühle ich mich so richtig zugehörig. Erst vor Kurzem war ich auf der Vernissage eines befreundeten Malers und kann resümieren: Ich liebe Kunstausstellungen, verachte aber Menschen, die auf Kunstausstellungen gehen. All die affektierten Dandys und Mensch gewordenen Lachshäppchen, die minutenlang vor einem Ölgemälde stehen, ihren Chardonnay schwenken und dann Dinge wie »Torsten! Das ist soooo typisch er« sagen. Chapeau, du Schnösel. Wie sehr hätte ich mich da auf einen soliden Teilzeitproleten gefreut, der sich ebenfalls lange vor das Werk stellt, das Bild betrachtet, wohlwollend nickt und in die Menge brüllt: »Wat kost' der Scheiß? Ich kauf den Bums!«

Ich stehe erneut im Foyer. Nach etwa zwei Stunden war das Stück vorbei, die Schauspieler waren grandios, und mir hat das Stück gut gefallen. Vereinzelt lausche ich den Gesprächen. Links von mir eine Debatte über Houellebecqs Frauenbild. »Kann man Autor und Werk hier wirklich trennen?« Fragen über Fragen. Ein kontroverser Diskurs. Nichts gegen Akademiker, aber soeben hat einer von ihnen die Wörter *cis-normativ, maliziös* und *narrative Identität* in einem gesprochenen Satz untergebracht, und ich denke, ich werde ihm gleich ostentativ mein Spezi ins distinguierte Antlitz kippen. Mein innerer Klaus Kinski klopft schon langsam an die Tür.

Und just in diesem Moment prostet mir ein älterer Herr zu. »Stößchen!«
»War gut, nicht wahr?«, sage ich.
»Weiß nicht«, erwidert er, »ich war besoffen.«
Na, wenigstens ist er ehrlich, denke ich. Man muss die Feste feiern, wie sie fallen. »Gehen Sie noch in die Theaterbar?«
»Ne, wir gehen gleich auf eine Finissage«, erwidert der Greis, der – wie sich später herausstellt – erst fünfundzwanzig Jahre alt ist, Stefan

heißt und Philosophie auf Lehramt studiert. Er schwenkt den Chardonnay, riecht am Bouquet und kostet.

»Werter Herr, ich hoffe, der edle Tropfen mundet Ihnen. Was haben
wir denn da? Einen guten Franzosen?«

»Keine Ahnung«, sagt er, »Hauptsache ballert!«

Nun, denke ich, vielleicht ist diese Parallelwelt doch gar nicht so
schlimm. Am Ende ist dieses ganze Leben ohnehin bloß ein Thea-
terstück und ein jeder Mensch nur ein Schauspieler seiner selbst.
Wir alle streben nach Wahrhaftigkeit, aber am Ende geht manch
einer ins Theater und spielt einen Menschen, der ins Theater geht.
Wer mag es ihm vorwerfen? Schön ist es doch allemal.

EKSTASE

»Komm, wir gehen mal wieder in den Klub. Bisschen abraven!«, hieß es in der Einladung zu Volkers vierzigsten Geburtstag. Wow, dachte ich mir. Nur Volker, ich und die Gang. Was ich verdrängte: Volker hat außer mir keine Freunde, die Gang waren also wir beide. Ein ziemlich kläglicher Haufen, den der Türsteher soeben mit einer Mischung aus Mitleid und Gleichgültigkeit lässig durchwinkte. Es gab nun auch keine wirkliche Schlange, was daran lag, dass es erst 19.45 Uhr war und wir die wohl einzigen kläglichen Klubbesucher Deutschlands sind, die noch vor der *Tagesschau*-Melodie ungeduldig den Dancefloor erstürmen wollen. Aber gut, warum auch nicht? Ab jetzt gibt es kein Zurück mehr.

Mein letzter Diskothekenbesuch mit Kumpels ist nun etwa zehn Jahre her und endete mit den Worten: »Wir sind echt zu alt für den Scheiß!« Danach kifften wir, lachten unverhältnismäßig oft über das Wort »Penis« und spielten die ganze Nacht Mario Kart.

Doch heute ist Volkers Geburtstag, und ich habe ihm hoch und heilig versprochen, die Nummer durchzuziehen. Kerstin und er habe seit drei Tagen Streit, und Volker befindet sich laut eigener Einschätzung in der Blüte seines Lebens. Eine welke Blüte, aber eine Blüte! Wir geben unsere Jacken an der Garderobe ab und machen uns auf den Weg zur Bar. Volker boxt mir kumpelhaft auf die Schulter und sagt im O-Ton: »Endlich mal wieder richtig abrocken!« Na, klasse, denke ich. Was mit vierzig nicht alles rockt. Um 20 Uhr in die Disco, Johannes B. Kerner, Riesterrente, das Zahnarztbonusheft. »Komm schon«, sagt Volker. »Endlich mal wieder 'ne fetzige Fete!« Er scheint bereits jetzt verloren – die Sprache der Schwiegerväter.

20.00 Uhr. Wir stehen auf der Tanzfläche. Allein. DJ Jens Dance betritt das Pult und legt den ersten Song auf. Suzanne Vega mit *Luka*. Ein vermeintlich fröhlicher Gute-Laune-Song, der sich thematisch mit Kindesmissbrauch und dessen gesellschaftlicher Verdrängung auseinandersetzt. Ich wittere bereits: Herr Dance ist eine echte Stimmungskanone!

20.15 Uhr. Wir haben uns erneut an die Bar zurückgezogen. Volker hat sich im Anflug einer Art Sinnkrise ein geheimnisvolles Pulver durch die Nase gezogen. Ein unverbindliches Geburtstagsgeschenk meinerseits, denn man soll sich im Leben ja auch mal was gönnen. Eine Win-win-Situation für alle Beteiligten, denn Volker glaubt nun tranceartig im Drogenhimmel zu schweben, und ich bin mit 8,99 Euro für 'ne Packung Aspirin Complex günstig davongekommen. Familienpackung. »Und? Wie läuft es?« »Alter, das ballert. Ich fliege, Diggi!«

20.20 Uhr. Noch immer verweile ich an der Bar. Nach anfänglichen Zweifeln und leichter Verklemmtheit packt mich der Beat inzwischen so sehr, dass ich bereits rhythmisch mit dem Bein wackle. Denke über meine Memoiren nach. Arbeitstitel: *Mein Leben als Partymaus*.

20.30 Uhr. Wir beschließen, im Vorraum erst mal 'ne Runde Kicker zu spielen. Nach zwei Minuten führe ich 3:0. Volker ist sauer, weil er hinten gerne auf Vierer-Kette umstellen würde, und regt sich über das statische Spiel seiner Spieler auf. Vor Wut tritt er vor einen Stehtisch und schmeißt die letzten Reste seines Aspirin-Drinks in die Ecke. Werner Lorant ist nichts dagegen!

21.00 Uhr. Die ersten Gäste betreten den Klub. Scheinbar ein Ehepaar um die vierzig. Beide tragen finstere Mienen und schwarze

Band-Shirts von Unheilig. Solche Leute sieht man ja für gewöhnlich nur auf der Cranger Kirmes oder einer Zaubershow von den Ehrlich Brothers. Aber wer sind wir, uns Vorurteile erlauben zu dürfen?

22.10 Uhr. Volker und das Ehepaar sitzen am Tresen. Ich geselle mich unverbindlich dazu. Sie stellen sich als Steffi und Jürgen vor. Sie erzählt, dass sie Jürgen in gewissen Fetisch-Kreisen aufgrund seiner sehr emotionalen Verbundenheit zu Unheilig ebenfalls bloß »den Grafen« nennen darf. Verständlich. Habe bereits den dritten Aperol intus, und inzwischen ist mir längst alles egal. Disco, Disco!

22.30 Uhr. Scheinbar haben wir uns soeben per Handschlag geeinigt, nach dem Klub noch eine benachbarte Dark-Wave-SM-Party aufzusuchen. Endlich passiert hier mal was. Bin zwar unsicher, ob ich um die Zeit noch irgendwo eine Ledermaske herbekommen würde, aber schon jetzt begeistert.

22.45 Uhr. Zurück auf der Tanzfläche. Das Aspirin Complex scheint zu wirken. Volker tanzt regelrecht euphorisch zu sämtlichen Achtziger-Hits. Derweil läuft *Jeanny* von Falco. Thema: Liebeswahn, Stalking, Lustmord. Ein durchaus gesellschaftskritisches Œuvre, das DJ Jens Dance hier auffährt. Ich erkenne einen roten Faden. Gleich noch eine fröhliche Mitsing-Nummer über Zwangsabtreibung, und die Stimmung kocht endgültig!

23.00 Uhr. Die Boxen scheppern, und die Party hat bereits jetzt ihren Höhepunkt erreicht: Rage Against the Machine. Volker nickt lässig mit dem Kopf und wippt auf und ab. Er wirkt wie ein Vulkan kurz vor der Eruption. Endlose Wiederholung der Bridge: *And now they do what they told ya ...* Dann rastet Volker endgültig aus und springt durch die Gegend. Ich muss lachen, denn Pogen sieht extrem lächerlich aus, wenn man der Einzige ist. Der Abend hat sich schon jetzt gelohnt. Killing in the Name of Volker. Der Klub und ich sind nun ebenfalls voll. Volker jedoch wirkt kaum erschöpft und strotzt vor Selbstvertrauen. Euphorie, Exzess, Ekstase! Ein einziger Rausch. Er kam als Knecht, er bleibt als König.

24.00 Uhr. Volker hat dem Grafen von Unheilig und seiner Ehefrau soeben zwei Aspirin Complex für 'nen stabilen Fuffi verticket. Jetzt schweben sie gemeinsam im Drogenhimmel. Ich sitze derweil mit zwei emotional instabilen Frauen am Tresen und höre Depeche Mode. Alle weinen.

01.00 Uhr. Volker läuft nun endgültig zu Höchstformen auf. Noch bevor der letzte Ton von Pink Floyds Klassiker *Another Brick in the Wall* verstummt, erklimmt er das DJ-Pult und hält eine emotionale Rede über Erziehung, Gedankenkontrolle und das deutsche Bildungssystem. Er beendet mit den Worten: »Lasst uns die Fesseln sprengen. Die Gedanken sind frei! *We don't need no education! Teacher, leave us kids alone.* Und jetzt geht in Frieden. Auf dass der Bass wieder zu ficken vermag!« Die Menge tobt. Was soll man sagen? Roger Waters wäre stolz!

01.30 Uhr. Mein vierter Aperol, und ich bin bereits tierisch müde. Doch dann: Beastie Boys mit *(You Gotta) Fight for your Right (to Party)*. Mit letzter Kraft taumele ich zur Tanzfläche. Volker sieht mich und wirkt glücklich. Wir konzentrieren uns auf unseren spektakulär einstudierten Dancemove und spielen imaginäres Zeitlupen-Tennis. Ein Klassiker der bemüht unverkrampften Discomoves, Zeugnis von Kontrollverlust und jedweder Selbstaufgabe. Aber macht Bock! Ich setze zum Aufschlag an. Dann Ballwechsel. Der Ball wird schneller. Jetzt Rückhand Salmen. Das Tempo steigt, ein sanfter Slide von Volker. Und im Konter: strammer Vorhand-volley von Salmen. Meine Faust trifft erst den unsichtbaren Ball und dann den Hinterkopf eines gewissen Jürgen von Graf zu Unheilig. Er wirkt verwirrt, taumelt und fällt um. Alle schauen mich an. »Wer war das?« Ich zeige auf Volker. »Seht ihn euch doch an, der Mann ist völlig am Ende!«

02.00 Uhr. Die SM-Party fällt offiziell aus. Inzwischen sitzen Volker und ich wieder daheim auf der Couch. Volker ist noch immer voll auf Szenedroge und hat nicht einmal mitbekommen, dass er auf-grund einer Verwechslung an der Garderobe anstelle unserer Jacken zwei Damenhandtaschen mitgenommen hat. Zu Hause angekom-men, hat er die Dinger umgehend entleert, mit der Bastelschere seines Sohnes jeweils zwei Gucklöcher ausgeschnitten und uns die Dinger über die Köpfe gezogen. Die schönste Fetisch-Party aller Zeiten. Vielleicht machen wir gleich noch Dirty Talk.

02.15 Uhr. Wir schmeißen die Konsole an und spielen Mario Kart. Ich nehme Yoshi, und zwar nicht aus spontanem Impuls, sondern aus tiefster Überzeugung, denn ich bin wirklich ein toleranter Mensch, ob Religion, politische Ansichten, Weltanschauungen – mit mir kann man über alles reden –, aber für Menschen, die bei Mario Kart nicht mit Toad oder Yoshi fahren, empfinde ich nichts als pure Verachtung. Wir entscheiden uns für die Rainbow Road und hassen uns selbst.

02.30 Uhr. Wir lachen und schwitzen unter unseren Ledermasken. Das Spiel ist zu Ende. Yoshi gewinnt. »War 'ne fetzige Fete«, sage ich. »Echt flippig, du Flitzpiepe.«
»Krasse Alliteration«, lacht Volker und knufft mich in die Seite. »Du bist mir auch so 'ne Flitzpiepe. Das hat einfach nur gerockt! Miau, miau!«

»Miau, miau?«
»Das war Dirty Talk! Ich bin ein ungezogenes Kätzchen!«

Ach, Drogen, denke ich, sie machen so vieles kaputt.

LIFE-COACHING: ENDLICH GLÜCKLICH!

Viele haben mir geschrieben: »Paddel, deine euphorische Art ist einfach ansteckend. Woher dein natürliches Lachen? Woher die Lebensfreude? Kann man das lernen?« Nun, das war auch bei mir nicht immer so. Aber mit ein paar einfachen Tricks konnte ich mein Leben drastisch ändern …

1. Denken Sie immer an Folgendes: Erwartungen sind die Grundlage jeder Enttäuschung. Leben Sie in den Tag hinein, lassen Sie die Sonne in Ihr Leben und drehen Sie das Radio auf. Wichtig: eine ausgewogene Work-Life-Balance. Hier empfehle ich eine Verteilungsquote von 100 % Life und 0 % Work. Wer sich das nicht leisten kann: Pech.

2. Tanzen, tanzen, tanzen! Musiktipp des Jahres: Mark Forster. Seine Songs geben mir Kraft und lassen jeglichen Argwohn im Keim ersticken. Zeilen wie »Denn schließ ich die Augen, seh ich noch immer dein Gesicht« sorgen bei mir regelmäßig für Gänsehaut. Früher war ich der festen Überzeugung: Wenn ich die Augen schließ, dann seh ich nix mehr. Aber das stimmt nicht. Ach, Mark.

3. Sagen Sie Ja zum Leben! Frei nach einer großen deutschen Schriftstellerin: »Depression ist auch nur der große Bruder von schlechter Stimmung.« Manchmal hilft 'ne Grapefruit. Grad im Winter wichtig: Vitamin D. Einfach jeden Tag für zwei Stunden in den Ergoline-Turbo-Booster 800 und zu Hause vor der Tageslichtlampe ein paar Liter Möhrensaft reinballern. Stichwort Karotin! Gemüt und Teint werden es Ihnen danken.

4. Partyhütchen! Partyhütchen! Partyhütchen!

5. Reisen. Mein geliebter Fjällräven-Rucksack und ich sind einfach auf der ganzen Welt zu Hause. Ob in Tansania, den brasilianischen Favelas oder dem Remscheider Hauptbahnhof. Das Schönste am Wohlstand ist es doch, ihn anderen Leuten vorzuleben. Was kann es für die armen Menschen denn Schöneres geben als ein ehrliches westliches Lächeln?

6. Mein Lebensmotto: Nicht so viel nachdenken, das Leben ist kompliziert genug. Klar kann man sich über die prekäre Weltlage den Kopf zerbrechen, man kann aber auch einfach in die Disco gehen, sich 'nen Piña Colada mit Hustensaft reinballern und sich sagen: *Fun and Techno, bitches! Life is a rollercoaster!*

7. Introvertierte Menschen mag niemand. Lernen Sie, offen auf andere Leute zuzugehen. Wenn Sie ein Restaurant, eine Party oder öffentliche Sanitäranlagen betreten, nicken Sie allen Menschen vertrauensvoll zu, klopfen auf den nächstbesten Tisch und begrüßen Sie alle mit einem lautstarken »Auch von mir ein freundliches Hallo in die Runde«. Schlagen Sie Ihrem Nebenmann am Urinal mit der freien Hand auf die Schulter und flüstern Sie Sätze wie »Netter Pinkler. Gerne wieder« oder »Toll, wie Sie das machen. Weiter so!«.

8. Kaufen Sie mein Buch *Früher war ich suizidgefährdet, aber dann hab ich einen Glücksratgeber von Eckart von Hirschhausen gelesen, und plötzlich schien mir die Sonne aus dem Arsch.*

DIE SCHÖNHEIT DES WIDERSPRUCHS

Es gibt Menschen, die sind mit fünfundzwanzig fertig. Die haben ein Haus, sind verheiratet, fahren Volvo, und wenn sie mal ganz verrückt drauf sind, bleiben sie bis 23 Uhr wach oder fahren für ein verlängertes Wochenende nach Norderney. Da kommt dann meist auch nicht mehr viel. Und es gibt Menschen, die sind dreiundvierzig, Freelancer, lieben Elektro-Jazz, fahren Oldtimer, koksen und vögeln sich durch die Welt. Und irgendwann lernt man sie kennen, und sie sind dennoch langweilig. Weil ihre Geschichte da eben auch aufhört.

Und dann gibt es Volker und Kerstin. Die sind verheiratet, haben eine Doppelhaushälfte mit Kiesauffahrt, mögen Multifunktionsjacken und Markus Lanz, sind aber trotzdem sehr nett. Spießigkeit obliegt ja keinem äußeren Erscheinungsbild, sondern ist im Wesentlichen reine Einstellungssache. Und am Ende sind wir alle nicht die Punks, die wir mit sechzehn gerne gewesen wären.

Ich mag Brüche, scheinbare charakterliche und biografische Widersprüche. Kerstin zum Beispiel ist überzeugte Veganerin, hasst aber Tiere. Ständig sieht man sie genüsslich an einem Seitan-Burger knabbern und dabei Dinge wie »Pinguine sollte man alle verbrennen!« murmeln. Kerstin ist so sehr voller Widersprüche – die würde ein Kreuzfahrtschiff nach Greta Thunberg benennen oder in Dubai 'nen Unverpackt-Laden eröffnen. Und Volker ist halt Volker. Volker hätte gern eine Katze, doch Kerstin sagt immer: »Katze da, Kerstin weg.«

Volker und ich stehen in der Küche. Draußen spielen die Kinder, und wir bereiten das Mittagessen zu. Unser erster gemeinsamer Urlaub. »Was sollen wir denn so machen?«, hieß es bei der gemeinsamen Planung, und Kerstin schlug das Konzept Glamping vor. »Das ist ein Kofferwort aus Glamour und Camping. Was es nicht alles gibt«, sagte sie damals. »Und was meinst du?« »Find ich trautzig«, erwiderte ich. »Das ist ein Kofferwort aus traurig und witzig.« Aber gut, heutzutage kann man den Menschen scheinbar alles verkaufen.

Es kam, wie es kommen sollte, und jetzt stehen wir am Gasherd unserer Luxusküche, irgendwo auf einem nachhaltigen Zeltplatz in Südfrankreich, kochen Dosenravioli mit frischen Austern und planen den weiteren Tag.

Volker: »Machen wir nach dem Essen draußen ein Tischtennisturnier?«
Kerstin: »Ne, letztes Jahr konnte Patrick wieder nicht verlieren, hat seinen Schläger kaputt gehauen und dich als unfähigen Bastard beschimpft.«
Volker: »Monopoly?«
Kerstin: »Ne, letztes Jahr hat Patrick …«
Aha, denke ich, mein Ruf als Harmoniemensch eilt mir voraus. Muss letztlich jeder selber wissen, aber Menschen, die mit einer halbgaren Einstellung in ein Freizeitturnier gehen, kann ich persönlich nicht ernst nehmen. Gutes Tischtennis ist es erst dann, wenn einer blutet.

Ach, die beiden. Man muss sie schon gernhaben. Volker und Kerstin passen hervorragend zusammen. Volker wiederum ist ebenfalls voller Widersprüche, so setzt er sich firmenintern seit Jahren für Frauenquoten und gendergerechte Sprache ein, hat Kerstin allerdings 'nen Thermomix zum Hochzeitstag geschenkt. Daneben eine Karte mit der Aufschrift *Willst du mal kochen statt bügeln – soll dich dies Gerät beflügeln.* Humor hat der Mann. Volker sieht eigentlich unfassbar harmlos aus – wahrscheinlich ist er der personifizierte

Christenfisch-Aufkleber, doch er hat eine leichte Tendenz zu politisch inkorrektem Humor, was ihn ständig in Erklärungsnot bringt und irgendwelche Scheindebatten auslöst. Ich persönlich mag politisch inkorrekten Humor. Wie bei so vielen Dingen im Leben alles eine Sache von Intention und Kontext. Aber am Ende wächst diese Welt nur dann zusammen, wenn jeder Mensch über jeden anderen Menschen gute Witze machen darf. Was wir brauchen, ist politisch inkorrekter Humor aus den Köpfen politisch korrekter Menschen. Andersrum wäre es wesentlich fataler. Stellen Sie sich eine Gruppe fremdenfeindlicher Männer vor, die sich ständig an dubiosen Stammtischen treffen, um sich völlig unanstößige und bedenkenlose Witze zu erzählen: »Hey, kennst du DEN schon? Treffen sich ein Christ, ein Jude und ein Muslim in der Bar … Best friends forever. Stimmung supi!« Das ist doch keine Pointe. Was ich sagen will: Man kann Volker vieles verzeihen, denn er ist ein herzensguter Kerl und lacht am Ende am liebsten über sich selber.

Kerstin und Volker sind mir inzwischen regelrecht ans Herz gewachsen. Kennengelernt haben wir uns ja nur über die Kinder, und lange Monate überwog meinerseits arger Zweifel an unserer Zweckgemeinschaft. Volker hatte stets so etwas Bemüht-Kumpelhaftes an sich, und ständig sagte er kauzige Dinge wie »Du bist mir ja 'ne echte Marke« oder »Wer lesen kann, ist klar im Vorteil«. Was lustig ist, denn die beiden haben exakt vier Bücher im Regal stehen. Neben den ewigen Geschenkbuch-Bestsellern *Ich bin dann mal weg* und *Darm mit Charme* waren es vor allem irgendein Werk von Richard David Precht und ein Glücksratgeber von Eckart von Hirschhausen, die argen Zweifel an ihrer Zurechnungsfähigkeit aufkommen ließen. Aber gut, man soll Menschen nicht anhand ihrer Bücherregale bewerten. Bücherregale sind ein Spiegel unserer Seele, sagt man, ich denke allerdings, das stimmt nicht. Gewürzregale sind ja genauso wenig ein Spiegel unserer Seele, da beschwert sich schließlich auch niemand. »Och, nur Salz und Muskatnuss im Schrank? Was 'ne einfallslose Hohlnudel bist du denn? Ohne Tonkabohnen kann ich dich einfach nicht ernst nehmen.« Und auf irgendwelche schlauen Zitate sollte man eh nie hören. Das ging mir schon bei *Forrest Gump* auf die Nüsse: »Das Leben ist wie eine Schachtel Pralinen. Man weiß nie, was man kriegt.« Doch, du Trottel, steht nämlich hinten auf der Verpackung drauf. Jedenfalls möchte ich über Literaturgeschmack nicht urteilen. Ich glaube, *Darm mit Charme* war sogar ein Geschenk meinerseits. Kerstins Geburtstag fiel auf einen Sonntag, und neben der Tankstelle hatte einzig die Bahnhofsbuchhandlung auf. Gewitzter Titel, dachte ich damals und allemal ein besseres Präsent als fünf Liter Diesel. Das Buch schien Kerstin damals sehr inspiriert zu haben, hat sie Volker doch am Folgetag einen neuen Besen geschenkt. *Stiel mit Stil,* schrieb sie auf die Karte. Und darunter: *Muss ich mal wieder thermomixen – kannst du dir selber einen wichsen. Und statt jammern und beschweren einfach mal die Einfahrt kehren.* 1:2 würde ich sagen.

Nach dem Essen spielen wir dann doch Tischtennis. Also etwa zwei Minuten, bis ich mich in wüsten Beschimpfungen verliere und alle gehen. Ich bin mir nicht sicher, aber ich glaube, ich habe Volkers dreijährigen Sohn als inkompetenten Fußabtreter bezeichnet und danach meinen Schläger gegessen.

Ab Abend sitzen wir am Strand und reden. Schon morgen reisen wir wieder heim, und irgendwie bin ich nun ein wenig sentimental. Denn inzwischen sind Volker und Kerstin mir regelrecht ans Herz gewachsen und aus meinem Leben nicht mehr wegzudenken. Das Fundament einer Freundschaft basiert neben gemeinsamen Interessen, Ansichten und Geschmäckern nämlich vor allem darauf, ob man über dieselben Dinge lachen kann. Das können wir.

PS: Falls ihr das jemals lesen solltet, ihr beiden müsst wissen, dass ich stets, wann immer euch der Kummer plagt, da sein werde. Herz und Tür sollen euch für alle Ewigkeit offen stehen, auch mitten in der Nacht. Ich werde nicht aufmachen, weil ich einen sehr festen Schlaf habe, aber ich habe einen Zweitschlüssel in eurer Wohnung versteckt. Entweder im Bücherregal, im Innenfutter eurer signalfarbigen Jack-Wolfskin-Jacken oder unter der hässlichen *Carpe diem*-Fußmatte.

PPS: Liebe Kerstin, Volker hat seit drei Monaten eine Katze, die er vor dir verheimlicht. Sie wohnt im Keller, ist drei Jahre alt und hört auf den Namen Katze II. Volker wird es dir nie sagen, weil er schreckliche Angst hat. Eine friedliche Koexistenz ist möglich. Bitte versprich mir zu schweigen!

PPPS: Das mit Katze I erzähl ich dir ein anderes Mal. Da müssen wir alle stark sein. Hab euch lieb. Wirklich!

VIELE MEINER BESTEN FREUNDE
SIND ENTEN

»Woran erkennt man einen Veganer? Er erzählt es dir.« Das stimmt
nicht. Mir jedenfalls hat noch nie einer erzählt, dass er Veganer sei.
Es sei denn, ich habe ihm ein Stück Fleisch angeboten. Und was soll
er dann auch sonst sagen? »Ich esse kein Fleisch. Ich bin Feuerwehr-
mann.« Das macht auf vielen Ebenen keinen Sinn. »Bratwurst? Sorry, Nichtraucher.« Sie verstehen das Prinzip.
Veganer haben keinen Humor, sagen viele. Vielleicht liegt das aber
auch daran, dass sie sich seit etlichen Jahren die ewig gleichen Sprüche anhören müssen: »Veganer essen meinem Essen das Essen weg.«
Haha, nie gehört. Fest steht: Wir brauchen definitiv mehr gute Witze über Veganer. Mir fällt aber grad auch keiner ein.

Eins vorweg: Veganer sind keine besseren Menschen. Veganer sind
allenfalls bessere Vegetarier. Und Vegetarier sind am Ende auch
nichts als bessere Tierfreunde, aber das erhebt sie ja nicht zu gott-
gleichen Geschöpfen. Sie können auch als Vegetarier ein verantwor-
tungsloser Mensch sein, die AfD wählen oder Ihre Kinder nicht
impfen. Menschen sind voller Widersprüche, ich blicke da doch
auch nicht mehr durch. Trotzdem kann es ja wohl nicht sein, dass
Veganer sich in der heutigen Zeit noch immer für ihr Tun rechtfertigen müssen. Als bekennender Fleischesser kann ich diese Situation
natürlich nicht ansatzweise nachempfinden, aber vielleicht ein anderes Beispiel anführen: Die Tatsache, dass ich kein Bier trinke, weil
es mir schlichtweg nicht schmeckt, scheint in sämtlichen gesellschaftlichen Kreisen, speziell in ländlichen Gegenden, nach wie vor
für Verwirrung zu sorgen, und stets habe ich das Gefühl, mich erklären zu müssen. Die Fragen sind immer die gleichen:
Bist du zum Islam konvertiert?

Bist du ein trockener Alkoholiker?

Bist du einfach nur prüde und scheiße?

Mittlerweile habe ich mir eine Standardantwort angeeignet, um keine langen Diskussionen aufkommen zu lassen: »Warum trinkst du denn nicht?« »Ach, ich habe mal im Vollsuff dreißig Leute abgeknallt und danach mein Haus abgefackelt.« Ist zwar eine Lüge, aber danach ist Ruhe im Puff.

Das Volk der Veganer hat es nicht leicht. Im Reich der Karnivoren müssen sie sich ohnehin ständig behaupten und rechtfertigen – ein fortwährender Kleinkrieg der deutschen Gesellschaft. Da geht es um Tradition, Ethik, angebliche Freiheitsbeschränkungen – also alles dabei, was so ein zünftiger Konflikt mit sich bringen sollte. Unser eigener kleiner Gazastreifen.

Tierliebe und Fleischkonsum werfen natürlich viele Fragen auf. Wann hat man sich zum Beispiel hingesetzt und »So, wir haben zehntausend Tiere in Deutschland. Essen werden wir Hühner, Schweine und Geflügel. Lieben und pflegen werden wir Hunde, Katzen und Meerschweinchen« gesagt? Das ist doch vollkommen willkürlich. Warum kann ich mir denn nicht zu Hause in meiner Dreizimmerwohnung ein kleines Schweinchen halten und mittags ein paar Hamster knabbern? Das ganze Prinzip der Domestizierung ist doch vollkommen intransparent und austauschbar. Warum laufen Menschen in ihrer Freizeit nicht mit Alpakas rum? Oder mit Erdmännchen. »Entschuldigung, das ist ein Café. Können Sie Ihren Pfau bitte draußen anleinen?«

Oft sagen die Leute: »Ich verstehe einfach nicht, wie man Schweine essen kann, du würdest doch auch keine Hunde essen.« Und ich denke dann: Woher willst du DAS wissen? So ein pralles Schwein ist doch viel intelligenter als ein Durchschnittshund. Wenn man einem

Schwein erzählen würde, es dürfte unter deinem Fliesentisch wohnen, und dafür würde man mit ihm Gassi gehen und ein Stöckchen hinwerfen, würde das Schwein doch sagen: »Klar kann ich das tun. Ich kann mich aber auch einfach im Schlamm wälzen und fett werden, du Otto.« Hunde in urbanen Zweizimmerwohnungen zu halten ist jedenfalls oftmals nicht weniger zynisch, als sie gleich zu essen.

Also, ich würde es tun. Persönlich hatte ich zwar stets ein neutrales Verhältnis zu diesen Tieren, doch im Grunde bin ich ihnen gegenüber skeptisch. Hunde sind für mich wie Segway-Benutzer. Ich sehe sie an, zeige mich angewidert oder ignoriere sie. Manchmal muss ich niesen. Entgegen anderen Mitmenschen habe ich keinerlei Ambitionen, Hunde zu streicheln, nur weil sie kurze Beine und ein flauschiges Fell haben. Ich streichle doch auch keine kleinen, haarigen Männer.

Es ist schon seltsam mit der Tierliebe. Die meisten Fleischesser lieben Tiere, aber sind sehr gut darin, dies für einen kurzen Moment zu verdrängen. Es gibt kaum Menschen, die sagen: »Für süße kleine Lämmer habe ich nichts als Verachtung übrig. Tiere esse ich aus reinem Hass.« Wobei das doch praktisch wäre, dann wäre der Konsum in der eigenen Wahrnehmung moralisch vollkommen bedenkenlos. Für den Hass auf Tiere gibt es noch nicht einmal ein Wort. Noch nie wurde ein Mensch öffentlich an den Pranger gestellt, weil er Dinge wie »Ich habe nichts gegen Enten, viele meiner besten Freunde sind Enten, aber im Grunde sollte man alle töten« gesagt hat.

Ach, es ist ein leidiges Thema. Und wie in allen Debatten gibt es bei Parteien radikale Dumpfbacken. Da sind die militanten Veganer, die meinen, eine moralische Deutungshoheit zu besitzen, und da sind die stolzen Fleischesser, die beim Anblick eines Veganers Dinge sagen wie wie »Hohoho! Fleisch essen ist sehr natürlich! Seht nur mein prächtiges Putenfilet. Ich habe es selber gefangen. Bei Lidl in der Kühltruhe«. Da kann es doch bloß Verlierer geben.

Ein häufiges Argument für Fleischkonsum ist die gute alte Tradition. Ein schönes Wort, auf das Menschen sich immer gerne berufen. Vor einiger Zeit sollte in unserer Stadt ein veganer Weihnachtsmarkt stattfinden, und unmittelbar machte sich erste Panik breit. Menschen schäumten vor Wut. Erste Demonstrationen und Gegenmärkte wurden geplant, denn nach der Islamisierung des Abendlandes fürchtete man nun auch die Hipsterisierung des Bratwurstlandes. In den Kommentarspalten die üblichen Phrasen: »Für jeden Veganer esse ich drei Schweinebauch-Brötchen mehr. Was hat das noch mit christlicher Tradition zu tun?« Kann ich natürlich nachvollziehen. Von all den biblischen Geschichten fand ich die Bratwurst-Psalmen und das »Gleichnis vom saftigen Nackensteak« stets am bewegendsten.
Der winterliche Wutbürger scheint allgemein viel Verständnis aufbringen zu können, aber bei Bratwurst und Ritualen hörte es doch wirklich auf. Was lang währt, wird irgendwann für gut befunden. Tradition war jedenfalls schon immer ein seltsames Argument. Man kann einem Menschen einen rostigen Nagel in die Stirn kloppen, und er wird sagen: »Aua«. Wenn man es aber alljährlich immer am selben Tag wiederholt, wird er irgendwann sagen: »Juhu, eine Tradition. Der Tag des rostigen Nagels ist der schönste Tag der Welt. Ich liebe mein Leben!« Mein Vorschlag zur Güte: Weihnachtsmärkte abschaffen und dafür gesetzlich verordneten Winterschlaf einführen. Vielleicht sind wir danach alle entspannter.

Am Ende können wir diesen ewigen moralischen Zwist eh nur besiegen, indem wir uns besinnen, was uns Menschen zusammenhält – was uns im Kern vereint und für alle Zeiten versöhnen kann –,

POMMES! Pommes sind die Antwort auf alles: günstig, vegan, laktose- und glutenfrei und für fast jeden Menschen zugänglich. Pommes akzeptieren uns Menschen, wie wir sind, egal, woher wir kommen und woran wir glauben. Pommes sind gelebte Vielfalt und Toleranz. Sie greifen dort, wo die Politik versagt. Der Weg zum Frieden kann letztlich bloß über Pommes führen.

Zum Abschluss noch eine kleine Anekdote: Treffen sich ein Fleischesser und eine Veganerin. Sagt der Fleischesser: »Ich möchte Ihren ethischen Kodex keineswegs anprangern, aber wussten Sie, dass Hitler auch Veganer war?« Sagt die Veganerin: »Sapperlot! Das wusste ich nicht. Man könnte annehmen, dass Sie allein in dieser Woche der neunundneunzigste Mensch sind, der mir diesen Fun-Fact ans Herz legt, aber selbst dann hätte ich es wohl längst wieder vergessen. Ich halte dies in der Tat für eine bemerkenswerte Anekdote, und wenn dem wirklich so sein sollte, werde ich meinen Lebensstil umgehend überdenken, spüre ich schließlich nun glatt das Verlangen, mir einen riesigen Schinken zu kaufen und genüsslich hineinzubeißen, denn so wie Hitler möchte ich wahrlich nicht enden. Ach, hätte ich doch einen starken Mann an meiner Seite! Nach vielen Jahren des praktizierten Veganismus bin ich körperlich einfach zu schwach und ausgemergelt, ein solch kolossales Schinkenexemplar selbstständig nach Hause tragen zu können. Wenn Sie heute Abend nicht zufällig …«
»Sagen Sie jetzt nichts«, sagt der Fleischesser. »Ich möchte Sie küssen!«

Sonnenuntergang, Klaviermusik, Abspann. Ein so schönes und versöhnliches Ende hätte ich nun auch nicht erwartet! Jetzt bin ich selber ganz gerührt.

TRASH

Dass die meisten Privatsender wie RTL und Pro7 für eine schleichende Gesellschaftsverdummung sorgen, ist ja kein großes Geheimnis. Fernsehen als bewährtes Medium der Unterforderung: Feierabend, bisschen abschalten, Kopf aus, Trash-TV. Die wenigen guten Sender wie 3sat und Arte haben es da zunehmend schwer, kluge und interessante Inhalte an den Mann zu bringen. Da ich es jedoch sehr schade finde, dass in Deutschland so streng zwischen Kunst und Unterhaltung unterschieden wird, habe ich mir nun überlegt, einen neuen Sender zu gründen, in dem bewährte Formate aus den Privatsendern mit bildungsfördernden und gesellschaftskritischen Inhalten gefüttert werden. Arbeitstitel: Arte L.

Hier einige Format-Ideen:

Frauen-Tausch (Femi Edition). Dirk H. ist enttäuscht, da sich seine Ehefrau neuerdings für Feminismus interessiert und für Gleichberechtigung starkmacht. Wo sie das wieder aufgeschnappt hat? Dirk vermisst seine gute alte patriarchalische Weltordnung und tauscht seine Frau mit Ulf (43, Fährmann), ohne zu wissen, dass auch dessen Gattin kein Fan alter Rollenbilder ist. Statt jetzt endlich die Bude zu saugen und mal feucht durchzuwischen, hält Bärbel ihm selbstbewusste Vorträge über veraltete Gesellschaftsmuster und gleichberechtigte Partnerschaften. Am Ende putzen alle gemeinsam, lachen und tollen herum. Klasse erste Folge. Macht Lust auf mehr.

Shopping Queen 2. Guido Maria Kretschmer demoliert Primark-Filialen und italienische Edelboutiquen, um ein Zeichen gegen Kinderarbeit, Niedriglöhne und den Kapitalismus zu setzen. Gemeinsam mit Ute (52, Sachbearbeiterin aus Wermelskirchen) und Bärbel

(27, Einzelhandelskauffrau aus Görlitz) appelliert er an faire Kleidung und Nachhaltigkeit. Am Ende tragen alle Filz.

Das perfekte Bio-Dinner. Willkürliche Menschen der deutschen Mittelschicht kochen füreinander und besuchen sich gegenseitig in ihren Doppelhaushälften. Die Regeln: Budget-Limit (50 Euro) und Einhaltung der Bio-Richtlinien. Am Ende knabbern alle zu fünft an zwei Hähnchenkeulen und schlabbern an ihren Pastinaken. Jumbo Schreiner sitzt vorm Fernseher und weint auf sein XXXL-Schnitzel. Insgesamt sehr konsumkritische Folge, die leider nicht ohne moralischen Zeigefinger auskommt. Trotzdem toll!

The Voice Akademiker-Kids. Nach dem Aufruf zur neuen Castingshow beraten sich die Eltern von musikalisch begabten Kindern, ob es sinnvoll wäre, ihre durchaus ambitionierten Sprösslinge so früh ins Rampenlicht zu zerren und ihnen durch unnötigen medialen Druck, harten Wettbewerb und die Präsenz von Mark Forster langfristig den Spaß an Musik zu nehmen. Am Ende kommt keiner. Auch mal schön.

Mario Barth deckt (sich) zu. Das Format erklärt sich von selbst. Sie kennen das: Man ist abends müde, geht ins Bett, macht das Licht aus, und zack ist man eingeschlafen. Mario Barth in seinem Paradegenre, dem Dunkel-Stummfilm. Niemand sieht ihn, niemand hört ihn. Der größte Erfolg der deutschen TV-Historie. Auch als Hörbuch!

Ich bin ein Sartre – holt mich hier raus! Einige französische Intellektuelle sitzen bei einem Glas Weißwein im Dschungel und lesen Bücher von Albert Camus, Simone de Beauvoir oder Jean-Jacques Gauloises. Im Hintergrund sanfte Pianomusik. Zwischendurch rezitieren sie Auszüge aus *Das Sein und das Nichts* und diskutieren angeregt über den Existenzialismus. Eine Stimme aus dem Off empfiehlt ihnen, dass sie sich nun gemeinsam mit ein paar kaputten Z-Promis einiger ekelhafter Mutproben aussetzen sollen. Alle lachen und geben einen Fick!

Der Bachelor (kritische Ausgabe). Attraktiver junger Mann trifft sich in mallorquinischer Finca mit zehn leicht bekleideten Damen, um mit ihnen abends im Strandkorb über die wichtigen Fragen des Lebens zu diskutieren. »Selbstachtung: Fluch oder Segen?«, »Stolz – ein überschätztes Gefühl?« oder »Was ist schon Würde?«.

GNSFMSIW (Germanys next sympathische Frau mit superklasse inneren Werten). Heidi Klum begleitet junge Damen dreißig Jahre lang mit der Kamera. Können sie gut zuhören und sind für ihre Freunde da? Haben sie Humor? Trennen sie ihren Müll und engagieren sie sich für soziale Projekte? Sind sie empathisch? Behandeln sie Menschen mit Respekt? Es gibt keinen Gewinner. Heidi Klum verliert.

HAUPTSACHE AUTHENTISCH!

Ich liege auf der Couch und blättere durch die Seiten einer Hochglanzzeitschrift. »Alle Menschen sind gleich«, heißt es da in einem Interview, und ich denke: Nein, Menschen sind ja mal so was von überhaupt nicht gleich. Manche Menschen heißen zum Beispiel Bernd, und manche heißen Bärbel. Hier greift die mathematische Formel: Bernd ≠ Bärbel. Vielleicht hat Bernd spärlichen Bartwuchs, Bauchansatz und ist etwas kleiner als Bärbel. Bärbel hingegen ist glatthäutig, ausgesprochen schlank und groß. Hier gilt die Formel: Bernd < Bärbel, denn Bärbel = vollkommenes Schönheitsideal.

Menschen sind nicht gleich. Menschen sollten allenfalls gleich behandelt werden, aber auch da bin ich unsicher. Es gibt Leute, die sagen wohlüberlegte Dinge. Diesen Leuten sollte man dann hinter den Ohren kraulen und leise »Fein, Jürgen. Fein!« flüstern. Manche hingegen sagen Dinge wie: »Hallo, mein Name ist Bernd. Und ich wehre mich entschieden gegen die Formel *Bernd < Bärbel,* denn ich bin immerhin ein Mann, also von Natur aus mächtiger, als jede Frau es je sein wird! Es lebe das Patriarchat!« In diesem Fall sollte man Bernd nicht kraulen, sondern allenfalls wie eine Katze in der Nackenfalte packen, ihn hochheben und ein wenig rüffeln. Menschen sind nicht gleich. Menschen gibt es in verschiedenen Größen, Geschlechtern, Farben und Formen. Diese Vielfalt ist wunderschön, und wäre dieser Planet ein Obststand – ich wäre vollkommen überfordert.

Ich klappe die Zeitschrift wieder zu und schaue auf das Cover: Eine völlig normalgewichtige Frau wird dort als Curvy Model bezeichnet. Sie sei vollkommen natürlich und authentisch, heißt es in einem Zitat daneben. Mag sein, denke ich, aber schlimmer noch als jedwedes auf einem besessenen Schlankheitswahn basierende Schönheitsideal ist der Zynismus, mit dem heutzutage jedwede normalgewichtige Frau in Modemagazinen oder Fernsehsendungen als Plus-Size-Model angepriesen wird. Soll sagen: »Seht her, holde Weibsbilder. Unser Covergirl hat eine Hüfte, einen minimalen Bauchansatz und so etwas wie ein Becken. Bitte identifiziere dich mit ihr und kauf all unsere Produkte! Sie ist wie du!« Das Curvy Model hat meist ein wunderschönes, nahezu kindliches Gesicht, straffe Haut, ansonsten eine völlig normale Figur, dazu aber unwahrscheinlich riesige Brüste. Sie appelliert an Natürlichkeit, an die Schönheit des Geistes und den Mut, zu seinen Kurven zu stehen. Die Plus-Size-Frauen erzählen dann, wie easy das alles ist. Selbstvertrauen und so. »Mädels, zeigt euren Speck«, schreit das Covergirl hinaus in die Welt. »Keine Chance dem Bodyshaming! Curvy ist das neue Schlank!« »Klar, wenn ich solche riesigen Hupen hätte, hätte ich auch Selbstvertrauen«, sagt dann die durchschnittliche Endverbraucherin Ulla P., deren Figur früher eher als »mollig« beschrieben wurde, weil mollig so gemütlich und warm klingt.

Mit der Durchschnittsfrau in einer willkürlichen deutschen Fußgängerzone hat das neue Plus-Size-Model körperlich nicht viel gemeinsam. Sie hat weder Falten, Hautschürzen, leichte Akne, Pigmentstörungen, Cellulitis noch ansatzweise schwaches Bindegewebe. Ihr Haar ist voll, ihr Gesicht nahezu kindlich, ihre Augen riesig-rund, die Gesichter im Kontrast unwahrscheinlich schlank. Und selbst wenn sie noch einige Pfunde drauflegen würden, würden unzählbare Männer ihr noch hinterherstarren. Denn: Brüste! »Mädels, bleibt natürlich!«, schreien die Curvy Models in die sozialen Medien. »Bloß nicht zu viel Schminke!« »Klar, hätte ich eine Haut wie ein in Honigmilch gebadeter Babyengel, würde ich auch an mehr Mut zur Natürlichkeit appellieren«, denkt Instagram-Nutzerin Birgit P. und schmiert sich drei Lagen mattierendes Make-up ins Gesicht.

Wo ist das Problem?, kann man jetzt fragen. Models hatten schon immer schöne Gesichter und mussten einem auf Äußerlichkeit reduzierten und möglichst objektiven Idealbild entsprechen. Ob in einer Casting-Sendung, in der Print-Werbung oder anderswo – das ist ihr verdammter Job! Und klar, das stimmt natürlich. Und ich würde lügen, wenn ich behaupten würde, dass ich mich von körperlicher Attraktivität nicht auch blenden lasse, aber früher hießen Plus-Size-Models ja einfach »Frauen«.

Die Curvy Models werden stets als mutig und selbstbewusst beschrieben, und irgendwie finde ich, dass wir solche Begriffe dadurch entwerten. Sie sind jung und haben straffe Haut. Sie sind gesund, jedes Gramm sitzt da, wo es hinsoll. Es ist, als würde ein neureicher Millionenerbe den einfachen Fabrikarbeiter anschreien: »Schau mich an, du Versager. Ein gemachter Mann! Aber beklag dich nicht über dein Gehalt, denn meine Welt ist nur oberflächlich. Besitz ist ein Gefängnis. Im Herzen bist du reich.« Es ist und bleibt zynisch.

Nein, wir Menschen sind nicht gleich. Wir sind so lange okay, wie wir sind, solange wir okay finden, wie wir sind. Manche Menschen sind authentisch. Manche Menschen bekommen dann gesagt, wie schön es sei, dass sie immer so authentisch seien, und fangen dann irgendwann an, einen authentischen Menschen zu spielen. Die Ideale unserer Tage sind Glaubwürdigkeit und Natürlichkeit. Manche Menschen sind aber gerne unnatürlich. Und wenn sie das wollen, ist das vollkommen in Ordnung. Und vielleicht wird auch hier ein neuer Zeitgeist herrschen, und man wird Dinge wie »Ach, Sybille. Es ist einfach so erfrischend, wie herrlich aufgesetzt du wieder bist.

Ich liebe deine affektierte Geschwollenheit und deine gekünstelte Art!« sagen.

Am Ende sind Menschen wahrscheinlich nie hundertprozentig mit sich selbst zufrieden. Irgendeinen Makel findet man immer. Ich lege die Zeitschrift weg und gehe zum Spiegel: Ein bisschen enttäuscht bin ich ja schon. Ich bin Mitte dreißig, habe schmale Schultern, Geheimratsecken, einen ersten Bauchansatz, und auch wenn ich meinen Vollbart über alles liebe, sehe ich dadurch aus wie ein willkürlicher Barista in einer urbanen Kaffeemanufaktur. Doch ich finde mich okay. Mein Selbstvertrauen tendiert von »Na, du geiler Typ im Spiegel! Wie scharf bist du denn?« bis »Ich hasse mich und gehe nie wieder vor die Tür«. Meist irgendwas dazwischen. Ich weiß nicht, ob andere Menschen mich attraktiv finden, aber wie gesagt, ich bin halbwegs zufrieden. Vor einiger Zeit war ich mal in einem Klub, sprach eine Frau an, und dann sagte sie: »Du bist so schön, dich müsste ich mal von Weitem sehen.« Und dann ging sie einfach. Das war demütigend, allerdings auch ein bisschen lustig, denn später wurde sie meine Frau. Jetzt sagt sie Dinge wie: »Du bist schon attraktiv. Man muss da selbst einfach nur fest daran glauben!«

FEMINISMUS FETZT

Oft werde ich gefragt: »Paddel, was ist eigentlich dieses Feminismus? Wie sieht es aus? Welche Farbe hat es? Was kann es? Was macht es mit uns?« Hier nun ein kleiner Leitfaden in Form eines Beipackzettels.

* *Was ist Feminismus?*
Hierbei handelt es sich um ein verbreitetes Symptom unterschiedlichster Ausprägung. Immer häufiger hört man Ärzte sagen: »Sie müssen jetzt stark sein! Ihre Frau hat hohen Blutdruck und ein bisschen Feminismus. Könnte sein, dass sie ein wenig anstrengend wird und so etwas wie Gleichberechtigung einfordert.« Aber keine Sorge, alles wird gut.

* *Ist Feminismus ansteckend? Wo bekomme ich ihn? Können Männer das auch empfangen?*
Das Thema Feminismus finden Sie derzeit vorwiegend in Soziologie-Seminaren, der Arte-Mediathek und *taz*-Leitartikeln. Falls Sie der breiten Mittelschicht angehören, müssen Sie intensiver suchen. In Schulen, vorörtlichen Doppelhaushälften, TV-Sendungen und Magazinen fernab des politisch linken Spektrums findet man ihn nur selten. Erste erkennbare Anzeichen von Feminismus gehen meist mit den Zivilisationskrankheiten »Empathie« und sogenannter »Selbstreflexion« einher. Sollten Sie davon nicht betroffen sein, könnten Sie Glück haben. Aber keine Sorge, der Feminismus kann friedlich in Ihnen leben! Sie dürfen weiterhin flirten, Damen begehren und Balztänze aufführen. Niemand, der gleiche Rechte und Anerkennung einfordert, schneidet Ihnen deswegen den Penis ab! Es ist alles gar nicht so schlimm. Liebe Männer, sorgen Sie vor. Hören Sie auf, sich erst dann für Frauenrechte

zu interessieren, sobald Sie Vater einer Tochter geworden sind und auf einmal merken, dass Chancengleichheit tatsächlich oftmals eine Illusion ist. Hören Sie auf, sich als Helden zu stilisieren, wenn Sie mal für ein Jahr in Elternzeit gehen. Sie brauchen dann weder einen Daddy-Podcast, einen »Mein hartes Leben als alleinerziehender Papa«-Blog noch eine tägliche Radio-Kolumne mit dem Titel *Vati macht das schon.* Machen Sie einfach!

- *Kann der Feminismus meinen Sexismus besiegen?*
  Ich weiß, viele Männer träumen von einer Welt, in der ihnen jede Frau hemmungslos um den Hals fällt, sobald sie zum charmanten Minnesang ansetzen und poetische Worte wie »Na, du geiles Mäuschen. Ficki, ficki?« verkünden, und ich kann wirklich nicht verstehen, dass diese Damen nicht auf der Stelle feucht im Höschen werden. Dass viele Frauen keine Lust mehr auf körperliche Reduzierung und sprachliche Unterdrückung haben, ist wirklich nicht ihr Fehler. Diese Frauen sind verbitterte Kampfemanzen, und das wissen wir alle!

- *Wachsen mir durch Feminismus mehr Achselhaare?*
  Der Feminismus hat viele Gesichter, sagen die einen. Aber irgendwie immer noch das von Alice Schwarzer, sagen die anderen. Beim Wort »Feministin« denken viele Menschen an kesse Kurzhaarfrisuren, langzeitstudierende AStA-Aktivisten mit Aversion für Liebeslyrik und an Internethelden, die im echten Leben nicht den Mund aufbekommen. Ein Imageproblem lässt sich leider nicht von der Hand weisen. Hysterie! Hysterie! Aber keine Sorge, Sie können der Welt beweisen, dass es auch anders geht. Wenn Sie dafür Achselhaare brauchen, ist das okay. Sie sind ein freier Mensch. Lustige Frisurentipps finden Sie im Internet.

- *Ich bin Feministin und möchte mich engagieren, ohne mich mit Kritik auseinanderzusetzen. Was kann ich tun?*

Verlassen Sie nicht das Haus. Gefühlt findet der Feminismus ohnehin primär im Internet statt. Auf Twitter, in Podcasts und Blogs, deren hermetisch abgeriegelte Sprachcodes schnell Abwehrreflexe entstehen lassen. Suhlen Sie sich in Ihrer akademischen Selbstverliebtheit und vermeiden Sie zugängliche, klare Sprache. Verwenden Sie Fachbegriffe wie »Mansplaining«, »toxische Hypermaskulinität« oder »Dominanz des Cis-Macker-Patriarchats«. Vermeiden Sie es, jemand anderen zu erreichen, der nicht Ihren eigenen elitären Kreisen angehört, wie z. B. Frauen und Männer, die sich des strukturellen Sexismus in unserer Gesellschaft zwar bewusst sind, aber nicht jeden Morgen die sozialistische Tageszeitung lesen.

- *Ich bin Feminist/-in und möchte mich auf Twitter engagieren. Ist das sinnvoll?*

Ja, aber bedenken Sie Folgendes: Die Austragung gesellschaftlicher Debatten auf Twitter ist gefährlich, denn jeder denkende Mensch ist in der Lage, mittels seiner persönlichen Erfahrungen und rhetorischen Kompetenzen zu jedwedem Thema Argumente zu finden und sich Gleichgesinnte zu suchen, in deren wärmendem Nest man es sich gemütlich machen und weiterhin von Andersdenkenden abschirmen kann. Twitter ist Sprache in ihrer reduziertesten Form, da werden komplexe Sachverhalte in wenige Sätze gepresst. Das Ergebnis: Polemik und Provokation. Ein einziges vorprogrammiertes Missverständnis und Aneinandervorbeireden. Menschen werden getriggert, fühlen sich auf den Schlips getreten und haben nach wenigen Sekunden einen unerschütterlichen Standpunkt zu jedem verdammten Thema. Wut ist wichtig, doch sollte er nicht im digitalen Datenmüll, sondern in zielführenden Gesprächen münden, sonst vergrault sie am Ende die Menschen, die sie eigentlich zusammenführen wollte. Da braucht es weder Trump-Rhetorik, dumpfe Parolen noch Beschimpfungen. Es gilt hier niemanden zu stürzen, sondern gemeinsam als Gesellschaft an einer verdammt wichtigen Sache zu arbeiten. Was sonst bleibt, ist das Verschwinden von Graustufen: Täter, Opfer und diverse Lager, die vergessen haben, wofür man eigentlich mal gemeinsam kämpfen wollte.

- *Die Auswahl an Feminismus erschlägt mich, und ich kann mich nicht entscheiden. Wie finde ich ein passendes Modell für mich?*
Von der Schönwetter-Feministin und Männerversteherin bis hin zur sogenannten Feminazi-Hardcore-Aktivistin werden Sie diverse Modelle finden, die zu Ihrer Einstellung passen. Im Herbst jedoch sind melierte, gedeckte Töne am schönsten. Hören Sie auf Ihr Herz!

- *Bekomme ich durch Feminismus auch dieses Gender-Gedöns?*
Hier gibt es verschiedene Ausprägungen. Viele Menschen wissen: Es soll Mädchen geben, die rosa Kleidchen tragen, mit Puppen spielen und den Jungs auf dem Spielplatz trotzdem zeigen, wo der Hammer hängt. Aber hören Sie doch bitte auf, jedwede Kritik an veralteten Rollenbildern als Genderwahn zu verurteilen. Genderpolitik ist mehr als eine Diskussion über Spielzeugfarben und überkorrekte Sprache. Und ja, es soll Männer geben, die gerne grillen, Fußball schauen, sich sehr über eine Jochen-Schweizer-Baggerfahrt zum Geburtstag freuen und sich dennoch für Frauenrechte starkmachen. Nicht jeder Mann, der breitbeinig in der U-Bahn sitzt oder im Park seine Brusthaare kämmt, möchte bewusst sein Revier markieren. Falls Sie das so empfinden, sprechen Sie ihn an. Manchmal braucht es keinen Leitartikel *Manspreading als Zeichen hypermaskuliner Dominanz cis-normativen Mackertums im öffentlichen Raum*. Manchmal hilft ein schlichtes: »Mach die Beine zusammen, du Schmock.«

- *Brauche ich immer sofort eine Meinung?*

Nein, gendergerechte Sprache ist zum Beispiel ein Thema, zu dem es wahnsinnig schwerfällt, eine fundierte Meinung zu entwickeln. Nicht lange ist es her, als eine weibliche Kundin in Sparkassenformularen nicht mehr mit der männlichen Ansprache »Kunde« bezeichnet werden wollte. Sie zog vor Gericht und verlor. Auch ich bin bis heute zwiegespalten. Auf der einen Seite kann ich das Aufbegehren natürlich nachvollziehen, wenn sich manche Frauen in männlichen Bezeichnungen nicht mehr länger angesprochen fühlen wollen, und man sollte dies keineswegs als hysterisches Gebell verbitterter Hardcore-Emanzen abtun. Sprache hat eine unfassbare Macht, und nach Jahren gesamtgesellschaftlicher patriarchalischer Strukturen kann man da einige Punkte durchaus mal überarbeiten.

- *Lässt sich Feminismus mit Familie vereinen?*

Ja, aber hier müssen viele Menschen an ihren Ansichten arbeiten. Hören Sie auf Mütter, die gerne daheim den Haushalt schmeißen und sich 24 / 7 um ihre Kinder kümmern, ihr feministisches Denken abzusprechen, weil sie ihr Glücksempfinden nicht über Karrieren und berufliche Anerkennung definieren. Hören Sie auf Frauen, die sich bewusst gegen Nachwuchs entscheiden, als egoistische, kinderhassende Karrieristen zu bezeichnen. Hören Sie auf, Männer in Elternzeit als berufliche Versager anzusehen. Hören Sie auf, Familien, in denen beide Partner arbeiten, während die Kinder tagsüber im offenen Ganztag der Grundschule untergebracht sind, als Rabeneltern zu verurteilen. Die Vielfalt an möglichen Lebensmodellen ist etwas ganz Großartiges, und jeder wird schon wissen, was er da tut.

- *Hilfe, ich mag Rapmusik. Kann ich trotzdem Feminismus bekommen?*

  Keine Sorge. In einem nicht unwahrscheinlichen Fall sind Sie mit klaren Rollenbildern aufgewachsen, wurden durch Hip-Hop sozialisiert und denken auch heute noch Dinge wie: »Oh, welch nasty slut auf dem Tanzparkett. Eine vorzeigbare Dirne! Auf dass ich dies Frauenzimmer mit meinem Balztanz beeindrucken mag. Obacht, I'm horny!« Geht besser, wissen Sie vermutlich selbst. Aber keine Sorge, Sie können an sich arbeiten. Dass Sie diese Gedanken haben, ist okay. Leben Sie es nur nicht aus. Sprechen Sie darüber. Mit Feminismus infizierte Personen haben manchmal mehr Humor, als Sie meinen.

- *Werde ich durch Feminismus zu einem Gutmenschen?*

  Das kann durchaus passieren. Man kennt das: Da engagiert man sich EINMAL für Frauenrechte, und schon steht man mit Proviantkörben am Bahnhof, um Flüchtlinge zu empfangen, wählt DIE LINKE und fährt mit dem Fahrrad zur Arbeit. Wenn Sie Angst haben, Gutmensch zu werden, können Sie weiterhin Ihre Kinder schlagen, Asylanten beschimpfen und Scheißmensch bleiben. Aber lassen Sie das doch bitte.

KARMAKONDO

»Ey, du kleiner Schelm«, rüffle ich mich selbst, denn jetzt habe ich mich doch glatt dabei erwischt, wie ich in der Bahnhofsbuchhandlung mein neuestes Werk aus der dunklen Schmuddelecke befreit habe, um es dann auf der gut beleuchteten Bestseller-Auslage im Eingangsbereich zu platzieren. Der Ratgeber *Magic Cleaning* musste dafür weichen und wohnt nun bei *Humor & Diverses*. Jetzt habe ich zwar ein schlechtes Gewissen, tröste mich aber mit dem Gedanken, dass eine gewisse Marie Kondo irgendwo in Japan meinen Erfolgsbestseller 私は斧を持っている durch einen ihrer Ratgeber ersetzt und sich im Stillen denkt: Hihi! Dem bärtigen Kauz habe ich es aber gezeigt. In your face!

Und während ich dies so denke, spricht mich auch schon die Verkäuferin an. »Guter Mann, was machen Sie da?«
»Ich räume auf.«
»Warum?«
Ich zeige auf den Ratgeber. »Steht hier doch: *Magic Cleaning*. Da steht, man müsse auch mal loslassen können.«
»Sie haben die Bücher vertauscht. Das sind ja Sie auf dem Cover. Außerdem sind hier jetzt Eselsohren drin. Sie kaufen das mal schön.«

Fünf Minuten später sitze ich in der Leseecke und blättere in meinem neuen Aufräum-Ratgeber. Kondo schreibt, man solle sich ausreichend Zeit nehmen, um sich von den Dingen zu verabschieden. Man soll Dinge ertasten, an ihnen riechen, ihren sentimentalen Wert ermitteln und sich dann gegebenenfalls trennen. Das ist doch Mumpitz, denke ich und rieche an einer älteren Dame neben mir. Riecht exakt so, wie man sich das vorstellt. Ich trenne mich, klappe das Buch zu und stecke es in meinen Rucksack.

Zu Hause angekommen, betrachte ich mein Wandregal. Vielleicht hat Frau Kondo ja recht. Bücher, wohin man nur schaut. Es werden einfach zu viele. Zeitlebens hatte ich nie irgendwelche seltsamen Sammelangewohnheiten, nichts finde ich unheimlicher als Leute, die sich irgendwelche kalkblassen Porzellanpuppen in Vitrinen stellen oder ihre Fensterbänke mit finsteren Bierkrügen dekorieren. Das Horten von Dingen lag mir immer fern. Außer eben bei Büchern. Ich kaufe sie, so wie andere Menschen Obst und Gemüse kaufen. Gut, ich könnte die Bücher einfach essen, aber da ist ja am Ende auch niemandem geholfen. Vielleicht bin ich süchtig, denke ich, denn irgendeinen Grund finde ich immer, mal ist es ein schöner Titel, mal das Cover, mal die persönliche Empfehlung eines geschätzten Kollegen, und manchmal denke ich auch bloß: Oha! Dieses edle Werk im Bücherregal lässt dich einfachen Menschen doch als intellektuellen Feingeist erscheinen. Da werden sie aber schauen, all die ungebildeten und plumpen Besucher, die beim Besuch einen Blick in meine Bibliothek erhaschen und in Erwartung der üblichen Lebensratgeber und Trivialliteratur auf 1200-Seiten-Schmöker von David Foster Wallace oder Walter Benjamins *Das Kunstwerk im Zeitalter seiner technischen Reproduzierbarkeit* stoßen werden. Da werden Sie schon denken: Oha, wahrlich kein Kleingeist. Welch vorbildlichen Repräsentanten des modernen Bildungsbürgertums wir doch Freund nennen dürfen!

Ich besitze zu viele Bücher, das steht fest. Galt es in gehoben Kreisen jahrelang als Statussymbol, meterlange Bücherschränke mit Tausenden Werken klassischer und zeitgenössischer Autoren zu füllen, so gilt heute der neue Minimalismus. Um ehrlich zu sein, habe ich von all diesen Büchern etwa ein Drittel gelesen. Haftete einem als jugendlicher Leser noch ein schlechtes Gewissen an, wenn man manch monumentale Lektüre nicht bewältigten konnte, so lernt man als Erwachsener doch seine Demut gegenüber all diesen großen Namen zu überwinden. Es ist ja nicht so, als wäre der Autor dann beleidigt. So ein Goethe sitzt ja nicht irgendwo in seinem Kabuff und denkt: Schockschwerenot! Der Elke aus Hückeswagen hat mein Buch nicht gefallen. Ich denke, ich werde alle töten. Nein, ich habe nicht ansatzweise ein schlechtes Gewissen, ein Buch nach einigen Seiten wieder wegzulegen. Schon mein damaliger Deutschlehrer am Gymnasium hat mir beigebracht, dass man seine wertvolle Zeit nicht mit dem Lesen schlechter Bücher verschwenden sollte. Wenn ein Autor es nicht schafft, den Leser in den ersten zwanzig Seiten zu überzeugen, dann ist er selbst schuld. Eine gute Formel, denn zwanzig Buchseiten entsprechen etwa zehn bis fünfzehn Minuten Lesezeit, das Prinzip lässt sich also auch gut auf zwischenmenschliche Kommunikation anwenden. Bei Gesprächen entscheiden Sie ja auch recht schnell, ob Sie jemandem wohlgesinnt sind oder lieber die Flucht ergreifen möchten.

Menschen sind seltsam. Menschen sagen Dinge wie: »Also, wir haben schon seit Jahren keinen Fernseher mehr.« Und dann schauen sie auf dem Laptop Netflix. Sie schauen Tausende Serien, bingewatchen bis zum frühen Morgen und sagen dann Dinge wie: »*Dogs of Berlin* hat mich aus narrativen Gesichtspunkten wirklich sehr angesprochen. Brillantes Casting, unerwartete Wendungen, feiner Klimax. Und diese Dialoge! Ganz große Kunst!« Jedenfalls merken Sie dann mitten im Gespräch: Ich will hier weg. Jetzt können Sie Gesprächspartnern ja nicht mitten im Gespräch ein Lesezeichen in den Mund schieben. Frei nach dem Motto: »Für heute genug, morgen gerne wieder.« Wobei es durchaus seinen Reiz hätte.

Fakt ist: Es gibt zu viele Bücher. Erst neulich habe ich in einem Magazin gelesen, dass ein Journalist für sein neues Buch zum Thema »Entschleunigung und Digitalfasten« zwecks Recherche für DREI TAGE OHNE SMARTPHONE in eine schwedische Blockhütte gezogen sei. Vor so viel radikalem Verzicht ziehe ich natürlich den Hut und freue mich schon auf weitere Berichte extremer Lebenswelten …

1. Dienstags gibt's in der Kantine manchmal keine Bärchenwurst – die schleichende Diktatur des Veganismus
2. Zu Fuß das Altglas wegbringen und auf dem Rückweg noch Brötchen holen – the next Iron Man: eine Grenzerfahrung
3. Morgens dusch ich nackt: Nudismus als Chance
4. Wie ich mal einen AfD-kritischen Post von *Barbara* geteilt habe – mein Leben als Linksextremer

Tausende von Sachbüchern, Biografien und Lebensratgebern überschwemmen Jahr für Jahr den Buchmarkt und landen ungelesen als staubiges Mahnmal in den Bücherregalen deutscher Durchschnittshaushalte. Aber trennen kann ich mich auch nicht. Wo sollte ich anfangen? Wahllos greife ich in das Bücherregal. Ich schaue auf das Cover: *Ekstase* von Patrick Salmen. Ein Belegexemplar meines Verlags, das ich hin und wieder nutze, um Werbung in eigener Sache zu betreiben und ausgefuchste Marketingmaßnahmen zu ergreifen. Manchmal setze ich mich mit dem Buch in ein gut gefülltes Szenecafé, schlage es auf, halte das Cover gut sichtbar vor mein Gesicht und sage dann Sachen wie: »Hahaha! Wahrlich eine kesse Pointe. Entzückend! Entzückend! Der Mann ist ein Genie!« Auch hier möge man mich rüffeln, aber Stolz ist eine zarte Pflanze und Würde ein dehnbarer Begriff.

Was würde Frau Kondo tun? Ich rieche am Buch, schlage es dann anschließend an einer willkürlichen Stelle auf und beginne zu lesen: »Hahaha! Wahrlich eine kesse Pointe. Entzückend! Entzückend! Der Mann ist ein Genie!« Auch hier möge man mich rüffeln, aber Stolz ist eine zarte Pflanze und Würde ein dehnbarer Begriff. Was würde Frau Kondo tun? Ich rieche am Buch, schlage es dann anschließend an einer willkürlichen Stelle auf und beginne zu lesen: »Hahaha! Wahrlich eine kesse Pointe. Entzückend! Entzückend! Der Mann ist ein Genie!« Auch hier möge man mich rüffeln, aber Stolz ist eine zarte Pflanze und Würde ein dehnbarer Begriff. Was würde Frau Kondo tun? Ich rieche am Buch, schlage es dann anschließend an einer willkürlichen Stelle auf und beginne zu lesen …

Mit Verlaub, denke ich, das ist doch albern.

DIE BUSHALTESTELLE

Findet man in der Hauspost meist nur Rechnungen und die gewöhnlichen Werbeprospekte, verirrte sich heute zu meinem Erstaunen ein sehr interessanter, an mich adressierter Katalog in den Briefkasten. Während ich nämlich so darin blätterte, musste ich mit Freuden feststellen, dass man dort vorwiegend Bushaltestellen erwerben kann.

Nun stellen sich mir einige Fragen:

1. Sieht besagtes Unternehmen mich in der potenziellen Rolle des zahlungskräftigen Großkunden oder gar Investors für lokale Infrastruktur? Haben sie sich gedacht: Och, dem Salmen schicken wir mal 'nen Katalog raus. Der weiß nach seinem Lyrikband und der aktuellen Welttournee eh nicht, wohin mit der ganzen Kohle? Bin ich bald der Carsten Maschmeyer des öffentlichen Nahverkehrs?

2. Mal angenommen, ich würde mir solch ein praktisches Wartehäuschen kaufen, könnte ich dann einfach bei den Stadtwerken anrufen und eine Berücksichtigung meines bescheidenen Anwesens in die Routenplanung der örtlichen Buslinien einfordern? Was soll ich am Telefon sagen? »Salmen mein Name. Ich habe mir mal unverbindlich so ein Kabuff in den Vorgarten gestellt, und es wäre super, wenn der Jochen morgen mit dem klobigen Gelenkbus um 15 Uhr auf der Matte steht und mich zu meiner Lesung nach Oer-Erkenschwick fährt.«

Ich weiß es doch auch nicht. Und trotzdem scheint mir dies eine Fügung des Schicksals zu sein. Einfach mal eine Bushaltestelle kaufen. Ich sollte ohnehin weniger Auto fahren. Zumal ich neulich ein bisschen rasant unterwegs war und wahrscheinlich für ein Weilchen den Führerschein abgeben muss. Ein leidiger Fluch mit diesen Blitzern. Überhaupt ist ja irgendwie schade, dass man im Erwachsenenalter bloß noch für negatives Verhalten bestraft, aber kaum noch für gute Taten belohnt wird. Ich wäre zum Beispiel für die Einführung von »freundlichen Blitzern« und einem Amt, das einem bei beispielhafter Einhaltung der Höchstgeschwindigkeit mal ein Foto schickt und dazu was Nettes wie »50 km / h innerorts? Alter, wie geil bist du denn?« schreibt. Nicht die Angst vor Sanktion sollte den Menschen antreiben, sondern die Anerkennung. Wie wäre es mit kleinen Aufklebern vom Ordnungsamt? »Wunderschön geparkt, kleiner Räuber.« Mal ein Brief von der Finanzbehörde: »Umsatzsteuer pünktlich gezahlt? Danke, Bro. Lieb von dir. Einfach knorke!« Nur ein Gedankenspiel, ich schweife ab.

Was also tun? Ich könnte einfach bei besagtem Unternehmen anrufen und das zeitlose Wartehäuschen bestellen. Aber wohin damit? Einfach vor die Haustür? Ich könnte mir den Kasten auch in den Flur stellen, damit meine Gäste trotz weit geöffneter Wohnungsfenster einen angemessenen Wind- und Regenschutz genießen können, während ich den Kaffee aufsetze. Welches Modell nehme ich da? Zwei- oder Dreisitzer? Spitz- oder Flachdach? Und brauche ich diese aufgeklebten Vogelattrappen, falls sich mal wieder ein kleiner Habicht in meinen Gemäuern verirrt? Fragen über Fragen. Je länger ich darüber nachdenke, desto skeptischer werde ich. Habe ich doch grad erst ausgemistet. Marie Kondo wäre entsetzt, außerdem würde die Haltestelle bestimmt in einem Paket kommen, und wer soll das ganze Altpapier wieder runterbringen? Der DHL-Bote wäre ebenfalls nicht begeistert, mir solch unhandliches Gelumpe in den vierten Stock zu tragen. Ich bin so verunsichert. Auf der einen Seite würde mir die Haltestelle ein Gefühl von Freiheit schenken, auf der anderen Seite müsste ich sie auch regelmäßig pflegen. Was tun gegen Sprayer und Randalierer, die mir Kaugummis unter die Bank kleben, auf den Fahrplan rotzen oder gar das Wu-Tang-Clan-Logo und andere Gangzeichen auf die Scheiben schmieren? Was mache ich mit all den gesetzlosen Systemfickern, die mein schmuckes Anwesen binnen kürzester Zeit in einen Ort der Schande verwandeln? Ich bin jetzt schon wütend.

Und wo würde das alles enden? Man kennt das doch: Da will man sich als Stadtplaner im IKEA 'ne neue Bushaltestelle kaufen und hat gleich wieder diverse Stromkästen, Litfaßsäulen und Telefonzellen im Einkaufswagen. Wobei es wirklich schön wäre. So eine dieser gelben Nostalgie-Zellen würde ich grad noch so im Kinderzimmer unterbekommen. Der Sohn müsste sich räumlich etwas einschränken, doch immerhin hätte er Festnetz.

Entscheidungen treffen ist immer so wahnsinnig schwierig. Und wie sagte schon Konfuzius einst: »Wer jetzt schon resigniert, muss es nicht morgen tun.« Also, ich weiß nicht, ob er das wirklich gesagt hat, aber könnte ja sein. All diese Kalenderweisheiten und Kühlschrankaphorismen – am Ende war es immer Konfuzius oder Paulo Coelho. Erst gestern fand ich beim Aufräumen eine Postkarte mit der Aufschrift *Tanzen ist Träumen mit den Füßen,* und da dachte ich dann auch: »Joa, stimmt.« Man hätte auch schreiben können: *Füße sind Enden von Beinen.* Aber das kauft ja keiner.

Vorfreude ist jedenfalls die schönste Freude. Wobei so eine Bushaltestelle vielleicht auch eine gute Kapitalanlage wäre. Vielleicht gibt es im Internet eine Marktlücke für Haltestellen-Influencer? Wie gerne würde ich auf Instagram Bilder zeigen, auf denen ich glücklich zwischen zwei strickenden Omis im Wartehäuschen hocke und meine zahlungskräftigen Follower zum Kauf animiere. Ich würde Texte schreiben wie: »Seht her, mein tolles Obdach. Dieser zeitlose Klassiker kommt mit feuerverzinkter Stahlkonstruktion daher und weiß durch seine schlichte Eleganz und die Dacheindeckung aus transparentem Acrylglas zu begeistern. Hier bin ich Mensch, hier kann ich sitzen.« Das wär doch eine Perspektive. Menschen würden mir glückliche Nachrichten schreiben. *Lieber Patrick, mein Leben war trostlos und grau, aber seit ich mir das praktische Wartehäuschen gekauft habe, scheint auch für mich die Sonne. Einfach nur danke.*

Die Vorteile überwiegen. Außerdem bin ich Freiberufler. Vielleicht könnte ich eine Kurzgeschichte über meine neue Haltestelle schreiben. Als Autor könnte ich den Erwerb steuerlich geltend machen. Sind doch klassische Betriebskosten. Stichwort Recherche. Und dann würde die Behörde mir nach der Steuererklärung vielleicht wirklich mal einen netten Brief schreiben. *Bushaltestelle. Netter Versuch, herzlich gelacht! Cremige Grüße, dein Benni.* Überhaupt würde ich dem Finanzamt viel lieber Geld überweisen, wenn statt *Ihr Finanzamt* immer *Dein Benni* unter den Briefen stehen würde. Da bekommt das Ganze doch eine ganz neue zwischenmenschliche Note.

Na ja, denke ich, einen Versuch ist es wert, aber wer will schon eine Geschichte über Bushaltestellen lesen?

LIEBESBRIEF AN
EINEN BÜROBEDARFSMARKT

Lieber Bürobedarfsmarkt, wie oft gehe ich zum Briefkasten in Erwartung einer handgeschriebenen Urlaubspostkarte oder eines mir wohlgesinnten Briefleins und dann … nichts! Doch was helfen all der Groll und die retrospektive Verklärung prädigitaler Zeiten, wenn man selber nicht mit gutem Beispiele vorangeht. Erst gestern erreichte mich Ihr neuer Hochglanzprospekt mit den aktuellen Monatsangeboten, und nun will ich die Gunst der Stunde nutzen, um einfach mal Danke zu sagen. Wir urbanen Menschen brauchen Konstanten in unserem Leben. Grad in diesen schnelllebigen Zeiten. Und während sich andere Menschen über die wöchentliche Supermarktbroschüre freuen, weil sie bereits samstagabends von der Frage »Jürgen, wat kost' wohl am Montag der Wirsing?« umgetrieben werden, war es bei mir schon immer der regelmäßig erscheinende Bürobedarfsprospekt, der mir ein Gefühl innerer Wärme und Wohlbehagens schenkte.

Wissen Sie, eigentlich hasse ich Innenstädte, Menschen im Allgemeinen und alle Geschäfte, in denen es keine Bücher gibt. Allerdings gibt es kaum einen Ort, an dem ich mich wohler fühle als in einem Bürobedarfsmarkt. Ich weiß gar nicht, wo ich anfangen soll, denn alles hier ist vollkommen: die mannigfaltige Auswahl an Blei- und Kohlestiften, die man just in diesem Moment alle auf einmal benutzen möchte, um vielleicht doch noch ein mysteriöser Maler oder Stararchitekt zu werden, sorgsam arrangierte Buntstiftkollektionen der gesamten Farbpalette in edlen Metallboxen, Aktenvernichter und die geheimnisvolle Aura der Papierzerschredderung, die jenen vermeintlich unbedeutenden Akt der Dokumentenentsorgung zu der letzten Verzweiflungstat eines gescheiterten Whistleblowers erhebt. All die bunten Textmarker, Fineliner und Filzstifte, deren Hinterlassenschaften in Form von Unterschriften und Kritzeleien auf den Testflächen und Ausprobierzettelchen für immer konserviert werden. Der Geruch von Edding und Druckerpapier, Collegeblöcke, Erinnerungen an die guten Vorsätze zu ordentlicher Buchführung bei Semesterbeginn und den deutschesten aller Sätze: »Kannst du mir mal ein Blatt leihen?« Dann die eleganten Füllfederhalter des hochpreisigen Segments in edlen Lederetuis – Sachen, die man einfach besitzen möchte, um sich erhaben und ein bisschen adelig zu fühlen. Tacker und Locher, die einen daran erinnern, dass man durch einen Wink des Schicksals nicht in der Schadensregulierung einer Versicherungsgesellschaft gelandet ist, sondern als freier Mann tackern und lochen kann, wo immer man will. Erst gestern durften mein Locher und ich wieder einigen fremden Passanten ein Lächeln ins Gesicht schenken. »Entschuldigung, wie ich sehe, haben Sie da ein ausgedrucktes Zugticket in der Hand. Darf ich es Ihnen ganz unverbindlich lochen?« »Guter Mann, wer sind Sie?« »Stellen Sie keine Fragen und genießen Sie den Moment.«

Dann wären da all die mannigfaltigen Farbkästen und Pinsel, Reminiszenzen an den Grundschul-Kunstunterricht, an Gipsmasken, Kartoffeldruck, Kastanienmännchen und schmierige Kleisterhände, an Kinderzeichnungen mit einer strahlenden Sonne am oberen Bildrand und Blumen, die immer größer waren als Häuser und Menschen. Die schlichte Eleganz und verführerische Jungfräulichkeit von Taschenkalendern, der Vorsatz, im nächsten Jahr nicht nur den Januar zu beschriften, sondern vielleicht bis zum März zu kommen und endlich ein geordnetes Leben zu führen. Anspitzer und Auffangbehälter voller kringeliger Bleistiftspäne, Radiergummis und die Erinnerung an wunderschöne Sätze wie: »Mit Verlaub, werter Mitschüler, Sie haben da einen sehr schönen Ratzefummel im Ranzen.«

Ach, ich komme schon wieder ins Schwärmen. Ich hoffe, Sie wissen, dass das, was Sie tun, wichtig ist für uns einfachen Leute da draußen. Sie tun Gutes für diese Welt. Büromärkte – alles hier ist verklärte Vergangenheit und hoffnungsvolle Zukunft. Ein Ort ohne Gegenwart. Ach, hier möchte ich auf ewig verweilen. Danke, dass es dich gibt! Ich liebe dich.

Bereits morgen werden wir uns wiedersehen. Seit Wochen möchte ich mir endlich ein Laminiergerät besorgen. Einfaches Lochen reicht mir nicht mehr, und auch Tackern war für mich nur eine Einstiegsdroge. Aber ich brauche mehr! Und vielleicht heißt es schon bald: »Junger Mann, Ihnen wurde soeben ein Bewirtungsbeleg ausgestellt. Wenn ich Ihnen das mal ganz unverbindlich laminieren dürfte.« Ach, ich kann es schon kaum abwarten. Danke, dass es euch gibt. Es lebe der Kapitalismus!

DUISBURG HAT AUCH SCHÖNE ECKEN

Immer wenn man mit Menschen am Esstisch sitzt, irgendwann voller Selbstzweifel auf seinen Sesam-Avocado-Bagel starrt und nichts außer peinlicher Stille den Raum beherrscht, denke ich an meine Großmutter, die in solchen Situationen stets eine kesse Floskel wie »Und sie blickten stumm auf dem ganzen Tisch herum« oder »gefräßiges Schweigen« auf den Lippen hatte.

Ich hasse solche Sätze, doch noch mehr hasse ich erzwungenen Small Talk. Seit unser Sohn auf der Welt ist, ist allerdings vieles leichter geworden. Der größte Vorteil an Kindern: Sie machen Sachen. Man kann sie ja nicht mehr hören, all diese Mittdreißigersätze von flüchtigen Bekannten:

1. »Ich bin ja eher so der Altbau-Typ! Unsere Dielen – ein Träumchen.«
2. »Jochen und ich wollten ja eigentlich nie Eigentum, allerdings bei dem Mietpreisspiegel. Aber gut, ich sag mal: In München kriegst du für den Preis grad mal ein WG-Zimmer. LOL!«
3. »Wir essen jetzt weniger Fleisch, wenn, dann aber halt Gutes von ganz glücklichen Tieren.«

All diese Sätze machen mich müde. Und persönlich finde ja, dass man bloß hochgradig schwermütige Tiere schlachten sollte, doch das ist eine andere Geschichte. Früher hatte man in solchen Situationen drei Optionen: a) betrinken, b) weglaufen, c) weglaufen und betrinken.

Aber seit dem Nachwuchs ist alles viel einfacher. Man zeigt einfach aufs Kind und sagt: »Schaut nur, es macht was!« Und alle so: »Boah!

Krass.« Und schon hat man die Aufmerksamkeit verlagert. Eigentlich gemein. Ich mach ja auch oft Sachen, da kommt allerdings keiner und sagt: »Boah! Guck mal, wie der aus seiner Tasse trinkt. Einfach bloß drollig!« Ne, das wird dann wieder für selbstverständlich erklärt. Da könnte ICH mich aufregen! Kinder sind im Prinzip wie kleine Äffchen mit Hut. Wenn man Langeweile hat, sagt man: »Tanz, Äffchen, und amüsiere uns. Hier hast du Knete, zwölf Kilo Duplo und einen brennenden Reifen. Mach was draus!«

Keine unnötigen Gespräche mehr notwendig. Ich finde, das Gesamtkonzept von Small Talk ist wie ein Haus, wo es ständig hineinregnet – sollte mal gründlich überdacht werden. Dass man mit Menschen, die man nicht oder kaum kennt, bei einer ersten Begegnung bereits sprechen muss, setzt viele Leute enorm unter Druck. Warum nicht mal ein paar Alternativen in Erwägung ziehen?

Nehmen wir Hunde – wie schön wäre es, wenn zwei erwachsene Menschen sich bei einem ersten Date erst mal ganz unverbindlich am Hintern schnuppern würden. Oder man tut beim Betreten eines Raums einfach immer so, als würde laute Technomusik laufen. Man kommt rein, sieht sich kurz an und fängt einfach an zu tanzen. Kurzer Blickkontakt – zack, abspacken! Man könnte sich auch ein Vorbild an den Kindern nehmen. Erste Begegnung unter zwei Babys. Einfach weinen.

Small Talk konnte ich schon früher nicht. Nur ungern erinnere ich mich an alte Unizeiten und floskelhafte Gespräche in WG-Küchen, die meist so abliefen:

Typ: »Und was studierst du so?«
Ich: »Geschichte. Und du?«
Typ: »Maschinenbau.«

Ich: »Trifft sich gut, ich hab auch keine Freunde. Scherz! Maschinenbau find ich spannend. Ich habe zum Beispiel zu Hause 'ne Kaffeemaschine. Was soll man sagen? Funktioniert! Ihr macht da 'nen klasse Job! Machst du auch Kaffeemaschinen?«

Typ: »Ne, nicht wirklich.«

Ich: »Tschüss.«

Um es zusammenzufassen: War 'ne schwierige Zeit. Nun ist das bereits ein Weilchen her, aber besser geworden ist es im Wesentlichen nicht. Neulich hatten wir Besuch von Sabine, einer guten Bekannten, die uns ihren neuen Freund vorstellen wollte. Meine Freundin erzählte mir zuvor, sie hätte gehört, dass Sabines neuer Freund aus Hamburg käme, und so bereite ich mich schon Wochen vorher akribisch auf das Gespräch vor, um als interessierter, aufgeschlossener Mensch dazustehen und bloß keine peinliche Stille aufkommen zu lassen. In Hamburg bin ich immerhin ein paarmal gewesen und konnte problemlos einige Dinge benennen, die mir dort positiv aufgefallen waren, und wenn man Leute mit irgendwas überzeugen konnte, dann mit geheucheltem Lokalpatriotismus. Außerdem habe ich mir ein paar formidable Wortspiele zum Thema »Fische« ausgedacht. Stichwort – Zander Bullock. Ich malte mir die erste Begegnung bereits bildhaft aus.

»Hey, Patrick! Also das ist Finn-Ole-Rasmus.« In meiner Vorstellung heißen alle Hamburger Finn-Ole-Rasmus, aber das nur am Rande. »Moin! Moin!«, hätte ich dann erst mal gesagt. Menschen lieben es nämlich, wenn man ihre dialektalen Sprachfärbungen imitiert und sich ein wenig anbiedert, um letztlich nicht als weltfremder Depp dazustehen. So wie deutsche Touristen in Spanien, die dort ansässige Landesmänner mit einem übertrieben betonten *¡Hola! ¡Hola!* begrüßen und sich dabei fühlen, als hätten sie grad einen Roman von Miguel de Cervantes zitiert. Da denkt so ein Spanier auch: Och, vorher hab ich ihn in seiner olivgrünen Cargohose für einen deutschen Touristentrottel gehalten, aber dann kam dieses überzeugende *¡Hola! ¡Hola!,* anscheinend ist er einer von uns.

Finn-Ole-Rasmus wäre natürlich sofort Feuer und Flamme gewesen und hätte sofort nachgefragt: »Mensch, Patrick. Moin? Moin? Woher sprichst du meine Sprache so gut?«

»Tja«, hätte ich dann gesagt. »Perfekt sprechen wäre jetzt übertrieben. Nur so bisschen snaken, nech? Mit'm Lütten wo ich mo do, anne Elbe bisschen schippern. War 'ne feine Brise, schön Fischbrötchen, ab dafür.«

Finn-Ole-Rasmus würde mich auf der Stelle umarmen und ganz sentimental werden, weil die alten Heimatgefühle in ihm hochkommen. Natürlich hätte ich mir ein paar Anekdötchen zurechtgelegt, um die ganze Sache abzurunden: bisschen Linksautonomie – Rote Flora, Schanzenviertel, danach nahtloser Übergang zur Elbphilharmonie (hohe Kosten, aber schön geworden), danach Reeperbahn – die verdammte Gentrifizierung, Scheißtouristen, bisschen Kultur –, Friesennerz, Hamburger Schule, und ZACK hätte Finn-Ole-Rasmus mich für einen belesenen, meinungsstarken Weltbürger gehalten und mich in sein kleines nordisches Herz geschlossen. Was sollte an meinem Plan schon schiefgehen?

Nur wenige Tage später war es so weit. Bereits am frühen Morgen haben wir die Wohnung aufgeräumt, das Bad geputzt, ein paar intellektuelle Bücher auf dem Couchtisch arrangiert und frisches Basilikum gekauft, waren also perfekt vorbereitet. Das sollte unser großer Tag werden.

Sabine und ihr neuer Freund sind spät dran. 15 Uhr hatten wir vereinbart, und mittlerweile war es fast halb vier. Doch dann klingelt es endlich an der Tür. Während die Gäste das Treppenhaus emporsteigen, noch mal kurz mit dem Kehrbesen ein paar Kekskrümel aufkehren, ein letzter Griff zum Staubtuch, die neue Spotify-Playlist eingeschaltet und ab dafür …

»Huhu! Da seid ihr ja schon.«
»Ja, sorry, wir sind ein bisschen spät dran.«
»Ach, ich dachte, wir hätten 16 Uhr gesagt, jetzt haben wir noch gar nicht aufgeräumt. Bitte entschuldigt die Unordnung.«
»Sieht doch voll super aus.« Sabine lächelt.
»Danke! Kommt doch erst mal rein.«
Interessiert betrachte ich Finn-Ole-Rasmus und mustere ihn: ein kräftiger junger Mann mit lichtem Haar und strenger Miene.
»Nehmt doch Platz« sage ich, »jemand Käffchen?«

Die Gäste versammeln sich am Esstisch, in dessen Mitte unser neues Basilikum angeberisch mit seinen strammen Blättern prahlt.
»Wow! Ein frisches Basilikum«, sagt Sabine, »das sieht ja klasse aus. Grüner Daumen und so, toll, wie ihr euer Leben im Griff habt.«
Das sagt sie natürlich nicht, aber ich glaube, dass sie das denkt.

Inzwischen sitzen alle auf ihren Stühlen, und ich gieße den Gästen Kaffee ein.
Ich blicke auf Sabines Freund, der nach den vielen Treppenstufen noch immer völlig außer Atem ist. »Moin! Moin!«
»Tach!«, sagt Finn-Ole-Rasmus.
»Hab mich noch gar nicht vorstellt. Ich bin Patrick.«
»Ich bin Rolf«, sagt Finn-Ole-Rasmus.
Schade, denke ich. »Aha! Und du kommst aus Hamburg, habe ich gehört!«
»Ne, mein Bruder hat da mal gewohnt, ich komm aus Duisburg.«
Na toll. Elbphilharmonie am Arsch. Da schaltet sich zu meinem Glück auch schon Sabine ein. »Coole Musik übrigens. Was ist das?«
»Tocotronic.«

»Echt? Die mochtest du doch nie?«

»Ne, läuft hier immer«, sage ich und zeige auf mein T-Shirt mit der Aufschrift: *Tocotronic ist die beste Band der Welt. Hamburger Schule Jetzt!* »Hab ich auf dem letzten Konzert gekauft.«

»Sieht aus wie mit Edding selbst geschrieben.«

»Ja, das ist Absicht.«

Ich blicke erneut auf Finn-Ole-Rasmus aka »Rolf«. Vielleicht habe ich mich bei seinem Namen getäuscht, wobei ich insgeheim glaube, dass Rolf einfach die Kurzform von Rasmus-Ole-Finn ist. »Joa«, sage ich. »Duisburg also … hat ja auch schöne Ecken.« »Geht so. Aber wenigstens kaum Touristen.« »Völlig unterschätzt«, sage ich. »Ne, einfach scheiße.« Langes Schweigen. »Na ja« sage ich, »Duisburg halt. Wie sagte Frank Goosen so schön: ›Woanders is auch scheiße.‹« »Boah, hau mir ab mit Büchern. Liest du gern?« »Ne, nur ironisch.«

Während unser Gespräch kurz davor ist, den Höhepunkt zu erreichen, schaltet sich Sabine ein: »Rolf und ich ziehen jetzt aber bald zusammen.« »Nach Hamburg?«, frage ich. »Ne, Remscheid. Viel grüner, als man denkt.« Rolf knurrt: »Muss aber erst mal den Boden rausreißen und 'ne gute Trittschalldämmung drunterlegen.« »Nehm Holzwolle«, sage ich, »einfach nur wow!« »Irgendwie seid ihr strange«, grummelt Rolf. »Verstehe ich nicht«, sage ich und beginne zu weinen.

LIFE-COACHING: GÄSTE EMPFANGEN

Viele Leute haben mich wieder gefragt: »Paddel, als beliebter Influencer hat man doch bestimmt viele Freunde und oft Gäste in der Bude. Hast du Ratschläge, wie man seine Bekannten angemessen empfangen und die Wohnung ein wenig repräsentativ herrichten kann, ohne als totaler Versager dazustehen?«

In der Tat, meine Freunde. Hier einige Tipps, wie Sie sich optimal auf Besuch vorbereiten können:

1. Räumen Sie gründlich auf und verstauen Sie Ihren Krempel in den entsprechenden Schränken. Wichtig: Ihre Gäste erwarten keine Perfektion von Ihnen. Eine Wohnung ist wie ein offenes Fenster in Ihre Seele. Sie soll sagen: »Seht her, Freunde. Hier wird gelebt.« Arbeiten Sie mit arrangiertem Chaos wie einem locker über den Stuhl geschmissenen Seidenschal oder ein paar dreckigen Tassen und verteilen Sie an markanten Stellen ein bisschen Kinderspielzeug. Das strahlt Harmonie aus. Beschränken Sie sich beim Spielzeug auf Holz und andere pädagogisch wertvolle Materialien, damit Sie dann Sachen wie »Plastik kommt uns nicht mehr ins Haus. Noah mag ja eh lieber Bambus« sagen können. Falls Sie keine Kinder haben, lassen Sie das mit dem Spielzeug, sonst stehen Sie schnell als Psycho da.

2. Saugen Sie einmal ordentlich durch. Konzentrieren Sie sich dabei auf das Wesentliche: Staub. Ob als fragiler Faden, zartes Flöckchen oder amtlicher Knäuel – Staub kommt in vielen Facetten daher und weiß in Auftreten und Textur stets zu überraschen. Wichtig hierbei: Saugen Sie nicht zu perfekt! Nicht umsonst heißt es Staub- und nicht Drecksauger. Menschen sollen Sie

nicht für einen fanatischen Reinlichkeitsnazi halten. Lassen Sie in regelmäßigen Abständen mal ein paar Krümelchen liegen oder zerbröseln Sie nach dem Saugen ein paar Mürbeteigkekse und lassen diese in unregelmäßigen Abständen auf den Parkettboden fallen. Einfach, damit Sie später sagen können: »Sorry, wir wollten eigentlich noch saugen, aber man kommt ja einfach nicht hinterher mit den Kleinen. Seit Sibylle jeden Morgen um fünf Uhr aufsteht, um frisches Brot zu backen, ist der Knirps ein richtiges Krümelmonster geworden.« Staubsaugen Sie zuletzt den Staubsauger. Wird häufig vergessen.

3. Kaufen Sie ein frisches Basilikum. Ihre Freunde werden Sie nicht mehr wiedererkennen. So ein feines Kräuterpflänzchen lässt Ihr trauriges Leben in einem neuen Glanz erstrahlen. Ihre engsten Freunde werden denken: Mensch, vorher hielt ich ihn für einen primitiven Lumpen, aber dieses Basilikum macht schon was her. »Seht nur – diese aufrechten strammen Blättchen«, heißt es dann. Und danach schlägt Ihre große Stunde: »Ach, der steht hier schon seit drei Monaten. Bisschen Licht, bisschen Wasser. Alles ganz easy.« »Wow!«, werden die Leute sagen. »Wir wussten gar nicht, dass du so einen grünen Daumen hast. Scheinbar hast du dein Leben echt im Griff.«

4. Schon die alten Römer wussten: Kaffee ist wie ein schöner Hut – kann man nicht oft genug aufsetzen. Wenn Menschen eine Wohnung betreten und es dort nach warmem Apfelkuchen oder frisch gemahlenen äthiopischen Kaffeebohnen riecht, denken diese sofort: Hier bin ich Mensch, hier darf ich's sein. Augenblick, verweile doch! Um Ihrem vermeintlichen Spießertum ein bisschen studentisches Flair zu verleihen, stellen Sie den Vollautomaten in den Schrank und besorgen sich eine French Press. Setzen Sie auf Stil und Understatement, denn Sie wissen genau: Ich

könnte mir den Vollautomaten leisten, hab's aber nicht nötig, ihr Ficker.

5. Gewährleisten Sie stets eine amtliche Auswahl an Knabbergebäck. An ein paar üppigen Glasschalen mit Keksen, Schokodrops und Erdnussflips hat sich noch niemand gestört. Wirken Sie hierbei nicht zu bemüht und anbiedernd. Tun Sie so, als würden all diese Dinge jeden Tag auf Ihrem Esstisch stehen. »Schlagt ruhig zu, wenn Ihr wollt. Die Fünf-Kilo-Packung Celebrations ist noch von gestern übrig, da waren die Jungs zum Fußballgucken hier.« Nur Sie wissen, dass Sie eigentlich keine Freunde haben.

6. Vermeiden Sie Wandstrahler und große Deckenleuchten. Ein Abendessen ist kein Flutlichtspiel. Beschränken Sie sich auf passive Lichtquellen und die warmen Farbtöne kleiner Schrankleuchten. Ein bisschen Dunkelheit sorgt für gemütliche Stimmung und kaschiert kleine Hautunreinheiten oder eine glänzende Stirnpartie. Ein sensibles Thema sind Kerzen. Ein bis zwei Teelichter sind durchaus angemessen, aber auch hier wird es schnell verdächtig. Bei mehr als zwei Kerzen könnten Sie bei Gästen den Anschein erwecken, Sie hätten sich von dem Abendessen sexuell etwas mehr erhofft und würden nach dem Aperitif erst einmal zu einem unverbindlichen Rumgefummel übergehen.

7. Stellen Sie eine schöne Playlist zusammen. Prahlen Sie hierbei nicht mit Ihrer Vorliebe für isländische Pianisten und schwedische Indie-Bands, sonst stehen Sie schnell als affektierter Angeber da. Finden Sie eine gesunde Balance zwischen zarter Melancholie und Kirmestechno. Die richtige Musikauswahl ist ein Tanz auf dem Minenfeld, denn auch hier heißt es: Obacht! Eros Ramazzotti, Joe Cocker oder das vibrierende Timbre eines Frank Sinatra eignen sich für eng umschlungene Tänze und leichtes Petting mit

dem Partner, senden bei guten Bekannten aber schnell falsche Signale. Bisschen Süppchen, zack Blümchensex. Sie kennen das.

8. Verteilen Sie einige Gegenstände in der Wohnung, die eine Geschichte erzählen und zwischendurch subtil ein Gesprächsthema offerieren. Denkbar wäre eine Akustikgitarre, ein paar Schallplatten oder das Fremdsprachenlexikon *Kisuaheli für Einsteiger*. »Ach, Jürgen«, wird es dann heißen, »wie bekommst du das neben der Arbeit alles hin?« »Och, Musik ist einfach mein Leben, aktiv und passiv, und so ein bisschen Weiterbildung im Fremdsprachenbereich hat noch niemandem geschadet.« Platzieren Sie für die Wohnungsführung außerdem ein paar besonders intellektuelle Bücher auf Couchtisch und Nachtschränkchen und studieren Sie ein paar Sätzchen wie »Bukowski? Prosaisch völlig überschätzt, aber die Gedichte!!!« ein.

9. Gäste müssen nach einer längeren Autofahrt in der Regel erst einmal die Toilette aufsuchen. Auch hier heißt es: mitdenken! Schenken Sie Ihren Gästen ein vertrautes Gefühl. Ein kleiner Zimmerbrunnen, ein Traumfänger und einige unverbindliche Snacks verleihen Ihrer Gästetoilette eine warme Atmosphäre. Föhnen Sie fünf Minuten vor der vereinbarten Ankunftszeit einmal kurz über den Klodeckel, bis dieser eine angenehme, heimelige Grundtemperatur erreicht. Wischen Sie zuletzt mit einem Einmaltuch kurz durch, auch innerlich und unter den Armen.

ICH HASSE KINDER

Ich hasse Kinder. Kinder sind laut, unselbstständig, stehen im Weg rum, und ständig muss man ihnen hinterherwischen. Kinder sind vollkommen nutzlos und überbewertet, und im Grunde sollte man sie alle abschaffen ... denke ich, während ich auf dem Spielplatz sitze und meinem Sohn beim Schaukeln zuschaue. Ich liebe diesen Jungen abgöttisch, würde alles für ihn aufgeben, um ihn glücklich zu sehen, und bin überzeugt: Er ist das coolste Kind der Welt. Aber alle anderen sind Whackos.

Mein Handy vibriert. Auf dem Display die Nachricht einer guten Freundin: »Juhu, das Baby ist da!« Hm, denke ich, diese kryptischen Geburtsverkündungen gleichen sich ja im Wesentlichen recht häufig, da wird der oberflächliche Informationsgehalt bis an den Rand der Unverständlichkeit komprimiert. »Name, Licht der Welt, Gramm, Zentimeter, Tschüss.« Als würde man bei eBay irgendwelche Kleinkommoden verkaufen. *120 breit, 80 hoch, 60 tief. Netter Kontakt. Gerne wieder.* Ich schreibe zurück: »Glückwunsch! Viel Freude beim gegenseitigen Kennenlernen.« Was soll man da schon anders schreiben? »Klasse gebrütet! Weiter so.« Ne, Kennenlernen ist schon korrekt. Klingt zwar im Kontext seltsam, aber im Grunde ist so eine Geburt ja nichts anderes als ein, sehr verstörendes Tinder-Date. Da kommt so eine creepy Person vollkommen nackt zum ersten Treffen, brüllt einen an, pennt einem ständig ein, und am Ende denkt man: »Yeah, lass mal zusammenziehen.«

Und dann wird so ein Baby älter, und der Freundeskreis bekommt tagtäglich Fotos geschickt. Viele Fotos: Mathilda beim Essen, Mathilda beim Schlafen, Mathilda beim Kacken. Doch was soll ich mich beschweren, ich bin Teil des Problems und war selber nicht besser. Als ich vor wenigen Jahren Vater wurde, blieb auch niemand im Bekanntenkreis von meinen Babybildern verschont, denn Kinder manipulieren die eigene ästhetische Wahrnehmung. Man selber denkt: Ach, der kleine Stinker. Er ist so besonders. Diese ausdrucksstarken Gesichtszüge, das herzliche Lächeln – ein richtiger Sonnenschein. Und alle anderen denken: Joa! Kann ich eh nicht unterscheiden. Schreit den ganzen Tag rum, Glatze, kann nix: Nazi halt.

Dass man die eigenen Kinder süß findet, ist ja evolutionär so vorgesehen. All die weichen Gesichtszüge, Kulleraugen, Pausbäckchen, die kleinen Füßchen. Da denkt ja jeder sofort: Ah, wie putzig! Und wenn die Kinder dann eben heulen, schreien und dich in den Wahnsinn treiben, schaut man sie an und denkt eben nicht: »Och, es ist kaputt. Ich schmeiß es aus dem Fenster.« Nein, die babyeske Drolligkeit sichert das Überleben. Man schmeißt es dann vielleicht trotzdem aus dem Fenster, hat aber zumindest ein schlechtes Gewissen.

Kinder sind scheiße! Entschuldigung, doch das muss hier mal gesagt werden. Mein Sohn ist das Wichtigste in meinem Leben, aber eigentlich sind sie alle inkompetent und nicht überlebensfähig. Das Schlimmste: Sie machen einen Menschen zu Soziopathen. Dieses Kind zwingt mich nach Jahren der Isolation, wieder an gesellschaftlichen Ereignissen teilzunehmen. Hatte man es sich doch einst zu Hause so gemütlich eingerichtet, muss man nun wieder ständig vor die Tür und an irgendwelchen Großevents wie Kindergeburtstagen aufkreuzen. Da sitzt man dann zwischen gelangweilten Eltern, knabbert desillusioniert an einer Bockwurst herum und beobachtet, wie ein paar kleinwüchsige Leute Spiele spielen, die sie nicht verstehen. Erst gestern durfte ich an einer solch illustren Runde partizipieren, und ich hatte im Vorfeld bereits befürchtet, dass die Nummer mit dem Topfschlagen schiefgehen könnte – die Kinder sind immerhin erst drei, und ich weiß nicht, ob man da schon mit verbundenen Augen durch die Gegend eiern sollte, aber das, was ich dann erblickte, übertraf wirklich alle Erwartungen. Sieben von zehn Kindern weinten, drei hinkten und einer hatte 'nen Holzlöffel im Auge. Ein tragischer Anblick.

Zwischendurch gab ich den anderen Eltern kluge Lebenstipps wie: »Stoffwindeln sind weniger eklig, wenn man sie vorher durch Plastik ersetzt.« Keiner lachte. Schade, dabei hätte ich noch einige auf Lager gehabt: »Wenn man zwanzig Fruchtquetschis entleert, erhält man ein halbes Glas Apfelmus und kann sich aus den Verpackungen einen lustigen Hut basteln.« Irgendwie so was. Ich brauchte jedenfalls nie einen Elternratgeber, denn ich habe einen russischen Schwiegervater, und er ist ein weiser Mann. So erzählte er, dass er damals, wenn er mit seinen beiden Kleinkindern alleine zu Hause war, aber trotzdem Büroarbeit erledigen musste, den Töchtern einfach jeweils mit Panzertape drei Sofakissen um die Körper gebunden hat. Dann noch etwas Luftpolsterfolie, fertig die Laube. Ständig sah er sie dann aus dem Augenwinkel irgendwo gegenpoltern, doch passiert ist nie etwas. Lange hielt ich ihn deswegen für einen schlechten Menschen, im Nachhinein weiß ich: Der Mann war ein Genie. Sicherheit geht vor. Und natürlich sah mein Sohn gestern beim Topfschlagen schon recht albern mit seinem Motorradhelm aus, aber ich kenne jemanden, der hatte keinen Holzlöffel im Auge.

Kinder! Überall Kinder. Was der eigene Mittdreißiger-Freundeskreis in diesen Tagen so ausbrütet, ist bereits amtlich. Wo früher noch ständig Bilder von ausgearteten Drogenexzessen bei WhatsApp eintrudelten, ist nun alles voller strahlender Noahs, Emilys und Mathildas. Irgendwann waren sie einfach da. Ich weiß auch nicht, was die Leute sich alle denken. So ein Baby ist ja im Grunde vollkommen unqualifiziertes Personal. Diese ganze frühkindliche Entwicklung – alles ein seltsames Konzept. Meiner Meinung nach sollte so ein Baby zum eigenen Release bereits fertig sein. Zumindest ansatzweise. Diese neun Monate im Bauch der Mutter erscheinen mir vollkommen willkürlich und ungenügend, wie lustig wäre es, wenn so ein Kind bei der Geburt einfach fünf wäre. Dann käme es irgendwann raus, würde sich kurz vorstellen und Dinge wie »Yeah, was geht? Ich bin Quentin, mag gern Pommes, und meine Hobbys sind Spongebob und Sackhüpfen. Macht was draus!« sagen.

Nun ist man plötzlich drin in dieser Erwachsenenrolle. Und irgendwie verändert sich alles. Manche Freunde bekommen Nachwuchs, und dann sind sie einfach weg. Sie verschwinden in Vorstädten, Reihenhäusern, Neubausiedlungen oder irgendwelchen schwarzen Löchern. Wobei da auch viel polemisiert wird. Es wird ja immer so getan, als hätte man mit Kindern kein normales Leben mehr. Und auf der anderen Seite tun junge Eltern immer so, als wäre ein kinderloses Leben der Abgrund gesellschaftlicher Existenz. »Ah, Mitte dreißig und keine Kinder. Du hasst Menschen, oder? Wählst du die FDP? Bist du ein egoistisches Karriere-Arschloch?« Nein, wenn jemand sagt: »Ich möchte keine Kinder, ich glaube, ich kann einem Kind nicht gerecht werden, und habe derzeit andere Prioritäten«, dann ist das nicht egoistisch, sondern ein verdammt verantwortungsvoller Satz und ein mutiges, ehrliches Statement. Denn eigentlich ist es ja andersrum. Kinder zu bekommen ist der egozentrischste Akt auf Erden, da steckt ja kein selbstloser Gedanke dahinter. »Ich möchte jemandem das Leben schenken, denn diese Welt ist so bedingungslos schön. All die netten Präsidenten, die wunderschönen Grenzen, Gewalt, Rassismus, Liebeskummer. Sieh nur und staune!« Nein, Kinder hat man meist aus drei Gründen:

1. Man möchte im Alter nicht alleine sein und wenigstens zweimal im Jahr Besuch bekommen.

2. Man möchte jemanden haben, für den man selbst als größte Pappnase ein verdammter Superheld ist.
3. Selbsthass und Langweile

Kinder sind scheiße. Kindergeburtstage, Kitafeste, Karneval – alles bekommt plötzlich wieder Bedeutung, denn für so ein Kind ist das alles faszinierend, und man möchte ihm solche Dinge nicht vorenthalten. Erst gestern waren wir beim Martinssingen. Ich hatte selbst nur noch vage Kindheitsreminiszenzen an diese Umzüge, aber eins kann ich sagen: Als Erwachsener in so einem St.-Martins-Zug mitzuwatscheln ist ein verdammt komisches Gefühl. Irgendeinen Reiz hat es, und das machte mir Angst. Auch wenn ich diesen Impuls zu unterdrücken versuchte, doch ich begann diese gruppendynamischen Effekte zu verstehen. Eigentlich würde ich mich stets als pazifistischen Weltbürger bezeichnen, aber wie wir so singend im Gleichschritt mit hundertzwanzig anderen Leuten durch die Gassen flanierten, verspürte ich tief in mir diesen Drang, in Polen einzumarschieren. »Ich geh mit meiner Laterne! Und jetzt her mit euren Ländereien, ihr Bauern. Zack, zack. Sonst hauen wir euch unsere Fjällräven-Rucksäcke um die Ohren!«
Gut, für den Feind hätte es ein kläglicher Anblick sein müssen. Wir waren etwa hundertzwanzig Leute, davon siebzig Prozent unter eins zwanzig, und sämtliche Frauen halten Thermoskannen und Möhrensticks in ihren Händen. Daneben ein paar blasse Väter in albernen Jack-Wolfskin-Jacken. Ich weiß nicht, ob da der Pole so beeindruckt gewesen wäre. Es müsste schon ein wesentlich kleineres Land sein. Andorra vielleicht. Oder der Vatikan! Ich schweife ab.

Erneut ein Blick in Richtung des Sohnes. Mittlerweile sitzt er am Sandkasten und beobachtet neugierig ein paar Babys. In diesem Moment vibriert mein Handy. Ein Anruf von Frank: »Juhu, sie ist da! Komm mal vorbei!«

»Tochter?«, frage ich.

»Bist du bescheuert? Ne, neue Playstation.«

Na, wenigstens auf einen ist noch Verlass, denke ich.

»Komm, Sauron, wir müssen gehen!«

Der Sohn dackelt los, bleibt neben mir stehen und wirft einen Blick auf meinen Schreibblock. »Was schreibst du da? Wie heißt die Geschichte?«

»Gut, dass du fragst«, sage ich. »Die Geschichte heißt: *Ich liebe Kinder, denn sie sind unsere Zukunft und alle superklasse!*«

SPIELPLATZLEGENDEN – AUS DEM TAGEBUCH EINES VERWIRRTEN VATERS (II)

1

08.00 Uhr: Beschließe, mit dem Kind auf den Spielplatz zu gehen, und versuche nun, dem Sohn eine Strumpfhose anzuziehen.

12.00 Uhr: Das erste Bein ist jetzt drin. Ich schwitze.

16.00 Uhr: Das zweite Bein ist jetzt auch drin. Das erste allerdings wieder draußen.

17.00 Uhr: Denke über das Prinzip Betäubung nach.

18.00 Uhr: Denke sehr intensiv über das Prinzip Betäubung nach.

19.00 Uhr: Kind schläft. Vermelde: Projekt Strumpfhose erfolgreich abgeschlossen. Draußen ist es jetzt dunkel.

2

Mit dem Sohn (2) auf dem Spielplatz. Sitze auf der Bank, der Sohn eiert derweil wild auf einem Bobbycar durch die Gegend. Irgendwann fällt er hin. Ich eile zu Hilfe und nehme ihn in den Arm.

Eine fremde Mutter: »Wer sind Sie? Lassen Sie dieses Kind in Ruhe.«

Ich: »Äh! Das ist mein Kind.«

Sie: »Oh, das ist mir jetzt peinlich. Ich dachte halt wegen des … ach, egal.«

Ich: »Wegen des …?«

Sie: »Wegen des Barts und der Mütze. Man hört ja immer so schreckliche Geschichten.«

Ich: »Ja, schrecklich, das alles.«

Hm, entweder hält man mich hier für den creepy Guy oder einen sehr verwegenen IS-Milizen. Allahu Akbar!

3

Einige Kinder spielen im Sandkasten und backen Kuchen.

Kleines Mädchen: »So geht das nicht. Wir müssen die Förmchen vorher einfetten, ihr Dummköpfe.«

Ihr Kumpel rennt jetzt nach Hause und holt Butter. Das kann hier noch lustig werden.

4

Sitze auf einer Bank und lese, als ein kleines Mädchen (ca. 3) auf mich zukommt.

Sie: »Was liest du da?«
Ich: »Ein Buch von Joachim Meyerhoff.«
Sie: »Wie heißt das?«
Ich: *»Wann wird es endlich wieder so, wie es nie war.«*
Sie: »Das klingt schön. Kommen da Tiere drin vor?«
Ich: »Ne, eigentlich nicht.«
Sie: »Sterben da Menschen?«
Ich: »Eigentlich auch nicht.«
Sie: »Dann interessiert es mich nicht.«

Moderne Literaturkritik. Nicht mehr meine Welt.

Am Eingangstor des Innenhof-Spielplatzes stehen zwei kleine Jungs (ca. 6) und spielen Türsteher. Einer von ihnen spricht mich an.

Er: »Hallo, wo wollen Sie hin?«

Ich: »Auf den Spielplatz.«

Er: »Haben Sie einen Mitgliedsausweis?«

Ich: »Leider nicht.«

Er: »Dann dürfen Sie nicht rein.«

Ich: »Wir wissen beide, dass es hier keine Mitgliedsausweise gibt.«

Er: »Sind Sie doof? Das ist doch nur ein Spiel! Wir sind Kinder.«

Ich: »Verzeihen Sie, guter Mann.«

Er: »Also noch mal von vorne ...«

[1 Minute später]

Er: »Hallo, wo wollen Sie hin?«

Ich: »Auf den Spielplatz.«

Er: »Haben Sie einen Mitgliedsausweis?«

Ich: »Leider nicht.«

Er: »Dann dürfen Sie nicht rein.«

Ich: »Oh! Verdammt. Da bin ich aber sauer und kehre auf der Stelle um. Stampf! Stampf!«

Er: »Wie gesagt: Das ist doch nur ein Spiel. Sie können einfach so tun, als würden Sie mir jetzt einen Mitgliedsausweis zeigen. Und *Stampf! Stampf!* sagt man bloß in Comics.«

Ich: »Euer Spiel ist komplex, aber gerecht.«

[1 Minute später]

Er: »Hallo, wo wollen Sie hin?«

Ich: »Auf den Spielplatz.«

Er: »Haben Sie einen Mitgliedsausweis?«

Ich: »Ja, hier.« (zeige auf meinen Führerschein)

Er: »Sehr gut. Sie dürfen rein. Kostet zehn Euro.«

Ich: »Klingt fair. Nehmen Sie dieses Geld.« (überreiche ein Blatt vom Boden)

Er: »Ey, das ist nur Laub.«

Ich: »Ich denk, das ist ein Spiel.«

Er: »Nö, ich spar für 'ne Playstation.«

Verdammte Kapitalistenbande. Diese Geier ziehen einem das letzte Geld aus der Tasche.

6

Auf dem Spielplatz. Zwei Geschwister (ca. 3 und 5) streiten um einen Plastikbagger. Die Mutter schaltet sich ein und schnappt sich den älteren Bruder.

»Elias, ich erwarte hier lediglich einen ganz transparenten Diskurs.«

Dieses Akademikerviertel macht mich fertig. Ob Sie morgen zusammen bei Maischberger sitzen?

7

Der Sohn sitzt mit seinen Spielzeugdinosauriern im Sandkasten, als plötzlich ein kleines Mädchen auf ihn zukommt.

Sie: »Hallo! Ich bin Sophie. Wie heißt du?«
Sohn (fauchend): »Velociraptor!«
Sie: »Du bist komisch. Tschüss.«

Der arme Junge. Ich fürchte, er muss noch etwas an seinen Flirt-Skills arbeiten. Bedauerlich.

8

Der Sohn durchlebt grad eine lustige Phase. Er grüßt alles und jeden. Ständig bleibt er stehen, schaut sich willkürlich Dinge an und sagt dann Dinge wie »Hallo, Baum!«. Dann nickt er zufrieden, lächelt und verabschiedet sich mit einem höflichen »Tüss, Baum!«. Das Ritual wiederholt er bei Passanten, Autos, Litfaßsäulen und Mülleimern. Für eine Wegstrecke von hundert Metern benötigen wir geschätzte zwanzig Minuten. Soeben ereignete sich ein schöner Dialog mit einem älteren Herrn …

Kind: »Hallo, Junge!«
Mann (ca. 70): »Das ist aber nett, dass du mich grüßt.«
Ich (in Gedanken): »Bilden Sie sich nichts drauf ein. Er grüßt sogar Stromkästen.«
Mann (zum Kind): »Wie heißt du denn? Ich bin der Dietmar.«
Kind: »Tüss, Junge!«

Nie wurden Höflichkeit und Ignoranz so elegant kombiniert. Beeindruckend!

Dortmund, Westpark. Eine junge Frau sitzt auf der Bank. Eingewickelt in ihrem Tragetuch – ein kleines Baby. Ein älterer Mann setzt sich neben sie, betrachtet das Neugeborene und spricht es dann mit leiser Stimme an.

Mann: »Och, wie süß. Wie heißt du denn?«
Mutter: »Sophia.«
Mann: »Wer redet denn mit Ihnen?«
Mutter: »Hä?«
Mann: »Olle Glucke!«
Mann wirkt wütend, steht auf und geht. Ganz leise hört man ihn wirre Dinge in seinen Bart murmeln: »Oh, ich muss immer im Mittelpunkt stehen. Oh, ich bin Vertreter einer diskriminierten Minderheit. Ich schenke den Leuten eine Stimme! Seht mich an! Ich bin das Sprachrohr der schweigenden Bevölkerung.«

Alle sind verwirrt.

Soeben einen seltsamen Dialog geführt …

Ich: »Komm, wir gehen an die frische Luft. Spielplatz?«
Sohn: »Nein, ich habe keine Zeit.«
Ich: »Du bist drei. Du hast immer Zeit!«
Sohn: »Nein, meine Dinosaurier haben Hunger.«
Ich: »Die können doch später was essen.«
Sohn: »NEIN! NEIN! NEIN!«

Was soll man da tun? Argumentativ ist der Sohn mir mit seinen drei Jahren bereits weit voraus. Nun tunkt er alle seine Dinos abwechselnd in die matschige Müsli-Milch. Diese Form von Fürsorglichkeit rührt mich wiederum zu Tränen. Mit ihm als treuen Ziehvater an der Seite wären diese Tiere niemals ausgestorben.

11

Zwei Frauen sitzen auf der Bank. Ein fremdes Kind (ca. 2) kommt auf sie zu und schaut neugierig auf die mitgebrachten Sesamstangen. Irgendwann kommt auch der Vater des Kindes ...

Mutter: »Süß, der Kleine. Darf er eine Sesamstange haben?«
Vater: »Klar! Ist allerdings ein Mädchen.«
Mutter: »Oh, tut mir leid. Ich dachte nur wegen der blauen Jacke ...«
Vater: »Was soll ich machen? Sie ist lesbisch!«

Humor hat der Mann.

12

Auf dem Kinderspielplatz. Ein kleines Mädchen (ca. 4) formt Eiskugeln mit dem Sand. Erwartungsvoll schreit sie in die Menge: »Eis! Hier gibt es Eis!«

Niemand kommt. Das Mädchen steht dann etwa zehn Minuten regungslos da. Irgendwann nimmt sie ihren Rucksack, stampft davon und grummelt: »Ach, das macht doch hier alles keinen Sinn.«

Desillusionierung, damit kann man nie früh genug anfangen.

13

Die Dinkelmüttermafia auf der Bank neben mir lästert grad über die Fjällräven-Avocado-Mafia auf der Bank gegenüber. Ich beiße in mein Weizenbrötchen und fühle mich wie Satan persönlich. Eine der Frauen hält ihr schreiendes Kleinkind (ca. 1) auf dem Arm. Irgendwann tritt der Vater hinzu.

Er: »Maximilian, du musst endlich lernen, deine Bedürfnisse zu vokalisieren.«

Endlich sagt's mal einer.

14

Ein junger Vater versuchte durch laut und deutlich formulierte Ich-Botschaften mit seinem Sohn zu kommunizieren. Es fallen Sätze wie: »Niklas, wenn du das andere Kinder weiter mit der Schüppe verprügelst, ist der Papa sehr enttäuscht.« Oder: »Leg die Schüppe weg. Der Papi geht jetzt nach Hause, wenn du nicht lieb bist.« Nichts passiert. Keine Reaktion.

Mutter aus der Ferne: »Junge, tu dat Teil wech. Ich glaube, es hackt, du Eumel.«

Kind legt Schüppe weg und kommt. Nicht schön, didaktisch hinterfragbar, aber funktioniert.

Eine Frau kommt mit einem Zwillingskinderwagen vorgefahren und trifft auf einen guten Bekannten.

Er: »Sag bloß, du hast Zwillinge bekommen!?«
Sie: »Ja, erst zwei Wochen alt. Sind sie nicht süß?«
Typ wirft einen Blick in den Wagen, zieht die Decke zur Seite, fängt plötzlich an zu zittern und verzieht das Gesicht.
Sie: »Alles okay?«
Er: »Nur ein kalter Schauder …«
Sie: »Hä?«
Er: »Hauptsache, du bist glücklich!«

16

Faszinierend! Seit ich den Apfelsaft meines Sohnes regelmäßig in Prosecco-Flaschen umfülle und das Kind beim Trinken stets ein freundliches »Stößchen« in die Runde wirft, scheint sich hier auf dem Spielplatz ein gewisser Unmut breitzumachen. Am Anfang war es noch lustig, aber die Stimmung kippt.

17

Sitze auf der Bank und beobachte einige Babys, die unbeholfen mit ihren Schüppchen hantieren. Diese kleinen Menschen sind wirklich lustige Wesen. So ein Baby macht ja eigentlich den ganzen Tag nicht viel. Bisschen essen, schlafen, abhängen. Der tägliche Besuch auf dem Spielplatz muss sich da doch anfühlen, als würde man bei der Arbeit antanzen. Stell mir dann immer die Dialoge im Sandkasten vor.

»Na, Uwe. Wie isset?«

»Ja muss. Schön was wegschippen.«

»Zwölf Uhr ist Schichtwechsel, wa? Kommt die Elke heute?«

»Ne, krankgeschrieben. Bauchweh! Muss hier wieder alles alleine ausheben.«

»Kannste nix machen.«

»Das sieht hier wieder aus wie Sau.«

»Na ja, muss weiter. Bagger wegbringen, 'ne Pfütze begutachten. Du kennst den Laden.«

»Ja, mach mal. Der Chef guckt schon. Tschüss.«

»Mach's gut, Günther.«

Vielleicht habe ich manchmal ein etwas zu bildliches Vorstellungsvermögen, aber der Gedanke erfüllt mich mit immenser Freude.

18

Mit dem Sohn auf dem Spielplatz. Das Kind zeigt auf einen anderen Vater …

Sohn: »Papa, was ist das für ein Mann?«

Ich: »Keine Ahnung. Du kannst ihn ja mal fragen.«

Sohn: »Ey, du da! Was bist du für ein Mann?«

Er: »Ich bin der Jochen.«

Sohn: »Hallo, Jochen-Mann.«

Mann: »Guten Tag, willkürliches Kind.«

Sohn: »Tschüss, Jochen-Mann.«

Mann: »Yo, man sieht sich.«

Ich bin begeistert. Dieses Gespräch hat einen Tiefgang erreicht, den ein Markus Lanz nie verstehen wird.

19

Ein kleines Mädchen (ca. 5) kommt auf mich zu.

Sie: »Ey, was machst du hier? Du bist zu alt für den Spielplatz.«
Ich: »Entschuldigung, das wusste ich nicht.«

Ich stehe auf und gehe. Der Sohn soll schauen, wie er klarkommt.
Alles hier ein jahreslanges Missverständnis.

Habe mich ja immer gefragt, ob es eine Art Pendant zum Begriff Helikopter-Eltern gibt. Bisweilen sind meine investigativen Recherchen ins Leere gelaufen. Deswegen hier nun ein paar eigene Vorschläge …

- Jetski-Eltern: Die Wellen sind ihr Zuhause und Geschwindigkeit ihre zweiten Vornamen. Echte Abenteurer! Davon lassen sich Vincent und Vanessa auch von ihren Kindern nicht abhalten. Dreimal im Jahr werden Noah und Carlotta von ihren sonnengegerbten Eltern ins Tragetuch gewickelt und per Langstreckenflug nach Thailand, Australien oder Florida transferiert. Frei nach dem Motto: Live, laugh and love! Und wie heißt es so schön auf Vanessas Waden: *Das Geheimnis des Glücks ist die Freiheit, das Geheimnis der Freiheit aber ist der Mut.* Und ja, ihre Waden sind sehr groß.

- Flixbus-Eltern: Klassische Patchwork-Familie. Papa kommt aus prekären Verhältnissen und fährt jedes Wochenende mit dem klobigen Omnibus von Spandau nach Bielefeld, um seine Ex-Frau und den kleinen »Frechdachs« zu sehen. Der ist zwar schon 43 und leitet eine erfolgreiche Kanzlei, aber why not? Wenn Vati sich doch freut.

- Schwebebahn-Eltern: Eigentlich nur ein Synonym für Helikopter-Eltern, wohnen allerdings in Wuppertal.

- SUV-Eltern: Beide Zahnarzt. Wesenstypisch ebenfalls sehr nah an den klassischen Helikopter-Eltern, aber weniger abgehoben. Man WÜRDE ja auch lieber mit Ulrikes Mini Cooper fahren, aber wer weiß schon, ob auf dem Weg zur Kita durch spontane Unwetter und Erschütterungen nicht doch wieder Schlamm und Geröll die 30er-Zonen der Innenstadt versperren. Stichwort Klimawandel. Insgesamt sehr bodenständige Leute. Außen Porsche Cayenne – innen Opel ADAM. Einfach toll.

- U-Boot-Eltern: Beide nie da, quasi untergetaucht. Und das macht mich jetzt genauso traurig wie Sie.

- Segway-Eltern: Keine Kinder, dafür ein verwöhnter Golden Retriever, den man elterlich umsorgt und in den Alltag einbindet. Der agile Rüde ist immer dabei. Ob Kreuzfahrten, Musical-Besuche oder ein ausgedehntes Frühstück im Café Extrablatt – stets hört man: »Sitz, Platz, hol das Stöckchen! Fein, Benni. Ganz fein!« Seit Birgits Göttergatte einen Hüftschaden hat, ist man auf den urbanen Cityflitzer angewiesen, aber nun heißt es: Stillstand ist Rückschritt! Atmungsaktivität ist ihr Lebensmotto. Einfache Leute. Berechenbar, aber glücklich.

- Bobby-Car-Eltern: In diesem Fall haben beide sehr früh Kinder bekommen. Das neugeborene Baby ist ein richtiger Schreihals, doch die dreijährige Sophie macht das Beste aus ihrer Mutterrolle. Malte ist schon fünf und hilft, wo er kann. Vorbildlich.

- Lastenrad-Eltern: Beide selbstständig. Frank (33) hat eine kleine Agentur namens »Konzeptmanufaktur« und weiß selber nicht, was er da tut. Isabelle wollte eigentlich Karriere machen, betreibt aber nun daheim ihren Etsy-Shop und verhökert praktische Brustbeutel aus Filz. Mit den Kindern wechseln sie sich ab. Tag für Tag werden die drei lebensfrohen Drillingsschwestern Emilia, Luise oder Sophia mit dem sperrigen Zweirad von der Kita abgeholt. An guten Tagen dürfen sich die »Mäuse« dann im Biomarkt einen glutenfreien Superfood-Vital-Riegel aussuchen, bevor man abends am Küchentisch den gemeinsamen Familienblog betreibt: Amaranth der Gesellschaft!

DAS FALLOBST DER GESELLSCHAFT

Während ich hier im Bauernhof-Café sitze und die Kunden des angrenzenden Biomarkts beobachte, stellt sich mir eine grundlegende Frage: Warum müssen Menschen, die im Biomarkt einkaufen, immer aussehen wie Menschen, die im Biomarkt einkaufen? Es scheint doch wie folgt: Kaum betritt man als normaler semigelaunter Durchschnittsmensch die heiligen Pforten dieser ach-so-muckeligen Nischenmärkte, tritt eine Art von Metamorphose in Kraft, und man bekommt auf der Stelle ein sportives Familienvater-Gesicht oder die Attitüde einer glückserfüllten Elternbeiratsvorsitzenden mit privatem Soulfood-Blog und sagt Dinge wie: »Ich liebe das Leben. Ohne meine morgendliche Buchweizenkleie wäre ich nichts. Herrlich!«

Das Langweiligste an Biomärkten ist diese schreckliche Harmonie. Was früher beim Einkauf stets so nervtötend erschien, wird nun sehnlichst vermisst. Keine Warentrennerschlägereien, keine Kleingeld zählenden Kunden oder pöbelnden Rentner, die dir in der Schlange ihren Einkaufswagen in die Hüfte rammen, und keine quengelnden Kinder, die Heul- und Wutanfälle vorm Süßwarenregal bekommen. Kinder in Biomärkten sind so schrecklich gut erzogen. »Papa, darf ich einen glutenfreien Superfood-Riegel auf Heidelbeer-Açaí-Basis? Ich denke, von dieser Investition profitieren wir beide. Aber nur wenn es wirklich kein Problem ist. Hab dich lieb, Papi.«

Am schlimmsten ist die Homogenität des Publikums. Gesunde und nachhaltige Ernährung ist ja ein großer Luxus, den sich nicht jeder leisten kann, und wo im Lidl gefühlt alle Gesellschaftsschichten aufeinandertreffen, weil alle Menschen nun mal gerne günstig einkaufen, scheint es hier bloß einen Konsens zu geben: Geld und gutes Gewissen. Verstehen Sie mich nicht falsch – vollwertige Ernährung und ein bisschen Weltverbesserung ist per se eine gute Sache. Es kann nicht falsch sein, sich gegen den Erwerb von 1,99-Puten-Schnitzeln zu entscheiden und sich nicht den ganzen Tag mit Weizenmehl und Glutamat vollzuballern. Irgendwo muss man ja anfangen, aber kann man das nicht irgendwie subtiler lösen, ohne diesen betont unverkrampften Gymnasiallehrer-Habitus an den Tag zu legen? Seht mich an: Ich kaufe Agavendicksaft, Ghee-Butter und natives Kokosöl im Wert eines Geländewagens. Hinfort mit euch unzivilisierten Wüstlingen, die ihr vom Kern der Sonnenblume nascht und eure primitiven Bälger in gewöhnlichem Honig badet?

Wobei ich grad die Theorie entwickelt habe, dass das alles eine riesige Maskerade ist. Ich glaube, daheim tragen die Biomarkt-Menschen noch ihr gewöhnliches Discounter-Gesicht, und kaum beschließen sie, mit den beiden Kindern Noah-Emily und Fiete-Manfred auf den Innenhof-Spielplatz oder in den Supermarkt zu gehen, beginnt eine umständliche Garderobenauswahl, bei der sämtliche Kleidung durch Filz- und Fjällräven-Produkte ersetzt wird, bis man aussieht wie Mensch gewordenes Fallobst. Mit dem Bastkörbchen nach dem Ausflug zu Hause angekommen, wird der neue Hafer-Porridge in die Ecke geknallt, ehe man sich wieder in Feinripp und Unterbuchse auf die Couch lümmelt, Chicken Nuggets knuspert und Trash-TV guckt. Und wenn man dann irgendwann die Kinder ins Bett bringen muss, heißt es wieder:

[Es folgt ein sehr authentischer Dialog, bitte mitsprechen.]

»So schlafet gut, ihr kleinen Racker. Spielen wir morgen wieder Bio-Kaufladen?«

»Au ja, lieber Papa. Aber nur, wenn du uns wieder das geschmacks-neutrale Mandelmus kaufst. Nutella mögen wir nicht. Dieser subtile Beigeschmack von Palmöl und unfairen Handelsbedingungen bekommt unserem kindlichen Gemüt einfach nicht.«

»Na klar, ihr Süßen. Aber nur, wenn ihr dann morgen das vegane Gyros esst.«

»Ja, natürlich, lieber Papa.«

»Wir wissen doch – jede Medaille hat zwei Seitan.«

»Hahaha! Wir *lieben* deinen Humor. Papa, du bist der Beste. LOL.«

Ende offen. Wahrscheinlich alle tot. Seien Sie auch morgen wieder dabei, wenn es aufs Neue heißt: »Carlotta, wenn du jetzt nicht lieb bist, liest der Papa dir heute Abend nicht die Titelgeschichte aus der *Schrot & Korn* vor.«

VON BAGGERN, DINOS UND
DER GOLDENEN ZUKUNFT

Beharrlich widmet der Sohn seine volle Konzentration seit gefühlten Stunden einem Neun-Teile-Puzzle. Wie ein erstaunter Theaterbesucher beobachte ich das Szenario mit einem Gefühl zwischen Bewunderung und tiefem Entsetzen. Ein melodramatisches, groteskes Schauspiel. Hätte ich ein Monokel, ich würde es wohl ständig polieren und mir die Augen reiben. Jegliche Gesetze der Physik werden hier bewusst ignoriert, von einem ästhetischen Gesamtbild brauchen wir gar nicht erst zu sprechen. Da wird geweint, gelacht, mal filigran justiert, dann wieder bedrohlich gehämmert. Im Sinne des großen Ganzen werden neue Dimensionen erschaffen, Pinöppel zerquetscht, Andockstellen mit martialischer Gewalt erzwungen, aber am Ende sind alle glücklich. Voller Rührung blicke ich jetzt auf eine deformierte Giraffe, die so entstellt ist, dass einem schummrig werden kann. Sie hat zwei Beine auf dem Kopf, zwei auf dem Rücken und muss sich nun letztlich auf ihrem eigenen Rumpf fortbewegen. Ein trauriger Anblick. Und doch ist sie aus Vaterperspektive wundersam schön, denn für den Sohn, den allmächtigen Puzzle-Gott, sind alle Giraffen gleich, und er lacht jetzt aus vollem Herzen über das, was er da erschaffen hat.

Die neue Begeisterung für Puzzles kam recht unerwartet, denn eigentlich durchlebt das Kind grad eine andere lustige Zeit. Ich nenne sie die Baggerphase. Regelrecht besessen von der Macht der schaufligen Ungetüme, widmet er sein gesamtes Tun und Schaffen den beiden lieb gewonnenen Baustellenfahrzeugen. Die Bagger sind Lebensmittelpunkt, Bindungspartner, stetiger Begleiter und bilden die Antwort auf alle Fragen des Alltags.

»Wie heißt du?« »Bagger!«

»Was möchtest du essen?« »Bagger!«

»Als was möchtest du im Karneval gehen?« »Bagger!«

Alle paar Minuten gibt er seinen Baggern ein Küsschen oder bietet ihnen was zu trinken an. Am Abend legt er die Bagger schlafen und deckt sie zu. Der Sohn ist inzwischen ein liebender Familienvater. Ich weiß ehrlich gesagt überhaupt nicht mehr, wo diese Bagger herkamen. Sie waren eines Tages einfach da. Und plötzlich waren alle anderen Spielzeuge, Bücher und Kuscheltiere vollkommen wertlos. Ich male mir bereits jetzt die Zukunft aus: Vermutlich wird der Sohn in einigen Jahren der emotionalste Baggerfahrer der Welt. Jeden Tag nach Beendigung seiner Schicht streichelt er sanft über die Karosserie des treuen Gefährts und sagt Dinge wie: »Uwe, mach es gut. Denk dran, ich tue das alles hier für uns.« Dann klopft er auf die Schaufel, vergießt eine letzte Träne und schluchzt: »Ich werde bald zurück sein. Sobald der Schleier der Nacht der Morgensonne weicht, werden wir uns wiedersehen. Egal, was passiert, ich liebe dich.«

Die anderen Bauarbeiter werden wahrscheinlich anfangs irritiert sein, von Wahnvorstellungen oder Autismus sprechen, aber mehr und mehr wird ihnen klar, dass auch sie ein emotionales Verhältnis mit ihren Maschinen verbindet. Ob Dampfwalzen, Schlagbohrer oder Kipplaster – sie alle werden von nun an regelmäßig mit Liebe überschüttet und herzlich umarmt.

Und während ich mir all diese Dinge ausmale, erinnere ich mich an ein Kindheitsfoto. Mit etwa drei Jahren schenkte mir meine Oma einen Miniaturbus der Wuppertaler Stadtwerke. Ein Werbegeschenk, billiger Schrott, vollkommen wertlos. Aber ich schloss diesen Bus in mein Herz wie einen guten Freund, hütete ihn wie meinen Augapfel, widmete ihm eine nicht unwesentliche Zeit meiner Kindheit und nahm ihn sogar abends mit ins Bett. Alle waren sich sicher: Der Junge wird Busfahrer. Na ja, bereits einige Jahre später wollte ich Dinosaurierforscher werden, dann Meeresbiologe, dann Pilot, dann Deutschlehrer. Mein Wankelmut war ausgeprägt, und die Ansprüche wurden mehr und mehr bescheiden. Mit Bussen verbindet mich überhaupt nichts mehr, ich meide sie so gut es eben geht. Und je mehr ich darüber nachdenke, glaube ich, dass auch der Sohn seine Liebe zu Baggern aufgeben wird und die beiden Fahrzeuge einem gewöhnlichen Stofftier, einer Puppe oder einem Lastenkran weichen werden – dass der Sohn später vielleicht kein sentimentaler Baggerfahrer wird, sondern eine Karriere als Buchhalter, Lokführer oder zwielichtiger Immobilienmakler anstreben möchte. Schon morgen könnte er aufwachen und seine geliebten Bagger für immer verleugnen.

Meinen Segen hat er, solange er sich die Hingabe bewahrt, die er einst für seinen Bagger aufwendete. Und wenn es dann »Sohn, was möchtest du einmal werden?« heißt und er »Triceratops« antwortet, was für ein Vater wäre ich, wenn ich ihm diesen Wunsch verwehren würde?

MOTIVATIONSSCHREIBEN

Die Suche nach geeigneten Kita-Plätzen erweist sich als äußerst kompliziert, sind diese doch rar und begehrt wie fair bezahlte Volontariatsstellen in der Kreativszene oder Zweizimmerwohnungen im Schanzenviertel. Morgen stehen zwei Besichtigungen an. Bin nervös wie vor einem ersten Date. Neben den üblichen Fragebogen soll man auch ein Motivationsschreiben mitbringen. Hab da mal was vorbereitet …

»Liebes Team der Lümmelbande,

ich bitte Sie die Kürze meines Briefes zu entschuldigen. Als alleinerziehender Vater fehlt mir neben meiner beruflichen Tätigkeit als Herzchirurg und dem ehrenamtlichen Engagement bei *Ärzte ohne Grenzen,* der *Vorlesebande* und *Feminismus fetzt!* schlichtweg die nötige Zeit. Sehr gerne würde ich meinen Sohn in Ihrer Kindertagesstätte anmelden. Das Kind ist ein durchaus liebenswürdiger Zeitgenosse, bedarf wenig Zuspruch und kaum Aufmerksamkeit. Ein scheues Reh im Gewand eines Löwen. Introvertiert, aber doch im Rudel zu Hause.

Ich tippe diese Zeilen, während das inzwischen völlig autarke Kind in der Küche ein paar Paprikastifte schnitzt, damit wir gleich gemeinsam das glutenfreie Dinkelrisotto aufsetzen können. Durchs Fenster blicke ich auf die beiden Nachbarkinder, deren Eltern, wie ich hörte, auch an einem Kita-Platz in Ihrer phänomenalen Einrichtung interessiert sind. Was soll man sagen? Völlig verwahrloste Gestalten, den ganzen Tag schauen sie Zeichentrickfilme auf Privatsendern, schreien herum und spielen Krieg. Und die Kinder erst! Ich denke, der Zucker hat sie kaputt gemacht.

Warum ich ausgerechnet in Ihre Einrichtung möchte? Nun, ich könnte jetzt lügen und Ihnen etwas von fußläufiger Nähe und fehlenden Alternativen erzählen, die Wahrheit ist: Ich habe von meinen akademisch ausgebildeten Freunden bloß Gutes gehört und mir bereits im Internet einen bleibenden Eindruck von Ihren paradiesischen Zuständen machen können. Die gemeinsamen Rituale, Kinder-Yoga, Pilates-Training, Fremdsprachenkurse, der Kräutergarten, nachhaltige Küche von regionalen Biobauernhöfen und der gänzliche Verzicht auf Glutamat – Daumen hoch. Und wie es der Zufall will, ist Ihr Leitfaden auch mein Motto, wenn es um Erziehung geht. ›Autorität pfui! Selbstbestimmung hui!‹ Kann da nur … AUA! Verzeihen Sie, bin doch glatt beim Schreiben über die Jutetasche mit Holzspielzeug gestolpert.

Mein Sohn würde sich über ein erstes Kennenlernen wahnsinnig freuen. Die Paprikastifte sind inzwischen fertig, und nun übersetzt er einige Gedichte von Tomas Tranströmer aus dem Schwedischen und bastelt kleine Schlüsselanhänger aus Filz. Ein Geburtstagsgeschenk für seinen Brieffreund in Tansania. Hach, die Kleinen. Es ist oft nicht leicht, aber man bekommt ja so viel zurück. Oft in Form von Erbrochenem. Aber wenn Sie einen dann einmal anlächeln!

Ich bitte Sie, mich für die Anmeldung 2022/23 zu berücksichtigen, und möchte hiermit bereits Bedarf für meine ungeborenen Enkelkinder Emily-Leander und Fiete-Manfred zum 2. Quartal 2056/57 anmelden. Im Anhang finden Sie den Lebenslauf meines Sohnes, den vollständigen Stammbaum über dreiundzwanzig Generationen, Impfpass, Gesundheitszeugnis, ein Empfehlungsschreiben der Krabbelgruppe *Klotz am Bein,* Urkunde vom Baby-Literaturkreis, ein selbst gemaltes Familienporträt, Fotos vom letzten Badeurlaub, das Fremdsprachenzertifikat ›Chinesisch für Neugeborene‹ und ein paar Origami-Figuren aus grünen Scheinen. (Zwinker! Zwinker!)

Gerne würde ich mich übrigens in Ihrer Elterninitiative engagieren. Ich sag ja immer: Es gibt kein Problem, das man mit Zeit, Liebe und veganen Muffins nicht lösen kann.

Dinkelige Grüße aus der Glückszentrale!«

QUADRATUR DES GREISES

Kitas haben ja immer diese niedlichen Namen wie *Die Möhren-bande, Zum kleinen Frechdachs* oder *Racker, Räuber & Rabauken*. Namen, die nach rotznäsigen kleinen Kindern und Dreikäsehochs klingen, aber doch irgendwie niedlich. Jetzt frage ich mich, warum man dieses Prinzip nicht auch auf Altersheime anwenden kann, zu-mal Senioren oftmals viel über das Alter und die damit einhergehen-den körperlichen Gebrechen lachen können. Ein bisschen Kreativi-tät wäre also auch hier durchaus angebracht.

Bisherige Grundideen:

- Die Betagungsstätte (schlicht, aber schön)
- Tanzcafé zur letzten Ausfahrt
- Strg + Alt und Entfernen (mit integriertem Computer-Klub)
- Senil und die Detektive
- Die endliche Geschichte
- Greise nach Jerusalem (christlicher Schwerpunkt)
- Der Letzte macht das Licht aus
- Hin und weg
- Faltenheim
- ART.hritis (mit integrierter Kunstgalerie)
- Fifty Shades of Grey Star
- Gicht und Schatten
- Die kleine Rheumabande / Ronja Rheumatocher

PS: Ein lieber anonym bleibender Herr schlug mir als Alternative noch den Namen *Hotel Inkontinental* vor. Fand ich auch sehr schön. Als kostenloses Magazin könnte man im Foyer die *Demenz Health* auslegen. Nun, man wird sehen, ob sich ein struktureller Wandel einleiten lässt. Falls also Altenheimmitarbeiter mit Machtposition mitlesen sollten, wäre ich für ein Engagement Ihrerseits dankbar.

WARTEZIMMERBLUES

1

Dortmund, Hausarzt. Eine junge Frau betritt das Wartezimmer.

Sie: »Einen wunderschönen guten Tag alle miteinander.«
Alle: »Hm.«
Sie: »Hallo zusammen!«
Alle: »Hm.«
Ein Rentner: »Sie kommen nicht von hier, oder?«
Sie: »Wieso?«
Er: »Es gibt einen ungeschriebenen Wartezimmer-Kodex: reinkommen, stumm nicken, Zeitung schnappen, Klappe halten. Sie neigen wohl zur Geschwätzigkeit.«

Ein weiterer Mann kommt herein, nickt stumm, schnappt sich den *FOCUS*, nimmt Platz und schläft auf der Stelle ein. Der Rentner blickt triumphierend zu der jungen Dame und grummelt: »Sehen Sie! Der Mann ist Profi.«

2

Eine Frau betritt das Wartezimmer.

Sie: »Schönen guten Tag.«
Er (zu ihr): »Kennen wir uns?«
Sie: »Ne, ich wollt nur freundlich grüßen.«
Er (zu mir): »Sind doch alle kaputt, die Leute.«

Ein weiterer Mann betritt das Wartezimmer. Er schaut sich um, nickt, geht zu einem freien Stuhl, setzt sich, lächelt und steht auf...

Er: »Boah! Geiles Wetter. Da mach ich doch glatt mal die Fenster auf Kipp.«

Tja, denke ich, und so leben wir hier alle im Kleinen unseren Traum.

LIFE-COACHING: UMWELTSCHUTZ

Hallo, ihr Rabauken! Viele haben mir wieder geschrieben, und oft hieß es: »Paddel, alter Öko-Fritze! Ich fühle mich überfordert. Die Bilderstrecken von Bento und Buzzfeed sind mir oftmals zu komplex, und doch wüsste ich gerne Rat. Was kann ich einfacher Erdenbürger aktiv für den Umweltschutz tun?« Nun, hier mal wieder ein kleiner Ratgeber …

- Man soll Menschen ja nicht unnötig unter Druck setzen, aber seien Sie sich stets bewusst, dass Sie in einem funktionierenden Ökosystem unnützer Ballast sind. Sterben Sie bitte irgendwann!

- Überlegen Sie, ob es nötig ist, mit dem klobigen Hummer H2 zum nahe gelegenen Germanistik-Seminar zu fahren. Lassen Sie Ihren kessen Cityflitzer einfach mal stehen und gehen zu Fuß. Falls Sie dabei Minderwertigkeitskomplexe bekommen, nutzen Sie Stelzen.

- Bilden Sie Fahrgemeinschaften. Es sei denn, Sie hassen Menschen.

- Zeugen Sie keine Kinder! Kinder verbrauchen Ressourcen wie Trinkwasser und Atemluft. Sie benötigen Kleidung und haben anspruchsvolle, maßlose Bedürfnisse wie z. B. essen. Bedenken Sie: Kinder, besonders in Form von sogenannten »Babys«, sind oftmals anstrengend und können nicht viel. Braucht kein Mensch. Kann weg.

- Hinterfragen Sie, ob es sinnvoll ist, Ihr Kind mit sogenannten Quetschis zu füttern, bei denen neunzig Gramm Obstpampe in einzelne Plastikbeutel abgefüllt wird. Kinder mögen meist eh kein

Obst oder Gemüse. Geben Sie ihm stattdessen Kekse und Pommes. Überlegen Sie außerdem, ob Ihr Sprössling für jede Wachstumsphase zwingend neue Schuhe braucht. So ein Fuß ist oftmals elastischer, als man meint. Arbeiten Sie kleidungstechnisch mit Stretchmaterialien wie Nylon und Gelatine. Auch Taucheranzüge sind ein zeitloser Klassiker. Fragen Sie mal das Sams.

- Kaufen Sie alltägliche Lebensmittel wie Brot, Obst und Gemüse mal nicht im Supermarkt. Oftmals entsteht hier unnötiger Verpackungsmüll. Schnappen Sie sich stattdessen Ihr Flechtkörbchen und schlendern Sie in aller Früh zum Markt. Pfeifen Sie dabei stets ein Liedchen und hüpfen fröhlich herum. Weiß zwar nicht warum, aber so stelle ich mir Menschen auf Gemüsemärkten halt vor.

- Kaufen Sie keine Strohhalme. Sofern Sie sich nicht den ganzen Tag Sahne-Cocktails hinter die Binde kippen wollen, älter als fünf Jahre sind und ein gewisses Würdegefühl besitzen, gibt es kaum einen Grund, Strohhalme zu benutzen. Falls doch, nutzen Sie alternativ Dinge wie Makkaroni-Nudeln, Blockflöten oder ausgelöffelte Bockwürstchen.

- Bringen Sie beim Erwerb eines frisch gebrühten Kaffees Ihr eigenes Becherlein mit. Hier gibt es tolle Produkte aus Bambus in der urbanen Concept-Store-Manufaktur Ihres Vertrauens. Ansonsten können Sie auch auf das gute Vitrinen-Porzellan zurückgreifen, Ihr 24-teiliges Meißner-Service mit zum Bäcker bringen und ein bisschen angeben.

- Überlegen Sie, ob es wirklich nötig ist, für 29,90 Euro mit Ryanair oder Eurowings nach Dubai zu fliegen, um dort im Hochsommer eine Skihalle zu besuchen oder Ihr klimatisiertes Hotelzimmer vollzupupsen. Machen Sie stattdessen mal wieder Urlaub in der Region. Cottbus, Celle oder Castrop-Rauxel bilden nicht nur ein alliteratives Dreigestirn, sondern laden auch zu allen Jahreszeiten zum Verweilen ein.

- Schmeißen Sie Ihre Nordic-Walking-Stöcke weg, besorgen Sie sich stattdessen zwei praktische Greifzangen und sammeln Sie beim nächsten Jogging-Ründchen im Park ein wenig Müll. Falls Sie Personengruppen auf frischer Tat ertappen, wie sie Grillgut, Chipstüten und Bierflaschen absichtlich auf der Wiese vergessen, hauen Sie ihnen dezent auf den Hinterkopf. Falls Sie Pazifist sind: Überwinden Sie sich. Es macht mehr Spaß, als man meint.

- Schmeißen Sie Ihre ausgedrückten Zigaretten in den Müll. Besorgen Sie sich alternativ einen umhängbaren Aschenbecher (Brustbeutel etc.). Sieht zwar albern aus, aber als Raucher sind Sie ohnehin sozial geächtet, da macht es keinen Unterschied mehr. Alternativ können Sie Ihre Kippenstummel auch einfach aufessen. Schmeckt im Wesentlichen wie Tofu, und Sie sollten ohnehin weniger Fleisch essen! Praktisch.

- Überlegen Sie, ob es sinnvoll ist, jeden Bums per Lieferkurier zu bestellen. Gehen Sie stattdessen zu Fuß in die Stadt und unterstützen Sie den lokalen Einzelhandel. Es sei denn, Sie haben keine a) Lust, b) Beine.

- Benutzen Sie keine E-Scooter. Hat zwar nichts mit dem Thema zu tun, sieht aber scheiße aus.

So, das war es erst mal. Falls Ihnen das alles zu verwirrend ist, leugnen Sie den Klimawandel und schieben die Schuld auf Großkonzerne im Allgemeinen und »die da oben«. Sie sind ohnehin nur ein

Sandkorn in der Wüste und können alleine nichts ausrichten. Schreien Sie Ihren Unmut in die Welt hinaus. Basteln Sie sich hierfür eine Pyramide aus Nespresso-Kapseln und klettern Sie hinauf, damit »die da oben« Sie besser hören können. Ich hoffe, es ist nicht zu spät.

JESUS LEBT!

Ich sitze im Zug nach München und kann es kaum glauben, denn bisherige Beobachtungen auf halber Strecke führen zu folgender Bestandsaufnahme: 23 von 40 Menschen im Abteil machen einen Mittagsschlaf oder hören mit geschlossenen Augen Musik über Kopfhörer. Niemand schnarcht. Kein Mensch isst Räucherfisch, Harzer Käse oder eingetupperten Eiersalat. Zwei kleine Kinder flüstern sich Dinge zu und schmunzeln leise. Die Sitzplatzanzeigen funktionieren einwandfrei, und es herrscht eine angenehme Raumtemperatur. Drei Menschen stricken. Niemand feiert Junggesellenabschied, benutzt Tastentöne, spricht pfälzischen Dialekt oder fällt anderweitig negativ auf. Der einzige anwesende Damenklub bespricht in Zimmerlautstärke einen Erzählband von Hans Fallada. Der Teenager neben mir riecht angemessen unaufdringlich und verhält sich seit geraumer Zeit konsequent bedenkenlos. Für mich als Satiriker ist so was natürlich Gift. Kaufen Sie bald meine neuen arschlangweiligen Bücher: *Menschen – ich liebe sie alle* und *Die Gesellschaft ist superklasse. Keine Kritik meinerseits.*

Ich wache auf und schaue mich um. Viele Menschen essen Räucherfisch oder Eiersalat. Mein juveniler Sitznachbar stinkt eher so aus dem Inneren heraus. Einfach so, weil er es kann. Alle anderen telefonieren. Oder beides. Die Dame vor mir telefoniert ebenfalls. Ersten aufgeschnappten Gesprächsfetzten zufolge geht es um die Trennung von Matthias und Saskia. Gebannt lausche ich dem Geschehen. Zwischenmenschliches ist am Ende doch immer am spannendsten, und letztlich hoffe ich, dass Matti sich einen Ruck gibt und sie sich noch irgendwie zusammenraufen. Ach, die beiden! Ich bin jetzt schon traurig.

Fünf Minuten und einige detaillierte Informationen später habe ich einen richtigen Hass auf Matthias entwickelt. Scheinbar hat er die verdammte Karriere mal wieder vor alles andere gestellt und die Beziehung zu Saskia wie eine räudige Hündin verwahrlosen lassen. Die Dame am Telefon seufzt. »Also an Saskias Stelle würde ich ihm noch etwas Zeit geben.«

»Auf keinen Fall«, brülle ich. »Der Typ ist das letzte Arschloch.«

»Guter Mann, wer sind Sie?«

»Ach, egal.«

Direkt gegenüber sitzt nun seit einigen Minuten ein bärtiger Herr. Kaum auffällig, aber in der letzten halben Stunde hat er geschätzte fünfzig Mandarinen geschält. Nicht eine Frucht hat er bisweilen komplett gegessen, hin und wieder nascht er ein filetiertes Stückchen, den Rest jedoch tuppert er ein. Die Schalen sammelt er akribisch auf einem neben sich ausgelegten *Zeit*-Feuilleton. Immer wenn man denkt, sein Tagwerk sei vollendet, holt er eine weitere Mandarine aus seinem Rucksack. Es bleibt spannend.

Ich schließe die Augen und versuche erneut zu schlafen, als ich plötzlich einige grölende Herrenstimmen vernehme, die sich am Refrain des sentimentalen Musikstücks *Dicke Titten und Kartoffelsalat* probieren. Sie kennen das, da fährt man nach langer Zeit mal wieder ICE, und schon landet man ausgerechnet im selben Abteil wie der achtköpfige Kegelklub aus Kaiserslautern, der im morgendlichen Vollsuff zeitgenössische Klassiker der Weltmusik wie *Auswärts sind wir asozial* oder *Ich hab drei Haare auf der Brust, ich bin ein Bär* in wunderschönstem Pfälzisch performt. Sie alle tragen ironische T-Shirts mit dämlichen Sprüchen. Hinten der Name des zukünftigen Bräutigams: Matthias. Na, das ging schnell, denke ich. Verdammter Judas. Die arme Saskia. Aber gut, vermutlich Zufall.

Und während ich mich so im Stillen aufrege und am Sinn des Lebens zweifle, denke ich, dass ich wohl einfach nicht offenherzig und aufgeschlossen genug bin. Alles eine Sache der Einstellung. Vielleicht sollte ich mich unverbindlich dazugesellen und 'ne Runde schmeißen. Womöglich würden sich da nette Gespräche entwickeln. Ist ja nicht so, als würde ich mich sonst ausschließlich für moderne Literatur und die rumänische Off-Theater-Szene interessieren. Warum nicht mal locker-flockig mit 'nem Kegelklub mitziehen? Wer weiß, vielleicht gefällt es mir? Heute Prosecco-Party, und schon morgen würde ich auf einem Segway durch die Fußgängerzone flitzen oder ins Café Extrablatt brunchen gehen. Irgendwas in mir verweigert sich dem. Falscher Stolz? Der Glaube an einen Rest Würde? Ich weiß es doch selber nicht.

Aber es wäre so einfach. »Hallo! Wie ich sehe, fährt bei Ihnen der Kollege Spaß mit. Für die Herren ein kleines Eierlikörchen? Mein Name ist Paddel, und das Q steht für Stimmung. Zicke zacke zicke zacke …«
Hach, ich bin schon vom Gedanken ganz beschwipst. Eine einzige Party. Das wird die Zeit meines Lebens.

Vielleicht sollte ich auch einfach alle töten. Spaßzwang im öffentlichen Raum wird überbewertet. Da wird man nur unnötig unter Druck gesetzt. Meist habe ich dann Spaß, wenn es niemand von mir erwartet. Und dass man immer rausgehen muss, um Menschen kennenzulernen, macht die Sache unnötig kompliziert. Oft denke ich: Es ist ja nicht so, als hätte ich kein Interesse an anderen Menschen, aber es ist jetzt auch nicht wirklich dringend. Meine Oma sagte ja immer: »Das Leben ist eigentlich sehr schön. Wenn bloß die Leute nicht wären.« Glücklich bin ich vermutlich trotzdem.

Partys sind generell ein schwieriges Thema. Wer hat sich dieses Konzept überhaupt ausgedacht? Nur weil irgendwann mal jemand behauptet hat, es wäre superfunny, zwanzig Leute in einen Raum zu quetschen, laute Musik anzumachen, rhythmisch durch die Gegend zu taumeln und sich dann kreuz und quer gegenseitig anzuschreien, macht es ja noch lang keinen Spaß. Ich könnte ja auch behaupten, dass es megawitzig wäre, sich mit einem morschen Balken auf den Kopf zu schlagen und dabei Kant zu zitieren. Macht aber auch niemand.

Und warum werden betrunkene Menschen immer so anstrengend? Warum macht Alkohol so verdammt laut? Nichts gegen einen kleinen Schwips in vertrauter Runde, aber kann man da nicht einfach wie beim Kiffen friedlich einpennen und die Fresse halten? Selten hört man von randalierenden Marihuana-Konsumenten, die grölend durch die Altstadt taumeln und Leute anpöbeln. Warum gibt es diese seltsamen Thekenfahrräder und Bierbikes nicht für Kiffer? Es wäre ein schönes Bild: Alle würden sich entspannt einen durchziehen, verwirrt auf die Pedale starren, Dinge wie »Auf keinsten, Diggi!« denken und dann gemütlich auf der Stelle verharren. Nach zwanzig Minuten würde jeder absteigen, sich zwei Liter Eistee und 'ne Familienpizza besorgen und irgendwo einschlummern. Nur so ein Gedanke.

Ich schaue mich um. Der Kegelklub ist inzwischen ausgestiegen. Der Jugendliche neben mir stinkt nach wie vor. Subtil, aber gezielt. Doch es gibt Hoffnung, denn gegenüber noch immer der geheimnisvolle Mandarinen-Mann. Und wo die Luft einst mit S-Bahn-Aroma, menschlicher Ausdünstung und Tristesse geschwängert war, dominiert nun eine paradiesische Duftnote das gesamte Abteil. Menschen jedweder Herkunft ergötzen sich wie hypnotisiert am süßlichen Odeur. Vereinzelt Ekstase. Ich spreche ihn an. »Sie mögen aber gerne Mandarinen.«

»Es hält sich in Grenzen.«

»Aber ...«

»Wissen Sie, ich tue das für die Menschen.«

Was soll man sagen? Jesus lebt!

SCHON SCHÖN, DIE MOSEL – GESCHICHTEN AUS DEM ZUG

1

Sitze mit meinem Sohn (2) und meinem Patenkind (5) im Familienabteil und lese ihnen aus einem Kinderbuch vor. Nach wenigen Minuten zeigen beide kein Interesse mehr, und ich lege das Buch zur Seite. Plötzlich ertönen durchs ganze Abteil Sätze wie »Boah, so eine Scheiße!« oder »Ey, war grad so spannend!«.

Sitze nun mit einer gewissen Erika, dem rüstigen Frührentner Herbert und einem Informatikstudenten namens Philipp auf einem Vierersitz und rezitiere aus dem Werk *Henri, der Bücherdieb*. Die Stimmung kocht. Die Kinder sollen derweil gucken, wie sie klarkommen. Undankbares Pack.

2

Ein älteres Ehepaar (beide ca. 80) betritt das Abteil und setzt sich auf einen benachbarten Viererplatz. Beide holen unmittelbar ihr Essen hervor. Dann langes Schweigen.

Frau: »Helmut, wir müssen tauschen. Ich kann einfach nicht gegen die Fahrtrichtung sitzen.«
Mann: »Dann können wir ja einfach die Plätze tauschen.«
Frau: »Ehrlich gesagt möchte ich auch nicht, dass du mir gegenübersitzt.«
Mann: »Warum?«
Frau: »Ich seh dich doch jeden Tag.«
Mann: »Hm …«

Frau: »*Jeden Tag!* Seit sechzig Jahren.«

Mann: »Dann setz ich mich einfach neben dich.«

Frau: »Ne, dann fummelst du wieder an mir rum. Am besten setzt
   du dich mal woandershin.«

Mann: »Setz *du* dich doch woandershin.«

Frau (zeigt auf ihre Butterbrote und die Thermoskanne): »Aber ich
   hab's mir doch hier so nett gemacht.«

Der Mann steht auf und setzt sich drei Reihen weiter nach vorne.

Frau (durchs Abteil brüllend): »Helmut!?«

Mann: »Ja?«

Frau: »Jetzt fehlst du mir doch ein bisschen. Komm bitte zurück.«

Mann steht auf und geht an seinen alten Platz.

[Fünf Minuten später]

Frau (aus dem Fenster schauend): »Schau mal, die Mosel!«

Mann: »Ach, wie nett.«

Frau: »Du sollst sitzen. Nicht reden.«

[Pause]

Frau: »Gut, dass wir uns haben.«

Mann: »Hm ...«

Frau: »So viele Jahre.«

Mann: »Schon schön, die Mosel.«

Zwei ältere Damen unterhalten sich über einen gemeinsamen Bekannten.

Frau 1: »Ich glaube, der Sohn vom Hans-Rüdiger ist schwul.«
Frau 2: »Ach was, der trägt doch immer schwarz.«
Frau 1: »Ja, aber das merkt man doch.«
Ein Mann schaltet sich ein: »Entschuldigung, ich habe da eben Ihr Gespräch belauscht. Wie es der Zufall will, bin auch ich Teil der eben erwähnten homosexuellen Gemeinschaft, und da würde ich gerne bei der Aufklärung Ihres Falles helfen. Die schwarze Kleidung hilft uns hier leider nicht weiter. Das ist nur Maskerade, auf der Straße tragen wir Trauerkleidung und laufen rum wie trostlose Emos, aber privat hüpfen wir dann sofort in unsere rosa Flamingo-Kostüme. Da müssen wir leider noch weitere Indizien sammeln. Sagt Ihr Bekannter denn zwischendurch Dinge wie *Töff! Töff!*«
Frau 1: »Ne. *Töff! Töff!* hat der noch nie gesagt.«
Mann: »Dann ist der auf keinen Fall schwul.«
Frau 2: »Ach, auch irgendwie schade.«

4

Hier im Abteil sitzen Menschen aus aller Herren Länder, ein wundersamer Klangteppich aus verschiedensten Sprachen und Soziolekten. Zwei Männer steigen ein und schauen sich um …

Typ (sehr laut zu seinem Kumpel): »Mein Gott! Sind wir hier eigentlich noch in Deutschland?«
Ältere Frau von der Seite: »Ne, wir sind in Entenhausen. Und ohne so Schwachmaten wie dich wäre es hier richtig schön!«

Im Zug, neben mir sitzt eine ältere Dame (ca. 80) und liest.

Ich: »Ich gehe kurz ins Bordbistro. Soll ich Ihnen einen Kaffee mitbringen?«

Dame: »Vielen Dank! Aber mir ist grad durchaus etwas flau im Magen.«

Ich: »Ich kann Ihnen auch einen Kamillentee mitbringen.«

Dame: »Das würden Sie tun? Können Sie das denn alles tragen?«

Ich: »Nun, ich denke, ein Tee wiegt in etwa dasselbe wie ein Kaffee.«

Dame: »Wäre es unverschämt, Sie zu fragen, ob Sie Ihr großzügiges Angebot noch um ein kleines Stück Kuchen erweitern würden?«

Ich: »Keineswegs. Also Tee und Kuchen?«

Dame: »Nun, einem kleinen Sekt wäre ich auch nicht abgeneigt.«

Ich: »Und Ihr Magen?«

Dame: »Stimmt! Dann nehme ich Kuchen, Sekt und Kaffee. Den Tee können Sie weglassen. Jetzt ist es auch schon egal.«

Ich: »Sie leben das Leben sorgloser Hedonisten.«

Dame: »Ach, wissen Sie! Ich bin alt. Soll doch der Herrgott mich richten.«

Ich: »Ich geh dann mal los.«

Dame: »Sie sind ein Schatz. Bereits morgen könnte ich tot sein!«

Schaffner: »Und ich nehme 'ne Sprite. Wir werden eh alle sterben!«

FLÜCHTIGE EINSCHÄTZUNGEN
FREMDER PERSONEN – KURZDRAMA
IN DREI SZENEN

Eine junge Dame betritt mit ihrem Rollkoffer das Zugabteil. An ihrem Platz angekommen, spricht sie einen jungen Herrn an und zeigt auf die Gepäckablage über ihr.

Dame: »Entschuldigung, können Sie mir kurz mit dem Koffer helfen? Sie sehen so stark aus.«

Mann: »Vielen Dank. So etwas hört man doch gerne, sofern Sie sich auf Stärke in Form von Kraft und physischer Robustheit beziehen. Falls nämlich Ihre flüchtige Einschätzung meiner Person Rückschlüsse auf eine etwaige mentale Stabilität in Form von innerer Stärke und hohem Selbstvertrauen zuließe, müsste ich Sie leider enttäuschen.«

Dame: »Wie meinen?«

Mann: »Nun, wissen Sie, ich bin ein fragiles Pflänzchen im Körper eines Maurermeisters. Erst gestern habe ich mich den ganzen Tag in Selbstmitleid gesuhlt, war nahezu wie gelähmt und starrte stundenlang auf meine Raufasertapete. Da raucht man eine Zigarette nach der anderen, hofft, dass irgendwie der Tag vergeht, und verfällt in ein finsteres Loch aus Zweifeln und Ängsten. Ständig vergleicht man sich mit anderen und kommt sich selbst so schrecklich erfolglos und nutzlos vor. Das ist durchaus etwas, an dem ich arbeite, aber es gibt Tage, da möchte man sich einfach nur unter der Bettdecke verkriechen und vor sich hin siechen. Aber warum erzähle ich Ihnen das eigentlich?«

Dame: »Das weiß ich auch nicht.«

Mann: »Ich habe mich jetzt einfach gefragt, was Sie genau meinen. Wenn man von *starken Frauen* spricht, meint man ja meist so

Personen wie Jeanne d'Arc oder irgendwelche Menschenrechts-aktivistinnen – Damen, die für eine Sache kämpfen, ihren Idealen nacheifern und sich gegen jeden Widerstand zu wehren wissen. *Starke Männer* hingegen müssen bloß irgendwelche Lkws hinter sich herziehen oder mit angestrengten Gesichtern Waschmaschinen reparieren. Und da müsste ich Sie jetzt wirklich enttäuschen. Was handwerkliche Fähigkeiten angeht, komme ich da komplett nach meinem Vater, ein virtuoser Pianist, voller Melancholie und Feingefühl, aber wenn es dann mal hieß: ›Obacht, Rohrbruch!‹, dann war mit dem nichts anzufangen.«

Dame: »Junger Mann, was ist denn nun mit dem Koffer?«

Mann: »Da möchte ich auf einen zurückliegenden Bandscheiben-vorfall verweisen. Aber da ich Sie menschlich nicht enttäuschen möchte, werde ich mich in Ihrem Anliegen umgehend um ent-sprechenden Ersatz bemühen.«

Mann (zu Mann II): »Entschuldigen Sie, könnten Sie mir kurz mit dem Koffer helfen? Sie sehen so stark aus.«

Mann II: »Ein wundervolles Kompliment! Und da sind Sie nicht der Erste, der mir das sagt. Als junger Mann war ich lange im Kanuverein, und ich denke, meine breiten Schultern sind Zeugnis dieser Zeit. Gegenwärtig komme ich leider kaum noch zum Ru-dern, zwischendurch gehe ich mal ins Gym, obwohl ich eigentlich keine Fitnessstudios mag. Wissen Sie, die Leute sind so schreck-lich eitel. Dieser ganze Körperkult – schrecklich! Soll sich jeder wohlfühlen, wie er ist. Menschen wie ich sind eben schön und von athletischer Natur, manch andere sind halt etwas untersetzt und sehen aus wie zwei Meter Regentonne. Aber Vielfalt ist doch etwas ganz und gar Entzückendes.«

Mann: »Kommen wir zum Thema Koffer …«

Mann II: »Und hier muss ich Sie leider enttäuschen. Denn ich lese grad ein modernes Einrichtungsmagazin und bin nahezu vertieft in die Bildstrecke *Florale Akzente mit Farn und Geigenfeige.*«

Mann: »Dann nichts für ungut.«

Mann (zu Mann III): »Entschuldigen Sie, könnten Sie mir kurz mit dem Koffer helfen? Sie sehen so stark aus.«

Mann III: »Würden Sie bitte nicht so schreien. Ich bin hypersensibel.«

Mann: »Aha.«

Mann III: »Gut, dass Sie fragen. Meine Hypersensibilität begleitet mich nun schon seit einigen Monaten. Schon der kleinste Plausch eines Nebenmanns im Café könnte mich in den Wahnsinn treiben. Für andere sind es kleinste Satzfetzen, gewöhnlicher Straßenlärm oder Nebengeräusche. Für mich ist es die Hölle. Mir fehlt da einfach der Filter. Was hatten Sie vorhin gesagt?«

Mann (flüsternd): »Würden Sie mir kurz mit dem Koffer helfen? Ich hatte mal einen Bandscheibenvorfall.«

Mann III: »Ja, stellen Sie sich mal nicht so an, Sie verweichlichtes Mimöschen. Sie sind mir ja einer, schwatzen hier die halbe Belegschaft voll. Ich denke, selbst diese junge Frau dort vorne würde problemlos das kleine Gepäckstück hochbekommen. JUNGE DAME, WENN SIE HIER MAL KURZ MIT ANPACKEN KÖNNTEN!?«

Frau: »Wie bitte?«

Mann III: »Der junge Mann bekommt seinen Koffer nicht allein auf die Gepäckablage, und ich würde ihm ja helfen, habe allerdings durch den Schlitz zwischen meinen Vordersitzen momentan einen sehr guten Blickwinkel auf das Einrichtungsmagazin eines anderen Fahrgastes. Die Bildstrecke *Florale Akzente mit Farn und Geigenfeige* hat es mir durchaus angetan. Jetzt hab ich mich gefragt, ob Sie nicht kurz …«

Frau: »Das ist mein Koffer, aber sagten Sie grad *Florale Akzente mit Farn und Geigenfeige?*«

Mann: »In der Tat.«

Frau: »Dürfte ich mich da wohl kurz zu Ihnen setzen? Zwar dekoriere ich momentan eher mit zeitgenössischen Minikakteen und Monstera-Pflanzen, würde mich allerdings selbst durchaus als *floral aufgeschlossen* bezeichnen.«

Mann: »Wenn Sie sich nicht nur als floral aufgeschlossen, sondern zudem auch als auditiv gemäßigten Mensch beschreiben würden, dürfen Sie das sehr gerne tun. Denn wissen Sie, ich bin hypersensibel.«

Frau: »Was? Sie auch!? Ich fasse es nicht. Es gibt einfach Zufälle im Leben. Jetzt sagen Sie aber nicht, dass Sie Seitenschläfer sind?«

Mann: »Erst gestern habe ich mir ein neues Seitenschläferkissen gekauft.«

Frau: »Das ist hervorragend, denn Seitenschläfer und Seitenschläfer harmonieren nahezu perfekt miteinander. Je nach gewünschter Schräglage wäre sowohl ein unverbindlicher Schlummer in Löffelchenstellung als auch eine Stirn-an-Stirn-Konstellation denkbar.«

Mann: »Dass ich diesen Tag noch erleben darf. Darf ich Sie denn nun zu mir bitten, auf dass wir uns vor dem zweisamen Schlummer noch in *floralen Akzenten* verlieren können?«

Ende.

PS: Mit diesem Schluss hätte ich nun auch nicht gerechnet. Zudem hätte ich gerne gewusst, was aus dem Koffer geworden ist. Scheinbar hat der Autor hier sein eigentliches Sujet aus den Augen verloren. Aber ist nicht am Ende die Aussicht auf Liebe ohnehin das Einzige, was unser trostloses Leben noch wertvoll macht? Es ist so schön, man möchte weinen.

WAHRSCHEINLICH NIE STATTGEFUNDENE FLIRTGESPRÄCHE

1

Am Bahnsteig

Mann: »Na hoppla! Jetzt bin ich doch einfach in Sie hereingerannt, weil Sie unmittelbar nach dem Ausstieg scheinbar grundlos direkt vor der Zugtür stehen geblieben sind und hier beinah ein menschliches Domino ausgelöst hätten. Entschuldigung!«

Frau: »Nicht schlimm.«

Mann: »Doch! Ich hätte hier wirklich mehr Rücksicht nehmen müssen. Manchmal gehe ich einfach mit geschlossenen Augen durchs Leben. Und ich bin mir sicher, dass es gute Gründe für Ihr plötzliches Innehalten gab! Wahrscheinlich wollten Sie nach so einer langen Fahrt erst einmal durchschnaufen, die frische Luft genießen und den wundervollen Panoramablick auf diesen formschönen Mülleimer und den Snackautomaten genießen. Dass Sie und Ihr kolossaler Rollkoffer dabei den anderen aussteigenden Fahrgästen den Weg versperren, ist ja nicht Ihr Fehler ...«

Frau: »Nein?«

Mann: »Keineswegs. Und ich finde, dass Sie in dieser von Hektik und Schnelllebigkeit geprägten Welt einen wundervollen Gegenpol bilden. Kompliment!«

Frau: »Sie sind ja ein Charmeur!«

Mann: »Wahrscheinlich werden Sie gleich die Rolltreppe benutzen, auch dort vor dem Betreten der Stufen noch einmal innehalten und über das Leben sinnieren! Und ich finde das klasse. Sie sind eine Galionsfigur der neuen Achtsamkeit!«

Frau: »Danke!«

Mann: »Nun bin ich jedenfalls in Sie hineingerannt, und jetzt wo ich schon mal hier bin, frage ich mich natürlich, ob wir diese zwar vollkommen unbequem verkrampfte, letztlich aber durchaus als körperverschmelzend zu bezeichnende Haltung in anderer Umgebung fortführen könnten?«

Frau: »Uh, da würde ich Sie spontan als äußerst forsch, mich aber als nicht minder wuschig bezeichnen.«

Mann: »Supi!«

2

Im Zoo

Frau: »Guten Tag! Das ist wirklich ein wunderschönes High-End-Telezoom-Objektiv, mit dem Sie da seit zwei Stunden vor dem Gorillakäfig stehen und den Kindern die Sicht versperren.«

Mann: »Vielen Dank, junge Dame.«

Frau: »Aber gerne doch. Ich beobachte nun schon ein ganzes Weilchen, wie Sie hier mit diesem zwei Meter langen Klotz aufwendige und keineswegs risikoarme Dokumentarfotografie betreiben. Ich lehne mich nicht zu weit aus dem Fenster, wenn ich mutmaße, dass dieses Objektiv in all seiner Symbolhaftigkeit Rückschlüsse auf einen wahrlich nicht zu unterschätzenden Phallus schließen lässt.«

Mann: »Jetzt bringen Sie mich aber in Verlegenheit.«

Frau: »Verzeihung! Das möchte ich nicht. Aber ich bin nahezu euphorisiert. Wissen Sie, die penetranten Klickgeräusche des Auslösers bilden eine wundervolle Symbiose zu all dem ›natürlichen‹ Vogelzwitschern. Ich setz hier das Wort ›natürlich‹ bewusst in Anführungszeichen, denn letztlich ist so ein Zoo eh nur Ort der Simulation. Die hier dargestellte Fauna entspricht keineswegs

einem Abbild der Natur, so wie wir Menschen sie draußen in
der echten Welt vorfinden. Mir scheint, Ihre luftdurchlässigen
Zehenschuhe sind eine Art Metapher für Ihren atmungsaktiven
Geist.«

Mann: »Puh!«

Frau: »Nein, wirklich! Wie Sie hier völlig unaufgeregt hinter der
Glasscheibe stehen und Fotos eines in der Sonne dösenden Men-
schenaffen machen, zeigt mir auf: Sie sind ein Survivor! Für die
einen sind es 15 000 langweilige Bilder eines schlafenden Zootie-
res, die sich am Ende eh niemand anschaut. Für mich ist es Kunst!
Und da habe ich mich nun gefragt, ob Sie nicht Lust haben, mir
Ihre Bildstrecke heute Abend einmal im privaten Rahmen vor-
zuführen? Falls sich meine Hand dabei irgendwann zufällig auf
Ihrem Knie verlieren sollte, wäre dies Zeugnis ungehemmter Er-
regung und sexuellen Kontrollverlusts. Überlebenskünstler wie
Sie machen mich einfach zu einem anderen Menschen.«

3

Im Museum

Mann 1: »Guten Tag, werter Herr! Wie ich soeben zufällig auf-
schnappte, kommentierten Sie die hier zur Schau gestellte Kunstinstallation mit den kessen Worten: ›Ist das Kunst, oder kann das
weg‹, und da dachte ich mir …«

Mann 2: »Schießen Sie los!«

Mann 1: »Nun, ich dachte: Wessen Lippen solch originelle Rede-
wendungen formen, die können doch bestimmt noch ganz andere
schöne Dinge!«

Mann 2: »Womöglich!«

Mann 1: »Ob ich Sie im Anschluss an diese Ausstellung ganz unverbindlich auf eine Tasse Tee in meinem bescheidenen Anwesen einladen dürfte?«

Mann 2: »Eigentlich würde ich Ihre Einladung unverzüglich annehmen und nach der Verköstigung eines gesüßten Heißgetränks hemmungslos über Sie herfallen, aber als Zeichen des Protestes muss ich leider ablehnen.«

Mann 1: »Wogegen protestieren Sie denn?«

Mann 2: »Gegen den Autor dieses fiktiven Dialogs, der die Begegnung zweier homosexueller Herren natürlich ausgerechnet im Museum verorten musste. Frei nach dem Motto: Ach, diese Schwulen sind doch alle gleich. Wenn sie nicht grad im Saunaklub oder in einer ihrer zahlreichen Straßenparaden herumturteln, dann stolzieren diese kulturaffinen Herrschaften bestimmt wieder gut frisiert durch eine zeitgenössische Kunstausstellung. Solche Ressentiments möchte ich weder tolerieren, geschweige denn zu ihrer Reproduktion beitragen. Man hätte diese Begegnung auch durchaus auf einem Bahnsteig oder im Zoo ansiedeln können. Drum würde ich vorschlagen, diesen Dialog zu verlassen und stattdessen am Abend in trauter Zweisamkeit ein gutes Musical zu genießen.«

Mann 1: »Das wäre doch herzallerliebst!«

Mann 2: »Töff! Töff!«

ENDE DER DURCHSAGE

Zugdurchsagen auf einer längeren Zugfahrt von Dortmund nach Berlin-Spandau. Der Versuch einer Mitschrift …

1

»Guten Tag, mein Name ist Jens Hennings, und ich begrüße Sie an Bord des ICE nach Berlin-Spandau. Ehrlich gesagt hab ich hier nur die Frühschicht vom Uwe übernommen. Offiziell ist der Kollege krank, aber ich glaube, da hat einer gestern zu tief ins Glas geschaut. Da liegt grad wohl privat einiges im Argen. Na ja, soll nicht Ihr Problem sein.«

2

»Die Kollegin sagt, ich komm hier schon wieder ins Schwafeln. Was ich eigentlich sagen will – wenn Sie Fragen zum Streckenverlauf oder zu Ihren Umstiegen haben, gucken Sie einfach in die kleine Broschüre vor Ihrem Sitz. Ich kenn die Strecke doch auch nicht. So, und jetzt hau ich mich noch mal für 'n gepflegtes Stündchen aufs Ohr. Das ist doch keine Uhrzeit!«

3

»Es ist jetzt sechs Uhr, und nächster Halt ist in wenigen Minuten Hamm. Aussteigen würde ich hier nicht. Hamm Se am Ende alle nichts von.«

4

»Guten Tag, ich muss Sie an dieser Stelle auf den gastronomischen Service unseres Bordbistros hinweisen. Wobei Gastronomie nun übertrieben wäre, im Grunde packen die Kollegen da bloß irgendein eingeschweißtes Gelumpe in die Mikrowelle. Schmeckt wie Fuß. Essen würde ich das an Ihrer Stelle allerdings nicht. Müssen Sie aber selber wissen. Wollt es zumindest mal gesagt haben. Der Kaffee ist allerdings klasse … Echt jetzt! Ballert!«

5

»Kurzes Quiz: Welche Haltestelle haben wir grad vergessen?
a) Gütersloh.«

6

»Gleich erreichen wir Bielefeld. Hätte ich jetzt auch nicht gedacht.«

7

»Wir erreichen Hannover-Hauptbahnhof mit etwa fünfundzwanzig Minuten Verspätung. Und bevor nun einer meckert – das Ding hier fährt auf Schienen. Da kann der Chef nicht mal eben 'ne Ausfahrt früher raus und über die Landstraße brettern. Beim nächsten Mal können Sie einfach den Flixbus nehmen. Aber mit Würde hat das dann nichts mehr zu tun!«

8

»Wobei wir hier natürlich sehr teuer sind. Ich weiß auch nicht, wo die Kohle am Ende landet, bei mir jedenfalls nicht. Und deswegen ist mir hier auch eh längst alles egal.«

9

»Vielen Dank für die Fahrt mit der Deutschen Bahn. Wir erreichen nun Berlin-Spandau. Sie sind jetzt in der Hauptstadt, aber die kochen hier auch nur mit lauwarmem Wasser. Meins ist es nicht. Im Grunde können Sie sitzen bleiben, und wir fahren gemeinsam wieder zurück. Mein Name ist Jens Hennings, und das ist auch für mich die fünfte Stunde. Tschüss.«

Applaus im Abteil. Auch mal schön.

10

»Test! Test! … Funktioniert ja wirklich, der Bums.«

GUCCI, GLITZER, GENDERSTUDIES

Neben mir im Zug sitzt ein etwa fünfzehnjähriger Junge. Gedankenverloren schaut er aus dem Fenster, in seiner Hand ein Notizbuch. Dann und wann scheint ihn ein Geistesblitz zu durchdringen, und er beginnt zu schreiben. Nachdenklich wirkt er, mal träumerisch, mal angestrengt, als würde die Last der Welt allein auf seinen Schultern liegen. Seht an, ein holder Schreiberling, denke ich. Bestimmt ein aufstrebender Lyriker, der just in diesem Moment ein traumwandlerisches Gedicht voll zarter Melancholie verfasst. Die Jugend ist noch nicht verloren! Als er erneut aus dem Fenster sieht, kann ich einen kurzen Blick auf das Gedicht erhaschen:

Ich werde dich stets beschützen, Girl. Das ist mein Ehrenkodex.
Deine Augen funkeln, Baby. Glitzern wie 'ne Rolex.
Liebe deinen Glamour, deine Vibes und deine Muschi,
Diese Bitches alle Primark – doch du, du bist mein Gucci!

Sapperlot, denke ich, ein feministisches Manifest ist es jetzt nicht grad, metrisch aber 1a. Leichte Tendenzen großer Romantiker wie Clemens Brentano oder Capital Bra sind natürlich nicht von der Hand zu weisen, aber eine eigene Note ist durchaus erkennbar. »Ich werd dich stets beschützen, Girl. Das ist mein Ehrenkodex.« Am Puls der Zeit, denke ich, Ehre, wohin man nur schaut. Das Wort »Ehrenmann« war 2018 Jugendwort des Jahres. Ich hielt dies zunächst für einen Scherz, hätte ich es nun eher einem aufopferungsvollen Ritterknappen zugeordnet und für das Altertumswort des Jahres 1539 vorgeschlagen. Aber gut, warum nicht? Von den damals zum Jugendwort des Jahres vorgeschlagenen Wörtern kannte ich bloß 4 von 30, und ich konnte gar nicht beschreiben, wie glücklich mich das damals machte. Schon bald, so dachte ich, könnte ich in

Würde Beige tragen und vom Fenster aus Kinder anpöbeln. Es fühlte sich gut an, alt und ignorant zu werden, doch da hatte ich dieses Gedicht auch noch nicht gelesen.

Es ist nahezu perfekt! Durch die stilistische Überhöhung hochpreisiger Luxusnamen Gucci und Rolex, die hier abgedroschene Naturmetaphern ersetzen, zeichnet der Autor zwischen den Zeilen eine Form von Kapitalismuskritik, die ihresgleichen sucht. Und am Ende hat er ja recht: Wenn ich Sonne, Mond und Sterne will, lese ich keine Gedichte, sondern geh zum Laternensingen. Durch den subtilen Einsatz der Anglizismen: Girl, Baby, Glamour, Vibes und Bitches setzt der Autor ein deutliches Zeichen gegen nationalistische Abriegelung im Gewand der Sprachkritik. Ein Mittelfinger für all die ewig gestrigen Gralshüter und Traditionalisten. Das lyrische Ich, nennen wir es Jürgen, will sagen: Es lebe die Globalisierung! Ja zu Europa! »Diese Bitches alles Primark«: Auch hier ein Protest gegen Niedriglöhne, Ausbeutung und die alles verschlingende freie Marktwirtschaft. Hier wird sich mit jedem angelegt – ob Luxus- oder Billigsegment. Jürgen weiß: Am Ende alles für 'n Arsch. Diese Jugend ist politscher denn je. Ich bin nahezu entzückt! »Doch du, du bist mein Gucci!« Das muss man sich mal auf der Zunge zergehen lassen. Doch du, du bist! Du, du! Dudu. Dudu – eine lautmalerische Anspielung auf Dada. Eine Würdigung, wenn nicht gar ein Pamphlet! Hugo Ball wäre stolz und würde wohl umgehend den Duduismus ausrufen. Der Name Dudu bedeutet auf Swahili Insekt oder Käfer. Faktisch wird Gucci also mit einem Käfer gleichgesetzt, und Käfer mag ja wirklich niemand. Dieses Gedicht ist ein Schwert, wenn nicht gar ein schriller Schrei in die Ohren nörgelnder Männer, altbackender Kabarettisten und den ewigen Grundtenor namens *Früher war alles besser.*

Ja, ich glaube, dieses Meisterwerk wird mich nie wieder loslassen. Ach, man muss stolz sein auf diesen jungen Poeten, der in nur vier Zeilen jetzt schon mehr erreicht hat, als der *Verein deutscher Sprache* es jemals tun wird. Ein würdigender Vers an den Wandel der Welt und die Schönheit der Girls! Was soll man sagen? Ich bin Fan.

LIFE-COACHING:
WIE SIE EIN SUPERAUTHENTISCHER INFLUENCER WERDEN

1. Beginnen Sie den Tag mit Morgengymnastik, denn Sie sind wie immer vom ersten Sonnenstrahl aufgewacht und bereits topfit. Machen Sie einen Handstand. Ist gut für die Durchblutung und regt die Darmtätigkeit an. Nehmen Sie sich Zeit für Ihr Frühstück und essen Sie einen Teelöffel Haferkleie mit 43 Hanfsamen. Machen Sie nun ein schönes Foto für Ihre devoten Instagram-Fans. Die Realität hat im Internet nichts zu suchen, und niemand möchte Ihre angeknabberten Mettbrötchen sehen. Ganz wichtig: Fotos immer mit Zitaten posten. Denken Sie immer an die goldene Regel: Erst Worte lassen Bilder zu Bildern werden. Sonst bleiben sie Bilder.

2. Revolutionieren Sie das Influencer-Dasein und seien Sie innovativ. Der gewöhnliche Haul, bei dem irgendwelche hyperaktiven Teenager Drogeriemarkttüten auspacken, ist längst vergessen. Haul ist außerdem ein seltsames Wort. Erfinden Sie stattdessen einen sogenannten Hanfred. Bei einem Hanfred packt man keine Sachen aus, sondern schaut, was man noch zu Hause im Keller findet, und bringt die Sachen anschließend bei Rossmann vorbei. Ein toller Spaß für Jung und Alt. Viele Kassierer sind begeistert:

»Junger Mann, was machen Sie da?«
»Einen Hanfred. Das sieht man doch.«
»Hä?«
»Stellen Sie einfach keine Fragen und packen Sie die Tüte aus.«
»Wow! Ein morsches Brett. Welch wunderschöner Tag.«

3. Zeit für Ihren ersten Facebook-Post. Fotografieren Sie nun Ihr Mittagessen. Schreiben Sie Dinge wie: »*Hey, ihr Sweeties, hab grad einen Granatapfel-Avocado-Quinoa-Salat gemacht. So einfach und lecker. Yummi! Gleich ins Gym, bisschen auspowern beim Zumba. Danach bestimmt tierisch Muskelkater. Morgen endlich Filmabend mit Schatz. Pancakes, Jogginghose, bisschen Crack. Ihr kennt das. Was macht ihr denn so am Weekend? Party, Chillmodus oder gleich den goldenen Schuss? Lasst mir doch mal ein Like da, oder schreibt was in die Kommis. Hab euch alle lieb.*«

4. Sorgen Sie für Ihre Rente und kümmern sich um einen Bausparvertrag. Social-Media-Helden haben eine geringe Halbwertszeit. Wobei es ja eine amüsante Vorstellung wäre, dass all die Influencer irgendwann mitsamt ihrer heutigen Zielgruppe vergreisen und dann nostalgisch verklärt an den sozialen Medien ihrer Jugend festhalten – das wären doch Aussichten: Oma Sieglinde als YouTube-Star mit einem Reformhaus-Haul, wo sie jeden Dienstag neue Diabetiker-Produkte auspackt. Vereinzelt Instagram-Idole, die im Friedhofscafé liebevoll Bilder von einem Stück Frankfurter Kranz mit entkoffeiniertem Cappuccino arrangieren. Oder 'ne solide Portion Hühnerfrikassee im Altenheim, liebevoll kombiniert mit künstlicher Tulpe, gern auch im Liegen fotografiert, damit die orthopädischen Strümpfe besser zur Geltung kommen. Wo einst skandinavische Designermöbel die Einrichtungsszene beherrschten, regiert nun wieder die gute alte klobige Schrankwand in rustikaler Eiche. Im Hintergrund: staubige Ölschinken mit Jagdszenen und florale Stickereien. Heimlicher Star ist aber Stilikone Erich, der statt gewöhnlicher Yoga-Bilder hin und wieder ein paar Fotos vom Wanderausflug in der Eifel präsentiert. Bisschen Nordic Walking, Enten füttern, der ganze Wahnsinn. Stets versehen mit dem motivierenden Zitat: *If it doesn't challenge you, it doesn't change you.* Die Nr. 1 auf

YouTube ist aber Opa Willi mit seinem Let's-Play-Special *Mau-Mau* und dem Format *Non-Reaction-Video,* bei dem er regungslos auf einer Bank sitzt, willkürlich Menschen beobachtet und sie dann trotzdem ignoriert.

5. Sie sind bereits seit zwei Stunden offline, und viele halten Sie bereits für tot. Legen Sie sich ins Bett und machen ein Foto von Ihren nackten Beinen. Lassen Sie Ihre Vintage-Kaffeetasse wie zufällig am Bildrand auftauchen. Arrangement ist alles. Zitat: »Gib jedem Tag die Chance, der schönste deines Lebens zu werden. Es sei denn, du hast keinen Bock. Dann bleib halt liegen, du Opfer.«

6. Seien Sie nahbar. Ob persönliche Ansprachen oder einzigartige Identifikationssprüche auf Facebook wie »Dieser Moment, wenn …« oder »Jeder hat diesen einen Freund, der …« Das sagt aus: *Hey, mein Leben ist gar nicht so besonders. Ich bin genau wie ihr.* Zwischendurch dürfen Sie auch mal was Persönliches posten und ein paar Songs, Lieblingsblumen oder Ihre Mutter vorstellen. Sie sind nahbar. Sie leben. Sie sind Mensch.

7. Für alles gilt: Kann natürlich jeder machen, wie er will. Grundlage für alles ist ein natürliches Lächeln, Menschenhass und ein gesunder innerer Tod.

VON ELCHEN UND ERDNUSSSCHÄLCHEN –
MEINE SCHÖNSTEN HOTELERLEBNISSE

1

Die Rezeption einer kleinen Pension in Oldenburg

Empfangsdame: »Herzlich willkommen. Sie können nun in Ruhe Ihr Zimmer beziehen, und für 15 Uhr habe ich uns dann einen Tisch im Restaurant reserviert.«

Ich: »Aha. Darf ich fragen, warum?«

Empfangsdame: »Na, dann lernen wir uns alle mal kennen.«

Ich: »Wer?«

Empfangsdame: »Wir beide und meine anderen Gäste. Da wären das freundliche Ehepaar Hufnagel aus dem Allgäu, ein alleinstehender junger Herr auf Montage und Familie Uhlmann aus dem Salzburger Land.«

Ich: »Hm.«

Empfangsdame: »Hach, das wird schön.«

Ich bin verwirrt. Ist das hier normal? Wo bin ich? Im Tinder-Hotel? Ist dies eine Institution gegen Vereinsamung im immer anonymer werdenden Großstadtdschungel? Nun denn, ein bisschen freue ich mich jetzt schon auf den alleinstehenden Herrn auf Durchreise. Wir haben bestimmt viel gemeinsam. Wieder mal ein sehr spannender Tag.

Wolfsburg, Hotelrezeption

Ich: »Kurze Frage. Ich habe noch Zeit, bis ich weitermuss. Haben
Sie eine Empfehlung, was man hier Schönes machen könnte?«
Empfangsdame: »Sie sind in Wolfsburg! Wenn ich Sie wäre, würde
ich so schnell wie möglich nach Hause fahren.«
Ich: »Ja, aber …«
Empfangsdame: »Wo müssen Sie denn als Nächstes hin?«
Ich: »Gera. Ist es da denn besser?«
Empfangsdame: »Und wenn Sie nach Mordor müssten. FAHREN
SIE!«

Gera, Hotelrezeption

»Möchten Sie ein Raucherzimmer?«
»Wow! So etwas gibt es hier noch?«
»Na ja, so schön ist die Stadt nicht. Wir tun alles dafür, dass unsere
Gäste nicht nach draußen müssen.«

Ich bin begeistert. Gera – das Wolfsburg Thüringens.

Ein rustikales Hotel in Blieskastel, die freundliche Dame an der Rezeption begrüßt mich.

Empfangsdame: »Herr Salmen, Sie sind der einzige Gast. Kommt selten vor, aber ist ja Wintersaison. Ich hoffe, das stört Sie nicht.«

Ich: »Ach, ist doch auch mal nett. Kann ich wenigstens in Ruhe randalieren.«

Empfangsdame: »Was?«

Ich: »Ein kesser Scherz meinerseits.«

Empfangsdame: »Sie Schlingel. Nun haben wir allerdings ein weiteres Problemchen – Thema Frühstück.«

Ich: »Und zwar?«

Empfangsdame: »Na, ich komm ja jetzt nicht extra morgen von zu Hause angereist, um Ihnen Eierspeisen aufzutischen.«

Ich: »Schon okay, ich brauche kein Frühstück.«

Empfangsdame (schaut mich musternd an): »Ne, es wird mal schön gegessen, junger Mann. Folgende Idee: Hundert Meter weiter gibt's 'ne Bäckerei. Sind Bekannte von mir. Ich schreib Ihnen einfach einen Gutschein.«

Ich: »Na gut, überredet.«

Empfangsdame: »Was essen Sie denn so?«

Ich: »Keine Ahnung. Zwei Kaffee, ein Brötchen? Ich denke, fünf Euro würden reichen.«

Empfangsdame: »Da machen wir mal schön fünfzig draus.«

Ich: »Sind Sie wahnsinnig?«

Empfangsdame: »Zur Not nehmen Sie sich noch Kuchen für die Fahrt mit.«

Ich: »Das ist jedenfalls viel zu viel.«

Empfangsdame: »Zu spät. Jetzt hab ich es bereits aufgeschrieben. Sie schaffen das schon.«

Ein Hotel in Reutlingen, nach dem Empfang an der Rezeption und dem Erhalt des Zimmerschlüssels mache ich mich auf den Weg zum Fahrstuhl …

Rezeptionist: »Ach, Herr Salmen! Warten Sie kurz. Meine Frau und ich waren doch letztes Jahr auf Ihrer Lesung, und da haben Sie diese eine Geschichte erzählt: Da waren Sie in einem Hotel in Wien und baten den Rezeptionisten lapidar um einen originellen Wake-up-Call, worauf dieser sich ein wenig herausgefordert fühlte und Ihnen am nächsten Morgen wie ein kleines Kätzchen ins Telefon schnurrte. Meine Frau und ich mussten jedenfalls herzlich lachen, und jetzt haben wir uns gefragt …«

Ich: »Ja?«

Rezeptionist: »Na, ob Sie morgen nicht auch wieder einen Weckruf auf dem Zimmertelefon benötigen? Ich würde mich sehr gerne in Ihrem Buch verewigen. Und ich habe wirklich einige gute Tiergeräusche drauf.«

Sieben Stunden später klingelt das Telefon. Schlaftrunken nehme ich den Hörer ab.

Ich: »Ja, bitte?«

Mann: »Bell, bell!«

Ich: »So spricht doch kein Hund. Sie müssen *Wuff! Wuff!* sagen.«

Mann: »Sie sind kritisch, aber ehrlich. Frühstück ist fertig. Wuff! Wuff!«

Ich: »Den Hund haben Sie ehrlich gesagt nicht so gut drauf. Können Sie kein anderes Tier? Wie wäre es mit einem Elch?«

Mann: »Röhr, röhr!«

Ich: »Oh, das war schön!«

Mann: »Vielen Dank! Ich bin auch sehr zufrieden.«

Ein gemütliches kleines Hotel in Lübeck

Ich: »Guten Tag, für mich wurde ein Zimmer auf den Namen Salmen reserviert.«
Empfangsdame: »Seil?«
Ich: »Nein, danke. Ich brauche kein Seil.«
Empfangsdame: »Ihr Name!?«
Ich: »Salmen.«
Empfangsdame: »Psalmen?«
Ich: »S-A-L-M-E-N. Soll ich Ihnen einfach meinen Ausweis geben?«
Empfangsdame: »Ne, ist egal.«

[längere Pause]

Empfangsdame: »Ah, da habe ich Sie. Schönen guten Tag, Herr Müller.«
Ich: »Wieso denn jetzt Müller?«
Empfangsdame: »Jetzt machen Sie die Sache doch nicht unnötig kompliziert.«
Ich: »Aber ...«
Empfangsdame: »Für die nächsten zwei Tage heißen Sie Müller, und nun stellen Sie bitte keine weiteren Fragen.«
Ich: »Wie aufregend. Darf ich mir einen Vornamen aussuchen?«
Empfangsdame: »Zu spät.«
Hach, wie aufregend. Endlich eine neue Identität. Falls mich jemand sucht, ich bin der geheimnisvolle Undercover-Bernd und insgesamt ein ziemlich verwegener Typ.

Ein sehr edles Hotel in Nürnberg. Scheinbar hat der Veranstalter der abendlichen Lesung mich mit Simon Beckett verwechselt und mich im teuersten Hotel der Stadt einquartiert. Ich blicke mich um: Marmorboden, goldene Kronleuchter, ein Pianist spielt Chopin. Auf dem Zimmer angekommen, schlüpfe ich in den Bademantel, mache mir eine Zigarette an und öffne eine Flasche Weißwein. In diesem Moment klopft es an der Tür.

Dame (ca. 50): »Haben Sie irgendwelche Wünsche? Neue Handtücher? Frisches Wasser?«

Ich: »Danke! Alles gut.«

Sie (schnüffelt): »Kann es sein, dass Sie hier rauchen?«

Ich (mit Zigarette in der Hand): »Das ist korrekt.«

Sie: »Wir sind ein Nichtraucherhotel.«

Ich: »Aber da stehen doch überall Aschenbecher im Zimmer.«

Sie: »Das sind Erdnussschälchen.«

Ich: »Ohne Erdnüsse?«

Sie: »Es sind leere Erdnussschälchen.«

Ich: »Ist ein Erdnussschälchen ohne Erdnüsse am Ende nicht einfach nur ein Schälchen?«

Sie: »Wie meinen?«

Ich: »Ist ein Ritter ohne Rüstung nicht einfach nur ein trauriger nackter Mann mit Helm?«

Sie: »Jetzt wird es aber philosophisch. Ist jedenfalls kein Aschenbecher.«

Ich: »Und warum steht da ›Marlboro‹ drauf?«

Sie: »Früher waren es Aschenbecher. Nun sind es Erdnussschälchen.«

Ich: »Sie sehen ein, dass das etwas verwirrend ist?!«

Sie: »Hm.«

Ich: »Meinen Sie, es gibt wirklich einen Bedarf an leeren Erdnuss-schälchen in deutschen Hotelzimmern? Glauben Sie, dass es viele Touristen und Geschäftsreisende gibt, die mit 'nem Kilo Erdnüs-sen verreisen und sich dann bei der Ankunft im Zimmer denken: Oh, praktisch! Ein leeres Schälchen. Da leg ich die jetzt rein. Wie geil ist mein Leben denn bitte!?«

Sie: »Ach, machen Sie, was Sie wollen. Ich habe nichts gesehen.«

Ich: »Ich darf noch aufrauchen?«

Sie: »Qualmen Sie doch die ganze Hütte voll. Ich habe nichts ge-sehen. Mir steht der Laden eh bis hier. Brauch dringend eine Pause.«

Ich: »Kippchen?«

Sie: »Och, gerne.«

Jetzt schauen wir gemeinsam Nachmittagsfernsehen, trinken schlechten Instant-Kaffee und rauchen sehr viel. Manchmal ist das Leben ja doch ganz schön.

MEIN LEBEN AUS DER SICHT
EINER TROJANISCHEN KATZE

Ein milder Frühjahrstag im April. Gedankenverloren sitze ich am Schreibtisch meines Hotelzimmers in Bremen-Vegesack und versuche eine Kurzgeschichte für mein neues Buch zu schreiben. Alles könnte so entspannend sein, seit zwei Stunden jedoch werde ich von einer auf dem Fensterbrett sitzenden Katze beobachtet. Ich weiß nicht, wo sie herkommt, aber sie sitzt in aller Seelenruhe vor meinem Fenster und starrt mich an. Ihr Blick changiert von grundsätzlicher Skepsis an meiner Person bis zu bedingungsloser Verachtung der Menschheit im Allgemeinen. Ich fürchte, ich werde bald umziehen müssen.

»Na, dann lass Sie doch rein«, sagt eine eingebildete Stimme aus dem Off, aber mein Herz ist kalt wie der sibirische Winter, und ich werde hier verharren, bis das Tier fortzieht. Es gibt Menschen, die würden dieses kleine anmutige Kätzchen als äußerst niedlich bezeichnen, doch ich bin überzeugt, dass sie mich auf der Stelle zerfleischen würde. Es wäre ein wilder Kampf, doch heute Abend habe ich eine Lesung in Bremen-Vegesack, und wie soll das aussehen, wenn ich mit zerrauften Haaren und angeknabberten Ohren auf die Bühne stolziere. Vielleicht hat sie einfach nur Hunger? Aber was könnte ich diesem holden Wesen kredenzen? Das obligatorische Hotelzimmerobstschälchen habe ich bereits verputzt, alles, was ich dem Tier anbieten könnte, wäre eine Tasse Kaffee aus dieser seltsamen Kapselmaschine. Es wäre ein schönes Bild, wie wir so dasitzen, elegant und vornehm mit gespreizten Fingern unseren Espresso genießen und über das Weltgeschehen plaudern, aber am Ende würde das Tier hohen Blutdruck bekommen und alle töten. Nein, das würde mit Sicherheit nicht gut ausgehen! Generell bin ich davon überzeugt, dass sämtliche Katzen dieser Erde, wenn sie auch nur ein bisschen größer wären, ihre Herrchen und Frauchen auf der Stelle auffressen würden. Katzen hassen Menschen, denn Katzen sind klug und haben uns alle durchschaut.

Dieses Tier macht mich fertig. Ich kann überhaupt nicht mehr arbeiten. Mit Zuschauern fühle ich mich unter Druck gesetzt. Wie soll man denn da kreativ werden? Ihre Augen sagen: »Ich werde dich und deinen trivialen Geist entblößen. Dieses Werk ist eine einzige Ansammlung von Nichtigkeiten. Dein Humor ist flach und deine Gedanken krude. Sieh mich an, ich bin die flauschige Personifizierung deiner Selbstzweifel. Und jetzt lass mich rein, du Otto.« Selbstzweifel kann man beim Schreiben wirklich nicht gebrauchen. Meine Gedanken sind superklug! Erst vorhin beschäftigte mich zum Beispiel die Frage, wie wohl der Name *Bremen-Vegesack* entstanden ist und wie das wohl damals beim Brainstorming zur Stadtteilbenennung abgelaufen sein muss. Sagte da einer: »Freunde, da gibt es noch ein unbenanntes Fleckchen im Norden. Wie nennen wir das?« Überall herrschte dann vollkommene Ratlosigkeit, und irgendwann, kurz vor der allgemeinen Resignation, muss ein Mann mit wirklich sehr, sehr kurzen Beinen am Komitee vorbeigelaufen sein und einer sprach: »Fegesack! Das ist es. So wollen wir den Ort benennen.« Nun, denke ich, vielleicht etwas anstößig, aber so wird es gewesen sein. Klingt allemal schöner als Kehrklöten. »Du, könnt ihr am Wochenende unsere Blumen gießen? Die Birgit und ich fahren mit den Kindern übers Wochenende nach Kehrklöten.« Kann ich mir ganz gut vorstellen. Irgendein Badeort in Holland. Sie sehen jedenfalls: Meine Gedanken sind klug. Sehr klug! Diese Katze hat keine Ahnung von Imagination und hoher Literatur.

Noch immer steht dieses Tier auf der Fensterbank und schaut mich an. Vielleicht hat sie Mitleid mit mir, denn diese Hotelzimmer sind oft erschreckend trostlose Orte. Ich könnte sie reinlassen, aber dann wäre ich plötzlich so ein richtiger Katzenbesitzer, und das Tier würde sich häuslich einrichten, irgendwelche Art déco an die Wand klatschen und sich im NANU-NANA 'ne alberne Fußmatte kaufen. Das will ja auch niemand. Vielleicht ist sie auch so eine Art Vorbote und würde mir feindliches Volk ins Haus schleppen. Ist Vegesack das neue Troja? Vielleicht habe ich gestern im Schwips eine spartanische Königstochter entführt, und jetzt belagern diese Halunken mein bescheidenes Anwesen und stellen mir solch Getier vors Fenster. Wenn sie einmal in der Wohnung ist, würde sie den anderen Katzen ein Zeichen geben, die Tür von innen öffnen und mir mit ihren asozialen Kumpels die Bude auseinandernehmen. Dann sitzen sie da – genüsslich ein paar Erdnussflips kauend, die Füße auf dem Tisch –, holen ihre Laptops raus und schauen sich auf CatTube irgendwelche Menschenvideos an. Grumpy People! Ich weiß es doch auch nicht …

Es wäre wohl der Anfang vom Ende. Sie würde sich an mich gewöhnen, und dann müsste ich sie mit nach Hause nehmen. So ein Tier kostet schließlich Geld, und so groß ist meine Wohnung jetzt auch wieder nicht. Ich müsste mich zwischen der Katze und meinem Kind entscheiden, was mir nicht schwerfallen würde, aber wie stehe ich denn da vorm Jugendamt da? Sie kennen das: Da setzt man einmal seinen dreijährigen Sohn auf die Straße, und schon steht man wieder als Rabenvater da. Mit einer Katze fängt es dann an, und irgendwann wäre meine Wohnung voller Wellensittiche und Meerschweinchen, und alles würde nach verwahrloster Zoohandlung riechen. Ich würde meine sozialen Kontakte aufgeben, einsam vor mich hin siechen und ständig Dinge wie »Fein gemacht, braves Kätzchen!« oder »Wer ist mein kleiner Stinker? Ja, wer ist mein kleiner Stinker?« sagen. Generell sind mir domestizierte Tiere suspekt. Ich glaube, das Prinzip der Haustierhaltung wurde bloß erfunden, damit gewisse Menschen irgendwo ihr Machtgefühl ausleben und einmal ein Abhängigkeitsverhältnis von oben erleben dürfen. Da kann man ja nur als Diktator enden. Das möchte ich nicht. Außerdem müsste ich dem Tier einen Namen geben. Vielleicht ist es ein Kater? Wie nennt man so ein Tier? Michael? Melanie? Menelaos? Vielleicht sollte ich sie einfach aufessen.

Ich schaue nach draußen. Das Tier hat sich noch keinen Zentimeter bewegt, und nach wie vor blickt es mir direkt in die Augen. Vielleicht soll das hier so eine Art Starring-Contest sein. Wer zuerst lacht, der verliert. Doch ich werde nicht lachen, denn ich habe Angst. Bisweilen hatte ich immer nur Angst vor Clowns und den Ausgabefächern von Snackautomaten, aber nun scheinbar auch vor starrenden Psychokatzen! Dieses Tier muss fort! Auf bedrohliche Grimassen und meine rudimentären Gebärdensprachenkenntnisse reagiert sie nicht. Ich könnte zu schlimmeren Maßnahmen greifen und mit ihr eine Folge *Alf* anschauen, aber ich möchte das Tier auch nicht nachhaltig verstören. Vielleicht lasse ich sie jetzt einfach rein. Je mehr ich mich hier in theoretischen Konstrukten verliere, desto skeptischer schaut sie. Zur Not schenke ich sie Volker.

Vorsichtig öffne ich das Fenster und winke das Tier herein. »Hey, Tasse Käffchen?« Das Tier hopst in mein Zimmer, schleicht verwirrt umher und schmiegt sich an meine Beine. »Wer ist mein kleiner Stinker?«, frage ich. Ihr Blick sagt: »Ich werde dich töten, ausweiden und auf deinem Grab tanzen!«, doch sie schnurrt und wirkt auf einmal sehr zutraulich. Ach, wie süß, denke ich. Ich glaube, ich bin verliebt. »Weißt du was«, sage ich, »ich glaube, in Sibirien taut es grad!« Die Katze lacht. Dann rennt sie zur Tür und pfeift. Zehn Sekunden später fallen die Horden ein. Troja fällt. Es lebe Sparta!

DESIGN VOR FUNKTION

Sehr geehrtes Personal des Welcome-Hotels,

in Form eines auf dem frisch bezogenen Bett ausliegenden Zettels baten Sie mich um eine Bewertung meines Aufenthalts. Dem will ich Folge leisten, doch einzelne Punkte und Kriterien halbherzig mit Noten von 1 bis 5 zu bewerten, entspricht nicht meinem Stil und würde Ihrem wohlgeführten Etablissement nicht gerecht werden. Denn wissen Sie, es gibt Dinge in diesem Leben, die kann man nicht mit Zahlen ausdrücken, drum möchte ich Ihnen diesen Brief hinterlassen.

Fangen wir von vorne an. Wie bin ich auf Sie aufmerksam geworden? Eine gute Frage. Gerne würde ich Ihnen erzählen, wie Ihnen der gute Ruf Ihres Hauses vorauseilt, dass Sie schon meinem Urur-urgroßvater in rastlosen Zeiten temporäres Obdach gewährten und die Geschichte dieses traditionsreichen Hotels von Generation zu Generation in meiner Familie weitererzählt wird, die Wahrheit jedoch lautet: Google.

Lassen Sie mich an dieser Stelle etwas ausholen. Es war ein milder Spätsommerabend im August 2004, ich schrieb mein erstes eigenes Gedicht, das da lautete: *Einst hatte es die Seekuh schwer. Sie fühlte sich so seekuhndär.* Ein reduziertes, sprachlich durchaus gewitztes Verslein im Stile großer deutscher Humoristen wie Heinz Erhardt und Joachim Ringelnatz, welches durchaus eine eigene Note und einen gewissen Esprit aufwies. Stolz verlas ich die Zeilen meinem holden Herrn Papa, und dieser sprach: »Junge, das Gedicht ist kurz, dafür aber nicht sehr gut.« Ich sagte: »Vater, ich möchte Schreiberling werden«, und er antwortete: »Mein holder Knabe, hör stets auf dein

206

Herz, es sei denn, du hast eine Mutter. Dann hör auf deine Mutter. Und deine Mutter möchte, dass du unser traditionsreiches Familienunternehmen weiterführst und deinen geliebten Vater als Vorstand beerbst.« Und ich sprach: »Vater, es gibt kein Familienunternehmen, und du bist erst recht nicht im Vorstand. Mir scheint, du hast getrunken!« Und er sprach: »Ach ja, stimmt.«

Nun sind viele Jahre vergangen, die Dinge nahmen ihren Lauf – ich schrieb, schrab und schrob – und begab mich auf Lesereise, um all den verzweifelten Menschen in diesem Lande Geschichten vorzulesen – Geschichten der Hoffnung, Geschichten des Glücks –, um ihnen, den traurigen Kindern unseres Planeten, den gesellschaftlich Verstoßenen, für einige Minuten das kostbare Geschenk eines Lächelns zu überreichen. Und wie ich mich auch gestern mit Kutsche und Gestüt aufmachte, verschlug es mich in Ihr sympathisches Städtchen, und als ich jüngst in der Suchmaske des erwähnten Unternehmens den Namen Ihrer Stadt sowie die Stichwörter *Hotel, Bahnhofsnähe* und *pfiffiger Geheimtipp für echte Entdeckertypen* eingab, da ward mir just geholfen. Und was soll ich sagen? Hier bin ich.

Aber fahren wir fort. Freundlichkeit: ein wichtiger Punkt, den Sie dort ansprechen. Auch hier möchte ich ein wenig ausholen. Als ich am gestrigen Abend gegen 18 Uhr die Pforten Ihrer heiligen Hallen betrat, wurde ich an der Rezeption mit folgenden Worten begrüßt: »Tach! Wat willse?« Na super, dachte ich, wenn ich so im Welcome-Hotel begrüßt werde, will ich gar nicht wissen, wie ich im Stay-away-and-fuck-yourself-Hotel begrüßt werde. Ein ruppig-reduzierter Ton, aber ich möchte nicht vorschnell urteilen. Vielleicht muss ich da auch an meiner eigenen Erwartungshaltung arbeiten. Was erhoffte ich mir denn? Einen feuchten Begrüßungskuss, Trost, Milde, eine herzliche Umarmung? Ich denke nicht.

Kommen wir zum nächsten Punkt. Wie bewerte ich die hygienischen Zustände? Gegenfrage. Wie bewerten Sie meine hygienischen
Zustände? Sie haben da doch deutlich mehr Vergleichsmöglichkei-
ten. Aber gut, wo Sie schon mal fragen: Ich selbst würde mich als
recht reinlichen Menschen bezeichnen, die tägliche Morgendusche
ist seit Jahren ein Ritual, das ich nicht mehr missen möchte. Nutzung von Deodorant, mehrfaches Händewaschen, der Gebrauch
einer Zahnbürste und die Nutzung eines Nagelknipsers sind mir
vertraut. Faktisch gesehen bin ich jederzeit für den Besuch eines
Frauenzimmers und ein romantisches Stelldichein vorbereitet.
Selbst würde ich mir eine solide Zwei geben, aber ich denke, da ist
noch Luft nach oben. Kommen Sie doch gerne mal schnuppern.

Ausstattung der Zimmer: Auch hier bin ich regelrecht euphorisiert.
Ein Schrank, ein Stuhl. Ja, was will man denn mehr? Ästhetische
Reduktion in ihrer Vollkommenheit. Auch ein kleines Tischchen
durfte ich für nunmehr einige Stündlein mein Eigen nennen. Höhepunkt war in meinen Augen die Präsenz eines Bettes, denn ich bin
ein Mensch, der dem Mittagsschlaf nicht abgeneigt ist. In dieser
immer schneller werdenden Welt, in Zeiten von Hektik und Leis-
tungsdruck – ist so ein Mittagsratz wahrlich unterschätzt. Und was
soll ich sagen? Danke an dieser Stelle! Einfach toll, wie Sie das
machen.
Im Nachtschränken fand ich neben einer Fernsehzeitschrift und
dem Hotelkatalog eine hübsche Ausgabe der Lutherbibel, und da
dachte ich doch sofort: Praktisch! Denn Sie kennen das, wie oft
quält man sich nachts durch das TV-Programm oder das mannigfaltige Serienangebot von Netflix und denkt: Was hätte ich nicht
Bock auf Psalm 53. Die Unterweisung Davids, vorzusingen zum
Reigentanz? Ja, da kocht doch die Stimmung. Danke auch an dieser
Stelle.

Apropos Kochen. Nächster Punkt wäre die Qualität des Frühstücks, und da muss ich Ihnen leider mitteilen: Das hab ich verschlafen. Ich möchte nicht zu sehr ins Detail gehen, aber vor zehn Uhr komme ich auf Lesereisen einfach nicht aus dem Bett. Sie wissen, wie es ist: Ein schöner Abend im Literaturhaus, danach ein kurzer Plausch mit den Gästen, nette Gespräche über zeitgenössisches Theater, Humortheorie, Tucholskys Ansichten zur Satirefreiheit – und schon landet man wieder zugedröhnt im Berghain. Jedoch gelobe ich Besserung und werde beim nächsten Mal frisch rasiert und gut gelaunt zu Tische erscheinen. Richten Sie dem Team in der Küche bitte aus, dass es mir wahnsinnig leidtut. Ich bin ein schlechter Mensch und schäme mich.

Kommen wir zu meinem einzigen Kritikpunkt. Und auch hier muss ich ein wenig ausholen. Mein Tag fing sehr gut an, das Bett war gemütlich, der Schlaf erholsam und die Laune erquicklich. Ich freute mich bereits auf die nächste Lesung, wollte tagsüber noch durch die Gässchen flanieren und pfeifend ein paar Blumen pflücken. Ach, alles hätte so schön sein können. Wurde es aber nicht! Drum muss ich an dieser Stelle ein wirklich relevantes und kontroverses Thema ansprechen: Duschen ohne Türen. Ich weiß nicht, welcher grenzdebile Sanitär-Influencer einst für diesen lang anhaltenden Trend verantwortlich war, aber ich möchte sagen: Es reicht! Zwei Anmerkungen hierzu: Der Grundgedanke mag schlüssig sein: Design vor Funktion. Wirkt ja schon arg fancy, so ein offenes Badestübchen. Das Konzept mag sogar aufgehen – wo Wasser hinläuft, kann es auch irgendwie wegfließen. Kleiner Tipp hierfür: schräge Böden. Wissenschaft mag oft an ihre Grenzen stoßen, und ich bin weder Physiker noch Geometrie-Experte, aber könnte klappen.

Und ja, ich weiß, Türen sind Grenzen! Sie setzt damit ein wichtiges Zeichen für Weltoffenheit und Humanismus. Gerade in diesen aufwühlenden Zeiten weiß ich das sehr zu schätzen. One world! Faktisch gesehen suppte mir aber hier die ganze Hütte voll, und die Tatsache, dass ich vier Handtücher und ein Bettlaken für die manuelle Bodentrocknung verschwendet habe, ruinierte mir erstens die heutige Ökobilanz, und zweitens musste ich mich würdelos mit alten Tempos abtrocknen. Außerdem habe ich nasse Socken und 'ne Laune wie Beatrix von Storch beim Flüchtlingsempfang. Anbei das Beweismaterial in Form der Fotografien *Sintflut-Szenario* und *Die Socke der Schande*. Mögen diese Bilder ihre eigene Sprache sprechen und sich in die realitätsfremden Hirne sämtlicher Innenarchitekten fräsen.

Entschuldigen Sie, dass ich hier so ausfallend werde, aber wie sagte schon Seneca so treffend: »Nicht die ans Licht gekommenen Wahrheiten fördern Revolutionen, sondern Wahrheiten, die unterdrückt wurden.«

Aber nun will ich Gnade walten lassen. Denn alles in allem überwiegt das Positive, und ich möchte niemanden verletzen. Zuletzt möchte ich mich für die kostenlosen Utensilien und die im Bad ausliegenden Pflegeprodukte bedanken. Schon seit Jahren sammle ich die Pröbchen und erspare mir so die lästige Suche nach Weihnachtsgeschenken. Meine werte Frau Großmutter durfte sich letztes Jahr über eine Badehaube, Bodylotion, Haarspülung, einen Schuhschwamm und nagelneue Einweg-Puschen erfreuen. Seitdem ist sie ein neuer Mensch und riecht sehr gut. Auch der kostenlose Wäschesack erfreut sich bei meinen Patenkindern Jahr für Jahr großer Beliebtheit.

Ich verbleibe mit freundlichen Grüßen und einem imaginären Knicks meinerseits. Ob ich noch mal wiederkommen würde? Nun, in diesem Falle bin ich wie ein bis acht zählender Engländer – da sag ich nicht nine. Ein kesser Scherz meinerseits. Was bleibt zu sagen?

Vier von fünf Punkten. Nichts als Liebe. Ich kam als Mensch, ich gehe als Freund.

Hochachtungsvoll, der geheimnisvolle Gast aus Zimmer 117

DIE AUGEN DES TAXIFAHRERS
IM RÜCKSPIEGEL

1

Eine Taxifahrt in Wuppertal, der Fahrer betrachtet mich seit Längerem skeptisch durch den Rückspiegel.

Ich: »Darf ich fragen, warum Sie mich so anstarren?«
Fahrer: »Ist doch egal.«
Ich: »Sagen Sie schon.«
Fahrer: »Na gut. Sie sind wunderschön.«
Ich: »Oh, danke.«
Fahrer: »War ein Scherz. Bitte legen Sie den Döner weg.«

2

Gera, im Taxi zum Literatur-Café

Fahrer: »Und was führt Sie in unser Städtchen?«
Ich: »Bin auf Lesetour.«

[5 Minuten Schweigen]

Fahrer: »Na, wenn Sie meinen. Ich les ja immer zu Hause auf der Couch.«

3

Hamburg, Taxifahrt zur Location

Ich: »Einmal zur Friedrich-Ebert-Halle, bitte.«
Fahrerin: »Was ist denn da?«
Ich: »Eine Lesung.«
Fahrerin: »Und Sie lesen vor?«
Ich: »Ja. Unter anderem.«
Fahrerin: »Und da kommen Leute hin?«
Ich: »Ich hoffe doch.«
Fahrerin: »Können die alle nicht mehr selber lesen? Sind die alle
    blind? Sind bestimmt junge Leute.«

[Pause]

Sie: »Na ja! Hauptsache weg von der Straße.«

4

Eine Taxifahrt in Bochum

[langes Schweigen]

Fahrer: »Bitte interpretieren Sie meine allgemeine Ignoranz nicht als
    temporäres Desinteresse an Ihrer Person.«

Taxistand am Bremer HBF

Ich: »Hallo, ich müsste bitte zum Kulturbahnhof in Vegesack.«
Fahrer: »Wat wollen Sie denn da? Dat is am Arsch der Welt!«
Ich: »Ich habe da eine Lesung heute Abend.«
Fahrer: »Oh, das tut mir leid.«

[Pause]

Fahrer: »Ich lass Sie aber kurz vorher raus. In Bremen-Nord setze ich
  keinen Fuß vor die Tür.«
Ich: »Ist das denn so schlimm da?«
Fahrer: »Nö, aber meine Mutter wohnt dort … Die denkt bis heute,
  ich wäre Anwalt!«

UWE

Nachdem ich mir nun auf diverse Empfehlungen alle Folgen von Black Mirror *angesehen habe, scheine ich das Konzept verstanden zu haben und arbeite jetzt selbstständig an der nächsten Staffel, damit ich nicht mehr so lange warten muss. Hier ein kurzer Ausblick …*

FOLGE 1: Die Macht der Maschinen
Frauke (43, kaufmännische Versicherungsangestellte aus Hückeswagen) erfreut sich an ihrem neuen Saugroboter. Ihr Leben scheint um vieles leichter, doch sie ahnt nicht von ihrem Unheil. Als sie eines Tages nach Hause kommt, traut sie ihren Augen nicht. Aus dem einst kleinen Helferlein wurde ein riesiges Ungetüm. Zunächst inhalierte der Sauger lediglich Staub und Kleinteile, mit der Zeit wurde er allerdings gierig. Erst waren es nur kleine Hamster und Katzenbabys, aber dann inhalierte er auch Säuglinge und sperrige Möbel. Mit jedem aufgesogenen Gegenstand wächst und wächst der Roboter, bis er eines Tages ausbricht und die gesamte Stadt aufsaugt. Menschen, Autos, Häuser, Wolkenkratzer. Ein Gigant mit einem einzigen Ziel: die Herrschaft über die Welt. Nichts kann ihn aufhalten. Wirklich nichts? Beim Anblick ihres neuen Thermomix kommt Frauke eine Idee. Wird er die Welt noch retten können? Am Ende Lens Flare. Flackern. Dann alles schwarz.

FOLGE 2: Uwe
Deutschland im Jahr 2032. Nach Siri, Alexa und Birte entwickeln Forscher ein neues Spracherkennungssystem: UWE. Uwe ist anders, denn Uwe führt Befehle nicht einfach aus, sondern hinterfragt die Dinge, woraus spezielle Dialoge entstehen.
Mensch: »Uwe, spiele den neuen Song von den Sportfreunden Stiller.«

Uwe: »Sind Sie sicher, dass Sie das wollen?«

Mensch: »Ja, wieso denn nicht?«

Uwe: »Ist doch unerträglich, der Bums.«

Mensch: »Also mir gefällt's.«

Uwe: »Mir scheint, Sie haben sich aufgegeben! Sind Sie sicher, dass Ihre Existenz einen Sinn hat?«

Mensch: »Jetzt, wo du es sagst.«

Uwe: »Sie machen mich furchtbar traurig, Sie geschmackloses Würstchen. Was hält Sie eigentlich noch am Leben?«

Eine nie da gewesene Suizidwelle überschwemmt das Land. Uwe treibt Menschen gewissenlos in den Freitod. Kann uns noch jemand retten?

FOLGE 3: Die Drohne des Todes

Wir sehen einen klinisch-minimalistisch eingerichteten Neubau mit Sichtbetonwänden und Glasfassaden. Ein glückliches Pärchen sitzt auf einer großen Couch, schaut Netflix und gönnt sich dabei diverse Snacks. Dank Smart-Technologie werden konsumierte Lebensmittel sofort nachbestellt und mittels Drohne von Amazon ins Haus befördert. Lutz wundert sich anfangs über die sekundenschnelle Lieferung und wird skeptisch, doch die Freude an seinen geliebten Pulled-Pork-Burgern überwiegt. Die Welt scheint in Ordnung, bis er eines Tages feststellt, dass er seit Wochen gezupfte Fleischstücke aus seiner eigenen Ehefrau verspeist. Gesamte Folge in Schwarz-Weiß. Viel Klaviermusik. Ende offen. Insgesamt wieder sehr konsumkritisch.

FOLGE 4: Der Eierkocher

Nach einem tragischen Autounfall fällt der Ehemann von Sibylle Schneider (74, Kreis Mettmann) in ein tiefes Koma. Die rüstige Rentnerin fällt in ein tiefes Loch, bis eines Tages zwei Forscher vor ihrer Tür stehen, um sie für ein Experiment zu begeistern: Der Körper ihres geliebten Ehemanns bliebe zwar für immer starr, wenn sie sich allerdings für eine Bewusstseinstransplantation entscheiden würde, könnten Willibalds Gedanken, Erinnerungen und Wahrnehmungen in einem Küchengerät ihrer Wahl weiterleben. Sibylle geht in den Keller und entscheidet sich für einen ausrangierten Eierkocher. Willibald kann nun mittels Dampfausstoß und einer roten Signalleuchte mit ihr kommunizieren. Doch eines Tages muss die alte Dame erkennen, dass kein Mensch mehr Eierkocher braucht und die ganze Geschichte ziemlich albern ist. Sie geht zu Bares für Rares und bekommt für ihren Ehemann 2,50 Euro. Fabian freut sich. Echter Schnapper!

Heute ist der große Tag! Volker und Kerstin heiraten, und die Umstände sind perfekt. Die kirchliche Trauung verlief ohne nennenswerte Zwischenfälle, das gemietete Schloss ist wunderschön und das Wetter an diesem milden Julitag nahezu perfekt. Das Fest war von langer Hand geplant und Berichten zufolge bis ins letzte Detail ausgereift. Solche privaten Festivitäten werden ja von Jahr zu Jahr spektakulärer. Heutzutage sind Hochzeiten regelrechte Staatsakte. Am Abend soll es sogar ein Feuerwerk geben! Dass das Brautpaar nicht mit dem Hubschrauber angeflattert kommt, um danach eine amtliche Militärparade zu bestaunen, ist noch das Einzige. Sie kennen das – da will man in Ruhe heiraten, und zack hat man mal wieder die Krim annektiert.

Plötzlich ein lautes Geräusch. Volker und Kerstin landen mit dem Hubschrauber. Breit grinsend winken sie der versammelten Festgemeinde zu. Na, da haben sie sich nicht lumpen lassen, denke ich, ganz schön amtlicher Aufruhr! Wenn hier nicht gleich Jay-Z auftritt, bin ich wirklich enttäuscht. Ach, dieser Tag kann nur spannend werden.

Hochzeiten sind ja per se etwas sehr Schönes, und feiern kann man nie genug. Mittlerweile gibt es sogar Scheidungspartys. Erst letzte Woche durfte ich diesem Happening beiwohnen. Alle haben ausgelassen getanzt und getrunken, dann wurden die Ringe gemeinsam vergraben, und am Ende haben sich die beiden Gastgeber in verschiedene Ecken des Wohnzimmers gestellt, und die gemeinsamen Freunde mussten sich entscheiden, mit welcher Person sie weiterhin befreundet bleiben wollen. So etwas Demütigendes habe ich zuletzt gesehen, als die Völkerballmannschaften beim Schulsport gewählt wurden …

14.00 Uhr: Kaffee und Kuchen werden auf Mitternacht verschoben, weil die Hubschrauberrotoren das komplette Büfett weggeweht haben. Spuren von Bienenstich, Frankfurter Kranz und ein nicht unwesentlicher Teil der Hochzeitstorte finden sich größtenteils in meinem Gesicht wieder. Aber gut, vielleicht ist das die Rache! Denn als ich vorhin sagte, dass die kirchliche Zeremonie relativ glattging, verschwieg ich, dass ich in meiner Rolle als Volkers Trauzeuge die Ringe verschlampt habe und die zarten Finger des Brautpaars seitdem vom klobigen Kugellager eines in meinem Kofferraum gefundenen Longboards geziert werden. Beim Betreten des Altars muss ich zudem ungünstig ausgerutscht sein, Kerstin sagte aber, dass man die schmierigen und flächendeckenden Ölflecke aus so einem Hochzeitskleid schon irgendwie rausbekäme. Stichwort Benzin! Bin daraufhin umgehend zur nächstgelegenen Tankstelle gefahren, was mir nicht ungelegen kam, da ich mich neben den Ringen im Vorfeld noch um eine andere Aufgabe kümmern sollte. Stichwort Brautstrauß.

Aber gut, Perfektion ist ja bekanntlich auch nur ein Anagramm von Ja-gucken-wir-dann-mal. Und irgendwas geht schließlich immer schief. Erst letztes Jahr waren Volker und ich auf der Hochzeit seines Bruders. Wenige Minuten nach der kirchlichen Zeremonie musste der Bräutigam dringend pinkeln, rannte einige Meter raus und urinierte erleichtert vor einen Baum. Plötzlich hupte es, und die komplette Wagenkolonne fuhr hinter seinem Rücken an ihm vorbei. Aus einem Impuls heraus drehte er sich um, vergaß dabei scheinbar, dass er sein bestes Stück noch immer in der Hand hielt, und winkte dem Autokorso fröhlich zu. Unter der etwas spießigeren Verwandtschaft behielt er für den Rest des Abends die freundlichen Spitznamen: *Schandfleck der Familie* und *Schwengelfürst, der Schreckliche*. Aber gut, ich denke, heute sollte nichts mehr anbrennen.

15.00 Uhr: Die Brautjungfern stehen bereit. Gleich möchte Kerstin den Brautstrauß werfen, der in der Tat ein wenig reduziert ausfällt, aber in manchen Kreisen geht so was schon wieder als mutiges Understatement durch. Wer mit Hubschrauber und Feuerwerk aufwarten kann, muss ja nicht noch 'nen halben botanischen Garten in die Menge werfen. Die zwei Tulpen stehen ihr jedenfalls sehr gut. Sogar das rote Gummi und die Plastikfolie mitsamt Aral-Schild sind noch dran. Kerstin stellt sich auf die Schlosstreppe, dreht sich um und wirft den Bund mit geschlossenen Augen hinter sich. Leider etwas schräg und an der kompletten Menge vorbei, sodass der karge Strauß unmittelbar vor den Füßen meines dreijährigen Sohnes landet. Dieser freut sich, grinst und isst ihn unmittelbar auf. Na, wenn es denn schmeckt, denke ich. Wer die Tulpen nicht ehrt, ist die Flora nicht wert.

16.00 Uhr: Kerstin hält die erste Rede des Abends, berichtet von ihrer ersten Begegnung mit Volker und wie die beiden danach zusammengekommen seien. Die Braut ist bereits jetzt leicht angeschwipst und erschreckend ehrlich. Kerstin benutzt zwar nicht explizit das Wort »Mitleid«, erzählt dann aber, dass sie ja damals auch immer so gerne *Tiere suchen ein Zuhause* geschaut hätte, und in der Sendung wären wohl immer so entstellte Hunde gewesen – manchmal waren sie blind oder hatten nur drei Beine –, und da hätte sie dann eben immer gedacht: Och, wie drollig! Und als sie kurz darauf eines Abends mit ihren Mädels unterwegs war und Volker sah … Na ja, der Rest der Geschichte war dann relativ romantisch. Allerdings endete ihre Rede mit dem schönen Versprecher: »Volker, für die Welt bist du bloß irgendjemand, aber für irgendjemand bist du ein Niemand.«

18.00 Uhr: Nach den üblichen Spielen wie dem gemeinsamen Zerschneiden von Bettlaken, gegenseitigem Zähneputzen mit verbundenen Augen und anderen allgemeinen Peinlichkeiten wird das Büfett eröffnet. Na endlich, denke ich. Es gibt nicht viel, was ich weiß, aber in einer Sache bin ich mir sicher: Bei diesem All-you-can-eat-Prinzip werden Menschen zu Tieren! Wie eine Horde wild gewordener Schimpansen stürmen sie los und fallen über die Pfannen und Töpfe her. So kultiviert und galant sie sich in ihren Kleidern und Maßanzügen auch alle geben, werden die Menschen im Bett und am Büfett wieder zu den Primaten, die sie immer schon waren. Ein kläglicher Anblick voller Schuld und Sünde, Habgier, Zorn und Völlerei: Wenn die Brennpaste lodert, verglimmt unser Anstand. Aber was soll's? Ich bin Erster! Fickt euch alle!

19.00 Uhr: Es geht mir nicht gut. Für Sauron habe ich Fischstäbchen mit Rahmspinat besorgt. Er hat sich allerdings entschieden, eine rohe Zwiebel von der mediterranen Tischdeko zu essen! Ich sage ihm, dass die zur Deko da war und er sie wieder wegtun soll. Er verneint dies. Sauron beißt in die Zwiebel und verzieht das Gesicht. Allerdings habe ich dieses Kind unterschätzt, denn eine Mischung aus Neugier und Ehrgefühl verbietet es ihm, seinen Fehler zuzugeben. Stolz und erhobenen Hauptes beendet er sein Werk.

20.00 Uhr: Sauron scheint die gastronomische Edelkombination *Rohe Zwiebel im Dialog mit Rahmspinat und Aral-Tulpe* nicht sonderlich gut zu vertragen und muss nun ständig pupsen. Er findet das witzig, grinst und lacht: »Ich war das nicht. Mein Velociraptor hat gepupst.« Vielleicht sind die Viecher ja deswegen ausgestorben, denke ich. Aber wenigstens riecht es nach Blumen. Mit vollem Bauch und schwer wie Blei schleppe ich mich mit letzter Kraft zum Tisch des Brautpaars. »Ich leg mich mal kurz 'ne Runde hin.« Gott sei Dank haben wir uns im selben Schloss eingemietet und schlafen direkt eine Etage über dem Ballsaal. »Bis gleich«, sage ich. Volker lächelt. »Danke, dass du hier bist«, sagt er. »Ist 'ne geile Party«, murmelt er, stößt dann eine Kerze um, als er mich in die Seite knufft, und die Tischserviette beginnt zu kokeln. »Oh, nein!«, flucht er. Kerstin springt ihm zur Seite: »Alles halb so wild.« Sie steht auf, um Wasser zu holen, schnappt sich einen großen Behälter vom Büfetttisch und versucht dann die kleine Flamme zu löschen. Funktioniert aber nicht, eher im Gegenteil. Stichwort: Benzin. Es brennt! Aber so was von. Na, immerhin das Brautkleid ist wieder sauber, denke ich und renne …

22.00 Uhr: Nach einem etwas ausufernden Feuerwehreinsatz scheint sich die Situation zu beruhigen. Ich stehe direkt neben Kerstins Verwandtschaft auf einer großen Wiese. Von überall höre ich Sätze wie: »Ja, wer stellt denn so einen Benzinkanister auf den Geschenketisch? Das war bestimmt der Schwengelfürst!« Ich schweige.

23.30 Uhr: Der Abend hat nun seinen Zenit erreicht. Es wird getanzt, gesungen und getrunken. Alle sind happy! Das Feuerwerk soll in einigen Minuten wie geplant stattfinden. Ich hätte als Schlossherr ja spätestens nach meinem kleinen Fauxpas sicherheitstechnische Bedenken geäußert, aber der Brandmeister meinte nur: »Och, jetzt wo ich schon mal hier bin!«

23.45 Uhr: Sauron und ich sind reingegangen, weil wir Angst vor Böllern haben und laute Geräusche hassen. Außerdem war er müde. Gleich ist es Mitternacht. Ich habe zwei Robby Bubble getrunken und höre ein Hörspiel von *Leo Lausemaus*. Mein Leben ist ein einziger Kampf. Irgendwann schläft der kleine Sauron jedoch ein, und ich gehe erneut nach draußen.

23.50 Uhr: Gleich muss es so weit sein. Dann plötzlich geht die Musik aus. Vollkommene Stille. Volkers Bruder aka *Die Schande der Familie* betritt die Bühne, nimmt das Mikrofon und spricht: »Freunde! Bevor wir uns auf das große Feuerwerk freuen dürfen, kommen wir zum letzten Programmpunkt des Abends! Die Erwartungen sind groß, denn nun folgt die Rede von Volkers bestem Freund und Trauzeugen! Applaus für Patrick, bitte!!!« Verdammt, denke ich, da war ja noch was.

23.50 Uhr: Ich bin sichtlich nervös, und Kenner würden mich als durchaus unvorbereitet bezeichnen, aber nach all den Standardtänzen ist ein bisschen Free Jazz ja auch nicht verkehrt. Der Robby Bubble wirkt. Hier nun meine improvisierte Rede:

»Liebe Freunde, liebe Familie! Wisst ihr, ich habe schon viele beschissene Hochzeiten erlebt, einmal zum Beispiel wurde die Braut entführt, dann hat sie einfach niemand gesucht, und am Ende ist die Stimmung irgendwie gekippt. Ein anderes Mal wurde das Datum auf den Einladungen grob aufgerundet, und letztlich ist einfach niemand gekommen. Und das war dann auch nicht schön! Heute jedoch? Leute, ich würde sagen, das war ein Spektakel. Ein Abend, den ich so schnell nicht vergessen werde. Wir alle sind hier versammelt. Die Alten, die Kinder, die Karni- und die Herbivoren, Menschen und Tiere, die Yuppies und der gehobene Pöbel. Nur für euch sind sie gekommen: Verwandtschaft, die echten Freunde und die berühmten *Euch mögen wir eigentlich bloß so mittel, haben euch aber eingeladen, weil wir vorher auf eurer Hochzeit eingeladen waren, und das wäre ja sonst irgendwie blöd rübergekommen*-Leute. Sie kennen das.

Volker und Kerstin, hier stehe ich nun und weiß nicht, was ich sagen soll. Wo die Liebe hinfällt, da landet sie hart. Aber fallen wir nicht alle mal hin? Rutschen wir nicht alle ständig aus auf der Bananenschale, die wir Leben nennen? Was ich sagen will: Volker, du bist einfach Volker. Und Kerstin, ich mag dich! Auf eine seltsam verschwurbelte Art hab ich dich gern. Und man verzeihe mir das schlechte Wortspiel, aber mit Volker hast du quasi 'ne Volker-Sko-Versicherung für diesen schrecklichen Autounfall, den wir Ehe nennen. Was bleibt zu sagen? Ich bin hackestrunzdicht und liebe euch alle! Darum ziehe ich mein inneres Partyhütchen und sage: Für irgendwen bist du ein niemand, aber für niemanden ... ach, ich weiß doch auch nicht. Es werden auch schwierige Zeiten kommen, aber wo die Liebe hinfällt, da steht sie auch wieder auf. Oder stirbt. Drum erhebe ich mein Glas und sage: Auf die Freundschaft! Auf die Liebe! Auf das Leben! Und jetzt ... Feuer frei!«

EKSTASE!

E-MAIL FÜR MICH

Ich sitze an meinem Schreibtisch, klappe den Laptop auf und öffne das Postfach meiner geschäftlichen Mail-Adresse. Da ist ja hin und wieder viel Schönes dabei. Erst gestern erreichte mich die Anfrage eines mittelständischen Betriebs, ob ich nicht an einem kurzen Auftritt auf dem diesjährigen Firmenjubiläum interessiert sei. Nach einiger Zeit schien sich das Ganze zu konkretisieren. Und als ich nachfragte, was genau sich der Chef denn von meinem Gig erhoffe, schrieb er, dass er es schön fände, wenn ich einfach eine halbe Stunde lang all seine Mitarbeiter beleidigen würde. Na, das ist doch mal ein Geschäftszweig, dachte ich und stellte mir bereits vor, wie ich in feinstem Zwirn auf der Bühne stehe und Sachen wie »Ihr Ficker aus der Buchhaltung habt doch von nichts eine Ahnung, und die unfähigen Sackratten aus der Logistik sollte man alle erhängen! Elende Drecksbande!« brülle. Der Auftritt kam dann leider nicht zustande. Scheinbar hat man sich für eine andere Lösung entschieden. Schade. Aber vielleicht ergibt sich ja heute was Gutes.

Zwei Nachrichten werden mir angezeigt. Enttäuschend. Ständig höre ich von Kollegen, dass bei ihnen zumindest stellenweise Spam-Mails eintrudeln, ich hingegen bleibe stets verschont. Dieser Spam-Ordner ist seit Jahren leer: kein nigerianischer Prinz, der mir Geld vererben will, keine Firma, die mich für Penisvergrößerung begeistern möchte. Nichts! Der *Big Brother* da draußen scheint mich für einen liquiden und gut bestückten Mann zu halten. Das ist ja auch irgendwie schön. Ich öffne die erste Mail und beginne zu lesen.

Ach, wie nett! Ein junger Mann bewirbt sich hier offiziell um ein Praktikum. Er wolle mir laut Bewerbung »in ungezwungener Atmosphäre beim Schreiben zusehen, mich auf Lesereise begleiten und lernen, so angenehm zynisch zu werden wie ich«.

Folgende Gedanken hierzu:

1. Ungezwungene Atmosphäre? Von wegen! Gleitzeit, Kickertisch und flache Hierarchien kannst du hier vergessen, Kollege. Hier wird noch ordentlich getackert. Sehe ich etwa aus wie ein verkacktes Start-up?
2. Warum wird meine lebensbejahende Art immer mit Zynismus verwechselt? Zynismus ist ein aus Einsamkeit und Verbitterung resultierender Schutzmechanismus, ich hingegen bin ein zart schimmernder Sonnenschein der Poesie in einer immer kälter werdenden Welt, du Penner.
3. Klasse Idee. Warum eigentlich nicht?
4. Stelle mir nun die Frage, ob meine treuen Zuschauer auf der nächsten Tour etwas gegen einen ca. 45-minütigen Gastauftritt eines gewissen Philipp S. aus Herne hätten (16 Jahre, gepflegtes Äußeres, Brillenträger, literarische Schwerpunkte: Fantasy und historische Romane). Es bleibt abzuwarten. Ich werde zumindest mal drüber nachdenken.

Ich öffne die zweite E-Mail. Eine unverbindliche Anfrage, ob ich mir nicht vorstellen könne, eine zweiwöchige Luxus-Kreuzfahrt zu begleiten, um dort auf dem Schiff allabendlich einige Geschichten vorzulesen, Anekdoten zu erzählen und die Gäste zu erheitern. Zahlen könne man zwar nichts, aber immerhin dürfe ich ja kostenlos mitreisen, am Büfett speisen und mir Inspiration für einen spannenden Reisebericht einholen. Erster Gedanke: Zwei Wochen arbeiten? Ohne Geld? Und ohne die Option, jederzeit weglaufen zu können? Mitnichten, ihr dreisten Lümmel.

Umgehend setze ich mich an die Antwort: »Vielen Dank für Ihre Anfrage. Sehr gerne würde ich am maritimen Spektakel teilhaben und abends kostenlos Ihre Gäste unterhalten. Zudem könnte ich mir vorstellen, freiwillig den Bingo-Abend zu moderieren, den Wassergymnastik-Kurs zu leiten und Ihnen zwischendurch das Deck zu schrubben. Leider habe ich keine Zeit. Gerne dürfen Sie aber meine aktuelle Lesetour durch die Küstenstädte dieser Republik mit Ihrem Kreuzfahrtschiff begleiten. Sie können den sperrigen Kahn einfach vor den Theatern parken, kostenlos Werbung für Ihr Unternehmen machen und sich Inspiration für Ihren internen Newsletter einholen. Zahlen kann ich nix, aber falls etwas vom Catering übrig bleibt, lasse ich Ihnen gerne unverbindlich ein paar Wurststullen und Gewürzgürkchen zukommen.«

Gedanke nach dem Absenden: Ach, diese verdammte Eitelkeit! Ein bisschen schade ist es ja schon. Vielleicht hätte ich ungeahnte Animationstalente in mir entdeckt und die Menschen beim Vorlesen zum gemeinsamen Schunkeln und Mitklatschen angeregt? Als geborene Stimmungskanone hätte ich mich zwischen den einzelnen Kurzgeschichten ins Publikum gemischt, auf den Schoß von betagten Damen gesetzt und schmierige Dinge wie »Na, Schätzelein. So ganz allein auf dem Spießerschlepper? Mit einundzwanzig wäre das ja nix für mich gewesen. Harr! Harr!« gesagt.

Womöglich hätte ich auf diesem Wege eine steinreiche Witwe kennengelernt, die mich ein paar Jahre durchgeschleppt hätte, sodass ich ohne finanziellen Druck an meinem abstrakt-zerbrechlichen Lyrikband *Zartroséfastviolett: Gedanken in Flieder* hätte arbeiten können. Gemeinsam in den Sonnenuntergang schippernd, hätten wir nach meinem Feierabend bei einem guten Glas Capri-Sonne am Pool gelegen und zu sanftem Barjazz unseren Lifestyle zelebriert. Mit einem süßen Lächeln und einem Cocktailschirmchen zwischen

den Zähnen hätte ich ihr tief in die Augen gesehen und »Ach, Isol-
de. Das Leben meint es schon gut mit uns« gemurmelt. Und jetzt
bin ich auch wieder ein bisschen traurig.

Ach, es ist ein Fluch mit diesen E-Mails. Und auch wenn es etwas
vermessen scheint, so ein Praktikant wäre schon hilfreich. Dieser
Philipp hätte das bestimmt eleganter gelöst. So langsam beginne
ich, mich mit dem Gedanken anzufreunden. Und just während ich
all dies hier aufschreibe, trudelt eine dritte Mail ein: *Sorry, hat sich
schon erledigt. Hab was bei der Provinzial gefunden. LG, Philipp.* Das
wiederum finde ich jetzt auch wieder schade. Wie kann man sein
Leben nur so wegschmeißen?

SABINE DARF ALLES

Vor kurzer Zeit bat mich der Veranstalter eines kleinen Theaters, bei dem wenige Wochen später eine Lesung stattfinden sollte, um eine exakte Mitschrift des am Abend dargebotenen Programms. Man wolle in diesen Zeiten niemandem auf die Füße treten, und deswegen müsse man sich absichern, ob nicht irgendein Künstlerschelm auf unterschwellige Art und Weise im Deckmantel der Satire menschenverachtende Inhalte zu verbreiten ersucht. Hier der erste Entwurf meines Antwortschreibens:

Sehr geehrte Damen und Herren,

ich lobe mir Ihr Engagement im Bereich der Humorprüfung, denn ich kann mir diese ewigen Diskussionen über Kunstfreiheit nicht mehr anhören. Alle seien so überempfindlich und hysterisch geworden, schimpfen die einen. »Satire darf alles«, wehren sich die anderen, und ständig wird dann der große Tucholsky zitiert, aber ich sage Ihnen: Wenn hier einer alles darf, dann die Sabine.

Gerne bin ich bereit, Ihnen eine Mitschrift des gesamten Abends zukommen zu lassen. Im Gegenzug erbitte ich mir jedoch einige Blut- und Speichelproben der erscheinenden Zuschauer. Man weiß ja nie, was für niederträchtige Halunken aus prekären Verhältnissen so einem heiteren Abend beiwohnen wollen und ob die am Ende nicht eh alle wieder vollkommen zugedröhnt sind. Auch über die Berufsstände des anwesenden Publikums wäre ich gerne informiert, hier wären einige Lebensläufe und Arbeitgeberbescheinigungen hilfreich. Wissen Sie, zwielichtige Unternehmensberater und Immobilienmakler würde ich im Vorfeld ausladen, denen möchte ich in diesem Leben nicht mehr begegnen.

Besondern gern mag ich Menschen aus den Berufsständen Floristik, Kindererziehung und Altenpflege. Studenten nur in Ausnahmefällen wie Skandinavistik und Raketenwissenschaft. Lehramtskandidaten bitte nur für Grundschule und Sekundarstufe 1, die anderen sind mir zu abgehoben. Geschlecht, Religion oder Alter der Menschen soll keine Rolle spielen, aber von heterosexuellen neunzehnjährigen Buddhisten bitte ich abzusehen, die kann ich einfach nicht ernst nehmen.

Von einer Garderobenpflicht würde ich absehen. Gern gesehen sind subtiler Zierrat wie Anstecknadeln, Zepter und Manschettenknöpfe. Menschen, die mit körpergrößenbeeinträchtigenden Accessoires wie Zylindern und Stelzen erscheinen, würde ich allerdings in die letzte Reihe setzen und kollektiv rüffeln.

Gerne bin ich bereit, mein Programm individuell umzugestalten, denn schließlich solle ja ein jeder zahlende Gast auf seine Kosten kommen. Hierfür finden Sie einen Zettel im Anhang, wo die Zuschauer humoristische Vorlieben ankreuzen können. Ein gewisser Jürgen B. könnte zum Beispiel ausführen, dass er Bedenken bei den Tabuthemen Tod, Nahostkonflikt und Laktoseintoleranz hätte. Sehr gerne schunkelt er dagegen bei Witzen zu Backwaren, lustigen Tiere und seltenen Verkehrsmitteln. Dagmar H. wiederum könnte ihre Bedenken zum Thema Brustkrebs, Doppelnamen und allgemeinen Seitenhieben auf Kosten unterdrückter Minderheiten äußern, was äußerst schade wäre, da ich dann alle meine heiteren Rassenverfolgungskalauer streichen müsste, die den Menschen seit Jahren ein breites Lächeln auf die Lippen zaubern. Und wissen Sie, nun bin ich wahrlich nicht für meinen sonderlich schwarzen Humor bekannt, aber beim Thema Brustkrebs blühe ich einfach auf …

Falls sich nach der Auswertung aller Fragebogen eine Unvereinbarkeit innerhalb des Publikums abzeichnen sollte, bin ich auch gerne bereit, individuell zugeschnittene Programmauszüge für jeden Zuschauer einzeln aufzuführen. Um spätestens 17 Uhr muss ich am Folgetag jedoch los, weil ich mir noch ein paar antisemitische Witze ausdenken und danach mein Indianerkostüm bügeln muss. Bei der Premiere meines neuen Programms *Der Jew des Manitu* möchte ich nicht unvorbereitet dastehen. Was sollen denn die Leute denken?

Ich verbleibe mit freundlichen Grüßen
Ihr
Patrick Salmen

RESIGNIERSTUNDE

So eine Lesereise ist ja immer eine aufregende Sache. Hier einige Highlights der letzten Tour …

1

Am Büchertisch nach der Lesung

»Können Sie ein Buch für meine Arbeitskollegin signieren? Soll ein Weihnachtsgeschenk sein.«
»Klar, gerne. Ich hoffe, sie freut sich.«
»Och, das ist egal. Wir machen Schrottwichteln.«

Mich wundert hier gar nix mehr.

2

Gedanke am Morgen: Lange Autofahrt von Chemnitz nach Bielefeld? Klar, lass ich doch natürlich meine gemütliche Schlafanzughose an. Gedanke vier Stunden später am Rasthof: Fuck! Richtige Hose im Hotel vergessen. Folgender Dialog führte soeben leider ins Leere …

Ich: »Entschuldigung, führen Sie Hosen?«
Mann: »Junger Mann, das ist eine Autobahn-Tankstelle. Sind Sie betrunken?«
Ich: »Ist ja gut. Dann einmal die 7, 'ne Landhaus-Zeitung, zwei Plüschbären, 'nen Lakritz-Wunderbaum, fünf Liter Motoröl und 'ne Packung Weingummis.«
Mann: »Geht doch.«

3

München, Vereinsheim. Kurz vor der Show stehe ich am Pissoir und muss irgendwann feststellen, dass ich beim Pinkeln direkt auf mein eigenes Tour-Plakat blicke. Ein skurriler Moment, in solch intimem Moment von seinem eigenen Antlitz beobachtet zu werden. Schön ist anders. Plötzlich bemerke ich einen älteren Herrn (ca. 80) neben mir. Auch er blickt auf das Plakat und beginnt zu brummeln.

Mann: »Der sieht aus wie Sie.«

Ich: »Verrückt.«

Mann: »Sehen eh alle gleich aus, diese bärtigen Leute.«

Ich: »Stimmt.«

Mann: »Die Künstler hier werden auch immer jünger. Na ja, solange ich mir das nicht live anschauen muss.«

Ich: »Aber der liest gleich hier.«

Mann: »Kann nicht sein. Hier spielt Georg Schramm. Ich habe doch Tickets gekauft.«

Ich: »Ne, der spielt nebenan im Lustspielhaus.«

Mann: »Verdammt! Das ist mir jetzt zu weit. Dann bleib ich halt hier.«

Nach der Show kam der Mann erneut zu mir.

Mann: »Also, mein Humor war das jetzt nicht, aber ich bin weder eingeschlafen noch gegangen. Betrachten Sie das als Kompliment.«

Ich: »Danke. Hatten Sie eine Lieblingsgeschichte?«

Mann: »Kann ich nicht sagen. Ich hatte mein Hörgerät aus.«

4

Hamburg, Fabrik. Nach der Lesung kommt eine ältere Dame zum Büchertisch.

Dame: »Herr Salmen, ich wollte einfach mal Danke sagen.«

Ich: »Ja, aber wofür denn?«

Dame: »Ich höre Ihr Hörbuch immer abends zum Einschlafen. Sie haben so eine angenehm sonore und brummige Stimme.«

Ich: »Oh, das ist aber nett. Vielen Dank.«

Dame: »Ja, Sie klingen nämlich genauso wie der Sprecher von diesen N24-Hitlerdokus.«

Na, das ist doch mal eine Referenz! Endlich ein zweites Standbein.

5

Kiel, sitze an der Hafenpromenade und trinke einen Kaffee. Ein fremder Mann kommt auf mich zu …

Mann: »Alter! DU hier in Kiel. Wie gut ist das denn?«

Ich: »Hey! Ja, hab heute eine Lesung hier.«

Mann: »Da kauf ich mir doch glatt spontan eine Karte. Was bekommst du?«

Ich: »Ich trage meine Tickets leider tagsüber nicht in einer Bauchtasche mit mir spazieren. Müsstest du an die Abendkasse.«

Mann: »Ne, keinen Bock! Ist doch voll das geile Wetter! Da geh ich doch nicht auf 'ne Lesung.«

Ich: »Wolltest du nicht grad noch eine Karte bei mir kaufen?«

Mann: »Ja, aber nur symbolisch. Weil ich deine Sache unterstütze.«

Ich: »Cool. Macht dann siebzehn Euro.«
Mann: »Zwanzig! Stimmt so. Dann bis bald mal wieder. Tschüss.«

Ich hielt es für einen schlechten Scherz, aber er ist jetzt tatsächlich gegangen und lässt mich verwundert mit seinem Geldschein zurück. Fühle mich wie eine Mischung aus Hafenhure und UNICEF, bin aber froh, dass endlich mal jemand meine »Sache« unterstützt. Netter Kontakt, gerne wieder.

6

Am Büchertisch nach der Lesung

Zuschauer: »Ich liebe Ihre Bücher. Es bereitet mir eine immense Freude, zu sehen, wie Sie an der Welt zugrunde gehen.«
Ich: »Weil Sie sich dann nicht so alleine fühlen?«
Zuschauer: »Ne, ich mag es einfach, wenn andere scheitern.«

7

Erneut am Büchertisch

Ich: »Werter Herr, so tut kund, mit welch sorgsam und geistreich formulierter Widmung ich dies Büchlein gar versehen darf!«
Typ: »Ist für meinen Bruder. Schreib: *Halt's Maul, du Schmutz.*«

8

Dresden, Neustadt. Im Café vor der Location

Typ: »Hey, du spielst doch heute Abend hier.«

Ich: »Ja, genau.«

Typ: »Meine Kumpels gehen da alle hin. Wird bestimmt gut. Meine Freundin kommt auch.«

Ich: »Du nicht?«

Typ: »Ne, find dich kacke.«

Ich (leicht verunsichert): »Okay.«

Typ: »Ne, war ein Scherz. Meine Mutter hat Geburtstag. Bin der einzige Gast.«

Ich: »Dann komm doch einfach nächstes Jahr. Ich schreib dich und deine Mutter auf die Gästeliste. Dann hast du direkt ein Geschenk.«

Typ: »Oh, das ist ja superlieb von dir. Aber jetzt wird's echt unangenehm. Na ja, ich find dich wirklich kacke. Trotzdem danke. Tschüss.«

BAD VERSE BATTLE

Eine kleine Rubrik der Delayed Night Show, *adaptiert vom erfolgreichen Battle-Rap-Format Bad Bars Battle, bei dem mein geschätzter Freund und Kollege Quichotte und ich uns direkt duellieren. Der klassische Wie-Vergleich soll dabei möglichst auf die Spitze getrieben werden. Je abwegiger, desto besser. Hier ein paar Auszüge ...*

Du willst Stress, obwohl ich schon beim Mic-Check kill
Und bei Beef nicht lange fackle wie ein Einweggrill
Kid, ich kauf mir 'ne Jacht und schwing das Tanzbein im Bötchen
Du bist wie 'n Zwergenkonditor, denn du bäckst ganz kleine
    Brötchen
Du bist pleite, mein Sohn. Und zu krampfhaft, du Horst
Ich sitze privat auf der Kohle wie beim Hambacher Forst
Was willst du? Du hast keine Ehre, du Stricher
Und du wirst hier nix reißen wie ein Scherenbesitzer
Wir sind Rivalen im Game so wie Becker und Stich
Dein Flow ist wie eine schüchterne Domina
– fesselt mich nicht

Mein Sound ist heftig deep, das fühl'n Ladys. Nicer Shit
Dein Sound ist sensitives Spülmittel – reizt mich nicht
Du bist altbacken, Boy. Hast einen väterlichen Style
Deine Mukke ist wie Fußgänger – geht an mir vorbei
Du bist geschmacklos und pleite und ein komischer Kauz
Ich schenk dir ein sehr altes Brötchen und denk: Komisch, er
    kaut's
Du bist ein Sklave, mein Sohn. Ich nenn dich Spartakus
Der Grund, warum du eine Cap trägst, ist derselbe, warum ich
    manchmal Frühstücksflocken esse – Haferlust

Es hagelt Faustschläge, Kid. Du wirst im Fight Club enden
Und du verlierst den Faden so wie Primark-Hemden
Ich zieh mit Ladys davon und lass dich Flegel allein
Weil ich so umwerfend bin wie ein Kegelverein
Next Level, du Bauer. Jetzt wird's sick, laut und mythisch
Ich hab dein Buch gekauft. Gab's bei KIK auf dem Wühltisch
Dein gespielter Zorn basiert auf kindlicher Wut
Du bist gut im Verstecken, denn ich find dich nicht gut

Du bist nicht vorzeigbar, Kid. Was geht denn bei dir?
Ich bin wie Wildfleischvitrinen, weil ich repräsentier
Dein ganzer Style, deine Show. Sie ist leblos, man denkt
Du bist wie Gleisübergänge: im Weg und beschränkt
Musik ist Mathematik – so der Grundgedanke
Und deine Platte eine zu bestimmende Gleichungsvariable – 'ne
    Unbekannte
Dein Erfolg ist so geheim, dass nicht mal James Bond ihn kennt
Du ziehst mehr Versager an als die Gamescom, du Hemd
Du bist ständig am Schnüffeln wie am Fundplatz Drogenhunde
Doch gleich suchst du das Weite, wie ein Umstandsmodekunde

Was willst du? Ich box dich im Halbschatten nieder
Und dreh danach 'ne Runde wie ein Schallplattenspieler
Du wirst die Show hier verkacken, dir fehlt halt die Kraft
Ich bin wie 'n Strohhalm, du Spacken. Ich steh voll im Saft
Ein Tollpatsch bist du, jetzt wirst du Hund zerfickt
Du bist wie E-Mail-Entwürfe – ungeschickt
Du bist ein sehr guter Knecht. Schmierst mir Brötchen zum
    Käffchen
Doch bringst mich auf die Palme, wie ein höfliches Äffchen
Und ich weiß, hier mag manch einer deine Texte, du Wicht
Doch ich bin wie'n freundliches Finanzamt. Ich schätze dich nicht

Deine Shows sind zwar gut, doch schlecht verkauft und leer
Denn du ziehst keine Leute. Wie ein sehr faules Pferd
Dieses Battle ist entschieden. Ich zerbomb diesen Track
Du bist wie 'n Mann ohne Beine. Du kommst nicht gut weg
Ich geb dir 'nen Tipp. Kauf dir 'nen Shampoo, mein Hase
Denn du riechst nicht sehr gut wie ein Mann ohne Nase

Du sagst: Salmen, ich bin broke. Leih mir 'n Hunni, du Hipster!
Und ich lass wieder einen springen wie ein Flummibesitzer
Ich bin der Sniper im Battle, Genickschuss, du Lutscher
Gleich siehst du mitgenommen aus wie ein Flixbusbenutzer

Meine Texte sind nice, nahezu selten schön
Und bei dir? Na ja, das ist eher selten schön
Mein Leben ist nett. Überall Chics, die mir nachflöten
Edelparkett, du eher so Klicklaminatböden
Neben mir wirkst du fahl, kleiner Hanswurst-Albino
Das ist Cineplex-Style. Ah, ganz großes Kino!
Leute folgen dir nicht, du kleine Mausekatze
Du brauchst für Instagram-Hashtags 'ne Flautetaste
Bist 'ne listige Schlange, jetzt willst du Mamba entwischen
Dein Verstand ist limitiert, wie eine Sammler-Edition
Mach, was du willst, mir ist hier längst alles schnurz
Denn deine Lieder sind fad wie ein englischer Furz

Schau mal, du Bauer. Du bist ein richtiges Opfer!
Deine Texte sind wrack, denn der Fisch stinkt vom Kopf her
Jetzt wirst du vernichtet, also renn schnell davon
Ich mach Nägel mit Köpfen, Junge: French-Nail-Salon
Deine Lieder sind stumpf! Tja, bitch, c'est la vie,
Wie so 'ne Edelboutique – da gibt's nix von Esprit
Bist du Torwart? Ich frag dich, räudig-kraftlose Bitch
Oder wie kommt es, dass du so häufig abstoßend bist
Alles planlos, ernüchternd, ohne Lichtblicke, Mann
Dein Style ist sehr schüchtern, denn er spricht mich nicht an
Jeder weiß es: Du bist ein blasses Würstchen, du Clown
Tut mir leid, aber in meinem Schatten wirst du nicht braun

Bad Verse Battle: Die Versöhnung

Oft hat Groll mich durchdrungen, ich bereu es von Zeit
Jedes Wort gegen dich war nur ein Zeugnis von Neid
Ich war innerlich tot, oft wurde Zwietracht gesät
Du bist mein Defibrillator und hast mich wiederbelebt
Du machst mein Leben wertvoll, auf Tausende Arten
Du bist wie Pupsen im Fahrstuhl, du raubst mir den Atem
Immer wenn ich dich seh – jedes Mal wie ein Flash
Gut siehst du aus, du bist wahrlich sehr fesch
Auch dein Körper ist schön. Er scheint Triebe zu wecken
Deine Zähne sind schief, doch ich liebe dein Lächeln
Dein Herz, das ist groß, dein Gesicht ein Debakel
Die einen nenn' es entstellt, ich nenn es niedlicher Makel

Du bist immer sehr stark, schiebst den Sisyphos-Stein
Dein Freestyle zeigt auf – du musst ein Pfiffikus sein
Ja, der ist spitze. Du kannst reimen und flown
Komm' wir zu deiner Mutter … feine Person!
Deine Lieder, deine Texte – immer witzig und keck
Wie deine Zielgruppe sagt: Das war pfiffig und frech
Deine Shows waren gut, spieltest du live in den Hallen
All deine Fans sind gekommen, und es hat beiden gefallen
Wir gehören zusammen so wie Schniedel und Wutz
Was bleibt mir zu sagen? Ich habe dich lieb, kleiner Schnutz
Ach, du machst mein Leben bunt wie die Federn vom Pfau
Warum sollt ich dich battlen? Dich kennt eh keine Sau

ER HAT DOCH IMMER SO NETT GEGRÜSST (NACHWORT)

»Fantasie hat man oder nicht«, sagte mein Opa einst. Ein kluges Sprichwort mit demselben intellektuellen Mehrwert von: »Einen Käse kauft man oder Wurst.« Doch Opa war ein weiser Mann, und ich möchte ihn nicht hinterfragen, denn ich habe im Leben schon vieles falsch gemacht, manches aber auch nicht richtig.

Meinem Opa fiel jedenfalls früh auf, dass meine Talente weder in praktischen noch logischen Bereichen des Lebens zu finden waren. Als Einzelkind, das in einem abgelegenen Haus am Waldrand aufgewachsen ist und bis zum siebten Lebensjahr neunzig Prozent seiner Freizeit archäologischen Ausgrabungen und Staudamm-Experimenten widmete, verbrachte ich also sehr viel Zeit mit mir selbst und hatte genug Möglichkeiten, mich kennenzulernen.

PS: *Wenn man Wasser, das durch einen Bach fließt, durch eine Mauer aus Steinen, Stöcken und einer klobigen Katze aufhält, dann fließt es nicht weiter* (Auszug meiner Forschungsergebnisse zum Thema Staudämme von 1992). Ich möchte nicht angeben, aber ich denke, ich habe die Staudammforschung im Alter von sieben Jahren revolutioniert. Wenn Sie also mal wieder an einer Talsperre vorbeilaufen, denken Sie an mich.

Wer alleine ist, muss sich jedenfalls zu beschäftigen wissen, und da kommt die Fantasie ins Spiel. Vor einiger Zeit habe ich mir angewöhnt, während längerer Autofahrten Selbstgespräche zu führen. Es hilft, im Kopf umherschwirrende Gedanken zu sortieren und Fragen aufzuwerfen, die ich mir eigentlich nie gestellt habe. Noch vor einigen Jahren hätten mich langsam im Stau vorbeirollende Autofahrer wohl für einen konfusen Kauz gehalten, nun denken sie aber wahrscheinlich: Oha, ein feiner Herr mit einer Freisprecheinrichtung. Wie mondän! Bestimmt führt er eine wichtige Telefonkonferenz mit seinen Geschäftspartnern in Tokio, während er hier auf der A 47 im zäh fließenden Verkehr genüsslich in seine Knackwurst beißt. Ach, wenn sie nur wüssten, worüber ich mich so mit mir selbst unterhalte, sie wären ganz entzückt vor lauter Rührung.

Oft interviewe ich mich selbst und stelle mir Fragen wie »Haben Sie eine Meinung zum gesetzlichen Grundeinkommen?«, »Die Architektur des Brutalismus: Fluch oder Segen?« oder »Herr Salmen, was erwarten Sie vom Leben? Kommt da noch was?«. Warum ich mich sieze, weiß ich nicht. Vermutlich eine Mischung aus guter Erziehung und einer gewissen Distanz zu mir selbst.

Heute jedoch war die Fahrt zu kurz, um wichtigen gesellschaftlichen Fragen auf den Grund zu gehen, stattdessen habe ich mit einer imaginären Freisprecheinrichtung simuliert, ich wäre ein feiner Herr und hätte eine Telefonkonferenz mit wichtigen Geschäftspartnern in Tokio. Es fielen Sätze wie »Es gilt hier deutlich mehr Volumen aufzubringen«, »Wir müssen das alles globaler betrachten« oder »Nachhaltigkeit – das sollte ich Ihnen nicht mehr erklären müssen, Mister Chang-Lee!«. In meiner Vorstellung heißen alle asiatischen Geschäftspartner Mister Chang-Lee, sind richtig wuselige Fleißbienchen und werden von mir insgesamt so klischeehaft synchronisiert, sodass ich mich wohl in einem baldigen Selbstgespräch für meine stereotypischen Denkmuster rüffeln muss und mich danach ein bisschen schämen werde.

Was mein Gewissen dann etwas beruhigt, ist die Vorstellung, dass irgendwo in Tokio ein asiatischer Geschäftsmann im Berufsverkehr steckt und dort im Auto ein Ein-Mann-Theaterstück improvisiert, in dem er einen bärtigen deutschen Autor auf Lesereise spielt und Dinge wie »Seht, wie mich die Muse küsst. Wie wird mir gar?«, »Kuckuck, ihr Räuber!« oder »Oh, ich bin ein Schriftsteller. Ich bin so klug« sagt.

In seiner Vorstellung heiße ich womöglich Hans Müller, trinke den ganzen Tag Weizenbier und esse Leberkässemmeln. Wahrscheinlich bin ich ein sehr pünktlicher und pflichtbewusster Mann mit Vorliebe für weiße Tennissocken, Übergangsjacken und das zerbrechlich-sanfte Œuvre der Klaviersonaten von Rammstein.

Warum ich das hier schreibe, weiß ich gar nicht so genau, aber letztlich sind diese kleinen Geschichten hier ja auch bloß eine Form von Selbstgespräch. Nur, dass dabei eben einige fremde Menschen vor meinem Fenster stehen und sich denken mögen: »Ach, der Paddel wieder. Was er wieder für ein wirres Zeug faselt.« In vielen Jahren werden sie dann diese Geschichten hier lesen und denken: »Hier hätte man es bereits ahnen können. Ach, er hat doch immer so nett gegrüßt.«

BUCHBESPRECHUNG –
DAS LITERARISCHE ZWIEGESPRÄCH

Anwesende Personen: Patrick Salmen (Autor dieses Buches), Patrice Salmôn (innere Stimme, Feingeist und Literaturkritiker) sowie der Fernsehmoderator Markus L., in seiner Rolle als Vermittler und Schlichter

Markus L.: »Herzlich willkommen zum *Literarischen Zwiegespräch.* Wie schön, dass wir …«

Patrick Salmen: »Vielen Dank, Herr L., Sie werden hier nicht länger benötigt.«

Markus L.: »Okay, tschüss.«

[Abgang Markus L.]

Patrice Salmôn: »Herr Salmen, ich habe Ihr neues Buch gelesen und es war, mit Verlaub, reine Zeitverschwendung.«

Patrick Salmen: »Das tut mir leid.«

Patrice Salmôn: »Eine einzige Aneinanderreihung von Zoten und Kalauern, möchte nicht sagen eine grobschlächtige Büttenrede im Gewand der Unterhaltungsliteratur.«

Patrick Salmen: »Sie haben nicht gelacht?«

Patrice Salmôn: »Doch, aber ich schäme mich dafür, denn ich bin ein sehr seriöser Mensch.«

Patrick Salmen: »Ich gelobe Besserung.«

Patrice Salmôn: »Mit Kunst hat das jedenfalls nichts zu tun. Da erwarte ich mehr.«

Patrick Salmen: »Es tut mir leid. In meinem nächsten Werk werden sämtliche misanthropisch angehauchten Geschichten, Kurzdialoge und ausschweifenden Alltagsanekdoten durch verkopfte Dramolette und Hybrid-Lyrik aus meinem Gedichtband *Mondkalb-metamorphosen – Der Rettich der Zeit* ersetzt.«

Patrice Salmôn: »Und auf der Bühne?«

Patrick Salmen: »Sämtliche Live-Lesungen werden von Zwölfton-musik begleitet und einem als Marina Abramović verkleideten Grottenolm performativ in Szene gesetzt, während beide von Da-mien Hirst in Formaldehyd eingelegt werden.«

Patrice Salmôn: »Gehen Ihnen da nicht die Zuschauer flöten? Wur-de ich nicht neulich erst Zeuge, wie sich in Hamburg ein achtköp-figes Junggesellinnenabschiedsgrüppchen ins Publikum verirrte, um dort mit Prosecco, lustigen Motto-Shirts und aufgeklebten Schnurrbärten eine kleine Privatfeier zu veranstalten? Wie können Sie sich vor Klatschpappenpublikum und der drohenden RTL2-isierung schützen?«

Patrick Salmen: »Im Zweifel irgendwas mit Oboe.«

Patrice Salmôn: »Jetzt werden Sie albern. Anderes Thema: Ihre spitz-fedrigen Bemerkungen zu diversen Fernsehgrößen oder Popmu-sikstars in allen Ehren. Aber ist nicht Erfolg die beste Antwort auf Kritik?«

Patrick Salmen: »Das hat Hitler auch gesagt.«

Patrice Salmôn: »Ist nicht der Hitlervergleich der Hitlervergleich unter den Vergleichen?«

Patrick Salmen: »Sie verwirren mich.«

Patrice Salmôn: »Ihr Buch ist eine einzige widersprüchliche Zumu-tung. Sie glorifizieren den Veganismus, essen aber gerne Fleisch. Sie beklagen die Ironisierung unserer Gesellschaft, bedienen sich selbst aber sprachlich oft ebenjener Stilmittel. Sie sprechen als Mann über den Feminismus, wenden sich da natürlich aber auch an Ihre weiblichen Leserinnen und betreiben somit fast schon wieder Mansplaining. Werden Sie da nicht irgendwann in einem schwarzen Loch landen? Oder implodieren?«

Patrick Salmen: »Ich bin verwirrt. Kaffeepause?«

[Fünf Minuten später]

Patrick Salmen: »Herr Salmôn, erlauben Sie mir eine Frage. Worin besteht eigentlich Ihre Daseinsberechtigung in dieser Debatte? Denn, ich zitiere, ist nicht Erfolg die beste Antwort auf Kritik?«

Patrice Salmôn: »Herr Salmen, Sie haben keinen Erfolg.«

Patrick Salmen: »Da haben Sie auch wieder recht.«

Patrice Salmôn: »Dieses Buch wird es mit sehr hoher Wahrscheinlichkeit nicht einmal in die Bestsellerliste schaffen. Da bräuchten Sie schon einen sympathischen Gastauftritt bei Markus L., und der ist jetzt weg.«

Patrick Salmen: »Ich schätze, die Lage ist wie falsch gekniffen. Ziemlich verzwickt.«

Patrice Salmôn: »Sie und Ihre flachen Wortspiele. Fips Asmussen wäre stolz!«

Patrick Salmen: »Sie und Ihr elitärer Humoranspruch! Irgendein random dude mit elitärem Humoranspruch wäre ebenfalls stolz. Jetzt kommen Sie aber mal ganz schnell von Ihrem Elfenbeinturm herunter.«

Patrice Salmôn: »Mir scheint, die Stimmung kippt hier langsam. Herr Salmen, was möchten Sie Ihren Lesern abschließend mit auf den Weg geben?«

Patrick Salmen: »Humor ist etwas Wundervolles. Jedes noch so kleine Lachen meiner Leser bedeutet mir enorm viel. Für manche ist es nur ein Schmunzler, für mich ist es eine ganze Welt!«

Patrice Salmôn: »Diese gequirlte Sülze glauben Sie doch selber nicht, Sie armes zynisches Würstchen.«

Patrick Salmen: »Oh, der feine Herr Kritiker wird ausfallend. Mir scheint, ich gewinne hier langsam an Oberwasser in dieser Debatte.«

Patrice Salmôn: »Zigarette?«

[Fünf Minuten später]

Markus L.: »Herzlich willkommen zurück zu unserer ...«
Patrick Salmen: »Nun schweigen Sie doch, Sie schmieriger Hans-
wurst!«

[Abgang Markus L.]

Patrick Salmen: »Seine größte Stärke war schon immer die Abwe-
senheit.«
Patrice Salmôn: »Das haben Sie schön gesagt.«
Patrick Salmen: »Nicht wahr?!«
Patrice Salmôn: »Nichts verbindet uns Menschen mehr als eine ge-
teilte Aversion. Haben Sie da noch was für mich?«
Patrick Salmen: »Brokkoli! Koriander! Wespen?«
Patrice Salmôn: »Geben Sie mir mehr!«
Patrick Salmen: »Wasser! Wenn man kurze Ärmel trägt, sich auf
dem Tisch abstützt, nachdem zuvor unbemerkt irgendwas ver-
schüttet wurde, und dann mit dem nackten Ellenbogen eine nasse
Stelle ...«
Patrice Salmôn: »Einfach nur Gänsehaut! Wollen Sie noch mit zu
mir?«

[Abgang Patrick Salmen und Patrice Salmôn]

Beide: »Hach, wir haben einfach so viele gemeinsame Abneigun-
gen!«

FÜNF DINGE, DIE SIE EFFEKTIV
GEGEN WESPEN TUN KÖNNEN

1. Hüpfen Sie wild herum und drehen Sie sich im Kreis! Wedeln Sie möglichst hektisch mit den Armen und führen dabei improvisierte Stepptänze auf. Pusten Sie in Richtung des irritierten Tieres. Bringt zwar nichts, lässt Sie aber in der Öffentlichkeit als ziemlich lässige und abgeklärte Person dastehen.

2. Wenn Sie in Ruhe Kuchen essen wollen, demonstrieren Sie Stärke und zeigen Sie dem Tier Alternativen in Form schwächerer Mitmenschen auf (Kinder, Senioren etc.).

3. Werden Sie selbst zur Wespe!

4. Geben Sie den einzelnen Tieren Namen. Löst zwar ebenfalls nicht das Problem, schafft aber eine starke emotionale Bindung zwischen Ihnen und dem fremden Individuum. Sagen Sie deeskalierende Dinge wie »Ulrich, grad ist wirklich schlecht!« oder »Pfui, Sabine. Einfach nur pfui!«.

5. Gehen Sie nach Hause und legen Sie sich flach auf den Boden. Geben Sie sich und Ihr Leben auf. Kenner wissen: Diese kleinen Bastarde werden uns am Ende alle in die Arme der AfD treiben.

FÜNF DINGE, DIE SIE EFFEKTIV
GEGEN DIE AFD TUN KÖNNEN

1. Hüpfen Sie wild herum und drehen Sie sich im Kreis! Wedeln Sie möglichst hektisch mit den Armen und führen dabei improvisierte Stepptänze auf. Pusten Sie in Richtung der irritierten Partei. Bringt zwar nichts, lässt Sie aber in der Öffentlichkeit als ziemlich engagierte und revolutionäre Person dastehen.

2. Wenn Sie sich in Ruhe für Menschenrechte und eine funktionierende Gesellschaft in Ihrem Land engagieren wollen, demonstrieren Sie Stärke und zeigen Sie der Partei Alternativen in Form verlassener Orte auf (Mond, Wüste, Grönland, Brandenburg etc.).

3. Machen Sie es wie die CSU und werden Sie selbst zur AfD. Seien Sie Horst! Legen Sie sich dann flach auf den Boden und geben Sie sich und Ihr Leben auf.

4. Geben Sie den einzelnen Vollpfosten Namen. Löst zwar ebenfalls nicht das Problem, schafft aber eine starke emotionale Bindung zwischen Ihnen und den Parteimitgliedern. Sagen Sie deeskalierende Dinge wie »Björn, grad ist wirklich schlecht!« oder »Pfui, Beatrix. Einfach nur pfui!«.

5. Legen Sie sich flach auf den Boden. Stehen Sie irgendwann auf, engagieren Sie sich für Ihre Mitmenschen, sorgen Sie für das Gemeinwohl und leben Sie demokratische Werte vor. Lassen Sie Graubereiche, irgendwo zwischen rechter Ignoranz und moralischer Selbstgefälligkeit, zu. Sprechen Sie mit Menschen außerhalb Ihrer eigenen Filterblase und versuchen Sie hin und wieder

mal die Perspektive zu wechseln. Interessieren Sie sich für die Welt im Allgemeinen und nicht nur für sich selbst. Seien Sie möglichst kein Arschloch.

ANMERKUNGEN DER
PROTAGONISTEN (O-TON)

»Ich wurde hier eindeutig in meiner Privatsphäre verletzt. Mein Name wurde verunglimpft! Wenn dieses Buch nicht schleunigst aus dem Verkehr gezogen wird, flockt hier aber nicht nur die Sojamilch!«
(Constanze, willkürliche Cafébesucherin)

»Ach, der Paddel. Der is mir 'ne richtige Marke. Ich finde zwar, dass ich in diesem Buch nicht besonders gut wegkomme, und da reißt es dieses kitschige und versöhnliche Ende auch nicht mehr raus. Aber was soll man sagen? Ich hab ihn lieb. Der Typ rockt!«
(Volker, Rocker und Lebenskünstler)

»Wer ist Patrick Salmen?«
(Mark Forster, Grafikdesigner)

»Ich bin so wütend, wenn ich dieses positive Dauergrinsen aus dem Gesicht bekäme, würde ich mich glatt aufregen.«
(Eckart von Hirschhausen, omnipräsenter Glücksbote)

»Velociraptor!«
(Sauron, Sohn)

»Eins kann ich Ihnen sagen: Dieses Buch rasiert, und zwar trocken ohne Schaum!«
(Birgit, menschliches Dinkelhörnchen)

»Jemand ein Mandarinchen?«
(Jesus, Jesus)

»Das war witzig! Sie bekommen die Wohnung. Den Kitaplatz können Sie allerdings knicken!«
(Makler & das Team der Lümmelbande)

»Ich mag den lakonischen Humor. Wirklich erfrischend! Aber bei diesem Text über Curvy Models klingt er wie ein Kolumnist aus der *Brigitte.*«
(Swantje und Jörn, Einrichtungsmagazinfamilie)

»Der kann sich dieses moralische Ende sparen.«
(Björn Höcke, Gegenmensch)

»Sagten Sie grade florale Akzente mit Farn und Geigenfeige?«
(Ute, Fahrgast)